해묵은
동시를
던져 버리자

해묵은
동시를
던져 버리자

김이구 평론집

창비

머리말

요즘 무슨 무슨 '사용 설명서'라는 말이 유행처럼 쓰이고 있다. 상품에 붙는 사용 설명서를 따라 붙인 말일 텐데, 온갖 데다가 갖다 붙인다. 이번 평론집을 엮으면서 머리말에 책을 읽을 독자를 위한 안내를 어떻게 할까 생각하다 보니, 이건 '동시 평론집 사용 설명서'를 쓰는 일 아닌가 하는 생각이 든다. 내 머릿속에도 '사용 설명서'란 말이 맴돌고 있었나 보다.

독자들께서 그저 동시 이야기를 부담 없이 읽고 싶다면 1부를 먼저 읽으면 된다. 시 한 편을 중심으로 떠오르는 한 뼘 생각들을 써 내려 간 동시 에세이다. 격월간 『동시마중』지가 창간되면서 얼떨결에 연재한 글들이다. 본래 인터넷 블로그에 재미 삼아 쓰다가 지면에 발표해 보자 했던 것인데, 잡지에 계속 싣자고 해서 각 글마다 한 가지씩 주제를 잡아 쓰게 되었다. 동시의 소재, 가락, 발상법, 어린이 독자의 성격, 어린이시와 어린이의 글쓰기, 시와 동시의 경계, 동시의 상투성 문제 등을 다루었다. 우리 동시에 또는 동시인들에게 알게 모르게 퍼져 있고 배어 있는 고정관념들을 흔들어 본 것인데, 실상은 상식을 바탕으로 화제(話題)를 정면으로 응시하며 생각을 펼쳐 보았을 따름이다. 이 주제들은 2부의 주제와도 연결되는데, 그렇다고 정색하고 무겁게 읽을 필요는 없다.

최근 동시의 흐름이 궁금한 독자는 2부의 글들을 통해 동향과 쟁점을 파악할 수 있을 것이다. 발표된 순서를 따라 「해묵은 동시를 던져 버리자」「오늘의 동시, 어디까지 왔나」「동시의 생태계, 동시의 희망」 순으로 읽으면 최근 7, 8년간 동시의 흐름이 어떠했는지, 필자의 관점과 주장이 어떻게 전개되었는지 살필 수 있다. 동시단의 낡은 어린이 인식을 깨고 해묵은 동시를 탈피하자는 일종의 동시 혁신론을 펴 왔던 것인바, 나로서는 이 기간에 우리 동시에 의미 있는 변화가 있었다고 본다. 개성 있는 신인들의 등장, 시인들의 동시 창작, 기성 동시인들의 자기 갱신, 청소년시의 대두 등이 어우러져 동시의 지형도를 바꾸고 있다.

2부에는 다른 이의 글을 읽고 쓴 토론문 두 편과 논평 글도 함께 실었다. 동시의 화자 문제와 장르 용어에 대한 글, 동시의 상투성을 다룬 글이 그것이다. 토론과 논평을 계기 삼아 이들 주요한 논점에 대한 나의 판단과 주장을 펼쳤다. 이런 쟁점에 관심을 둔 독자들에겐 그 나름대로 흥미 있는 내용이 되리라 믿는다. 이론적인 사안이라 해서 누가 독점할 것도 아니니 각자 자신의 생각을 정리해 보고, 그것을 어디에 내놓아 보아도 좋으리라. 책 뒤에는 글이 발표된 지면과 함께 관련된 토론에 대한 정보도 적어 놓았으니 좀 더 챙겨 읽고 공부할 분들은 이를 활용하기 바란다.

3부에 모은 글은 동시집 해설로 쓴 글과 청소년시집, 청소년이 쓴 시를 엮은 책에 대해 쓴 서평들이다. '해설'이라는 자리와 서평이 놓인 자리의 특성을 고려해 시집을 읽을 독자들에게 각각의 시 세계를 친절하게 안내하고자 하였다. 그런 점에서 편안하게 읽을 수 있는 글들이다. 창작열을 불태우며 정진하는 시인들과 앞서거니 뒤서거니 함께 갈 수 있다는 것이 즐겁고, 독자와의 소통을 감당하는 것도 비평가에게는 복된 짐이다.

나는 2003년 계간 『창비어린이』 창간 편집위원을 맡아 잡지를 창간하고 편집위원들의 역할 분담으로 몇몇 평론을 쓰게 되었는데, 그중의 하나가 2007년 발표한 「해묵은 동시를 던져 버리자」이다. 이 '선동적인' 글을 쓴 뒤 나는 점점 동시 평론으로 빠져들어 그간 동시 평론이 평론가로서의 주업이 되고 말았다. 그런데 이것은 내게 예기치 않은 행운이었다. 비평가의 임무란 무얼까? 자신의 비평이 필요한 자리에 있는 것 아닐까. 그런 점에서 동시 비평은 내게 보람 있고 소중한 작업이었다.

그때 글에서 나는 '동시단의 4무'로 '시적 모험이 없다' '자기 작품을 보는 눈이 없다' '비평다운 비평이 없다' '타자와의 소통이 없다' 네 가지를 말하며 정체(停滯)를 깨고 나아가자고 했다. 지금은 이런 사정이 개선되었지만 출발점에서 겨우 작은 언덕을 하나 넘어온 셈이다. 무엇보다도 나 자신이 비평의 모험을 지속하는지, 자기 글을 보는 눈을 똑바로 뜨고 있는지, 눈치와 인정에 휩쓸리지 않고 비평다운 비평을 쓰고 있는지, 타자와 마음을 열고 소통하고 있는지 뼈아프게 성찰하고 다시 자세를 가다듬어야 할 때다.

문득 아직도 나는 계몽의 언어에 젖어 있구나 하는 생각이 든다. 마음에 착 와 닿는 좋은 동시를 만나서 흘러나오는 떨림의 언어, 스밈과 번짐의 언어에 이르기까지에는 더 기다림이 필요한 듯하다.

여기 모은 글들이 동시의 길을 함께 가는 이들의 목마름을 조금이나마 적셔 주면 좋겠다. 어린이와 어른이 동시를 만나고 동시로 만나 깊어지고 향긋해지는 데 디딤돌이 되었으면 한다.

첫 평론집에 이어 동시 평론집 출간을 맡아 준 창비 어린이책 출판부와 꼼꼼하게 필요한 일을 챙겨 단단한 책을 만들어 준 정편집실 유용민 대표의 노고에 감사드린다.

2014년 7월
김이구

차례

3부 ▪ 개성과 성찰의 눈

1부

시 한 편
생각 한 뼘

동시와 유머 감각

권정생 「방물장수 할머니」

『어린이와 문학』 2010년 6월호가 왔다.

여기에 권정생 선생이 엮어 갖고 계시던 동시집 『삼베 치마』에
있는 동시 세 편이 실렸다. 1964년 1월 10일 엮은 것으로 되어 있다
는데, 시가 100여 편 가까이 정리되어 있다고 한다.

방물장수 할머니 • 권정생

방물장수 할매가
엉덩이 빼딱빼딱 오신다

요롱 달린

사립짝 집 들여다보고
"동백 기름 사이소?"
"안 사니덩."

그르니깐 이내
삐딱삐딱 가신다

돌담 너머 집
넘겨다보고
"상침 바늘 사이소?"
"안 사니덩."

우물 안집
들여다보고
"참빗 안 사니껑?"
"안 사니덩."

저어런?
아무도 안 사네
할매가 불쌍해진다

해 질 녘에

동리 어귓길에 선
내 눈이 뗑굴?

저만치 가시는
할매 등어리에
묵직한 곡식 자루가 얹혀

빼딱빼딱
가신다.

해설이 굳이 필요하지 않은 시다. 빼딱빼딱 엉덩이 흔드는 방물
장수 할매의 걸음, 동네를 돌아다니며 동백 기름과 상침 바늘과 참
빗을 사라 하지만 아무도 안 산다. 그런데 웬걸, 해 질 녘 동네를 빠
져나가는 할머니의 등어리에는 곡식 자루에 곡식이 그득하다.

아이는 동네에 들어온 방물장수 할매를 보고 있다. "저어런?"에
는 물건을 하나도 팔지 못하는 할매를 불쌍하게 보는 아이의 감정
이 묻어 있고, "내 눈이 뗑굴?"에서는 아이의 놀란 눈이 토끼 눈처
럼 커지는 것이 보인다.

독자는 안도한다. 아이와 더불어 안도한다. 아무도 안 사 주는 것
같지만, 방물장수에게 곡식을 주고 생활용품을 사는 시골 동네의
인심도 느낄 수 있다. 인심이 푸근하거나 후하다고 말하지 않는다.
그리고 후한 인심을 쓴 것도 아니다.

나는 이 시를 읽으며 서민에 대해서 지은이가, 방물장수도 동네 사람도 각박하게 보지 않고 각박하게 그리지 않는 넉넉한 마음바탕을 가졌음을 본다.

요즘 ㅁ출판사의 시리즈를 비롯해 간간이 동시집이 나온다. 시인들이 쓴 동시집은 ㅁ출판사 시리즈로 주로 간행되고 있다. 동시집이 예쁘게 나와서 반갑고, 동시집을 애정을 갖고 꾸준히 내주어 고맙다. 책이 예쁘고 그림이 고와서인지, 실린 시들도 거의 모두 어여쁘게 읽힌다.

그런데 삶이 잘 만져지지 않는다. 말과 재주는 만져지는데, 찰흙을 만질 때 서늘하고 촉촉한 느낌처럼 삶이 만져지지 않는다.

「방물장수 할머니」에서는 삶이 만져진다. 빼딱빼딱 할머니의 엉덩이가 만져진다. "~ 사이소?" "~ 사니껑?" 묻는 사투리에서도 살아 있는 말이 만져진다. 할머니의 삶이 보인다. "안 사니덩." 하고 빼는 시골 아낙들의 사투리에서도 집집마다의 살림이 살짝 들여다 보인다. 요롱 달린 사립짝 집, 돌담 너머 집, 우물 안집이라는 가리킴에서 '대림아파트 706호' '롯데캐슬 1508호' 등과는 다른 살림살이가 만져진다.(요롱은 사립을 열면 딸랑딸랑 소리를 내는 방울이 아닐까 짐작한다. 과연, 사전에 요롱은 요령의 경상도 방언으로 나온다.)

여기서 아이는 이런 마을과 방물장수의 방문을 바라보고 있다. 아이는 바라보고 느끼는 존재로만 그려져 있다. 아이의 처지나 느낌을 깊이 들여다보고 나타내려는 시가 아니라서 방물장수와 방물장수를 맞는 마을 사람들이 이루는 삶의 국면을 잡아서 보여 줄 뿐이다.

전쟁과 가난으로 어른과 아이가 모두 고생스러운 삶에 짓눌리고 아픔을 겪는 동화와 소설, 그리고 식민지와 광복 후의 억압과 분노의 감정들을 터뜨려 놓은 『어머니 사시는 그 나라에는』에 실린 시들을 기억하는 권정생의 독자로서는 이 시가 절실성이 약한 것처럼 읽힐 수도 있다.

그러나 1960년대의 시점에서 권정생이 삶의 국면을 이렇게 긍정하며 명랑하게 바라보고 있다는 것은 권정생 문학의 어느 지점을 다시 생각해 보게 한다. 그리고 보면 『도토리 예배당 종지기 아저씨』와 『밥데기 죽데기』와 그 밖의 여러 작품에서 그는 유머와 쾌활과 넉넉한 품을 갖고 독자를 웃음 짓게 하고 편안한 긴장을 맛보게 하였다.

삶의 엄중함은 보통 사람의 한계를 넘는 견인(堅忍)과 갈등과 고통과 역사의 폭압 같은 조건에서만 성립하는 것은 아니다. 마을 속으로 사라졌다 해 질 녘 나타난 방물장수 할머니의 등짐 곡식 자루가 두둑한 것을 보고 반가워서 "내 눈이 뗑굴?"이라고 쓰고 싶은 시인, 그리고 여전히 "빼딱빼딱 가시"는 할머니의 발걸음이 이번에는 "묵직한 곡식 자루"가 등어리에 얹힌 무게로 경쾌함을 보고 있는 시인. 권정생은 이런 그림을 보고 이런 시를 썼고 쓰고 싶어

했다. 「방물장수 할머니」를 읽는 나의 감회이다.

함께 실린 「꽃가마」는 시집가는 누나와의 이별을 애이불비(哀而 不悲)로 그렸다. "다섯 밤 자고 나서/양돼지 잡던 날/분홍치마 입은 누나는/꼬꼬 재배 절하고/시집갔다", "치렁 머리/비녀 지르고/꽃가마 타고//재 너머 모른 집에/동동 갔다". 이런 간결 분명한 묘사와 시행의 배치는 슬픔의 습기를 겉으로 드러나지 않게 한다. 시집가는 "재 너머 모른 집"은 동생인 내가 모르는 집이기도 하지만 누나 또한 잘 알지 못하는 집이다. 누나의 운명은 어찌 될 것인지. 그러나 돼지 잡고 분홍치마 입고 "꽃주머니랑/종잇배랑" 만들어 주는 삶의 자락들은 그들대로의 어떤 경건한 질서를 가져 범접할 수 없는 것처럼 느껴지기도 한다. 이런 질서들은 이후 경제개발과 더불어 급격히 무너지고, "찔끔찔끔 울던 누나"는 도시의 유혹을 따라 출분하여 새로운 운명과 마주하게 된다.

'동시 독자' 어린이를 기다리는 시

김륭 「파란 대문 신발 가게」

'프라이팬을 타고 가는 도둑고양이'라는 제목을 보자마자 나는 야, 유쾌하고 재미있는 동시집이겠다 하고 생각했다. 그런데 막상 동시집에서 먼저 그 제목의 작품을 찾아 쓱싹쓱싹 읽었더니 무슨 얘기인지 잘 알 수가 없었다.

아마 나는 제목을 보고 연상하기를, 멋지게 생긴 도둑고양이가 프라이팬을 타고 쓩 날아가면서 다른 동물 친구들이나 꼬마 아이들과 기발한 사건을 우당탕탕 벌이겠지 했던 것 같다. 그런 선입견으로 읽으니, 쥐약을 먹고 죽은 고양이를 쓰레기통 속에서 꺼내 헌 프라이팬에 담아 날라서 묻어 주는 시의 정황이 쉽게 머리에 들어오질 않았다. 3연에는 그 정황이 또렷하게 진술돼 있지만, 1연에서 "구멍가게와 약국 사이를 어슬렁거리던 고양이, 쥐약을 먹었대요"

운운하는 것을 맞닥뜨릴 때는 '이게 뭐야?' 하는 당혹감이 먼저 들었다.

『프라이팬을 타고 가는 도둑고양이』(문학동네 2009)의 시들은 관습적인 동시 읽기로 편안하게 꿀꺽꿀꺽 삼켜 보려던 나를 곤혹스럽게 했고, 다른 시인들의 동시집 독해를 통해 익숙해진 독법을 배반하고 있어 점점 즐거운 긴장 속에 동시집을 읽어 나가게 되었다. 김륭이라는 낯선 이름답게 낯설고 도전적인 시들이 알알이 박혀 있었다.

파란 대문 신발 가게 • 김륭

파도에 묶인 크고 작은 배들

고래가 신는 큰 신발에서부터 멸치의 앙증맞은 신발까지

바다에 사는 물고기들이 신는 신발들

바닷속에서 맨발로 살던 물고기들은 투덜투덜

신발이 싫겠지만 뭍으로 올라오기 위해선 어쩔 수 없습니다

이빨 사나운 상어도 고등어도 신발을 신어야 합니다

내가 사는 15층 아파트 옥상에서 내려다보면

파도에 부서진 대문이 삐걱거리는 묵호항

크고 작은 물고기들을 위한 파란 대문 신발 가게에는

오징어 신발이 가장 많습니다

'파란 대문 신발 가게'라는 제목이 우선 눈길을 끈다. 신선하다.
그 신선함을 한 꺼풀 벗기면 신발 가게에 줄지어 진열된 신발들을
바라보는 '동심'의 익숙하고 편안한 시선이 있지 않을까 하는 기대
를 하였다.

그렇지만 쉽지 않은 시였다.

항구에 정박한 고기잡이배들이 나란히 서 있는 것을 신발로 보
았을까? 움푹한 배의 형상은 신발에 빗댈 만하다.

그런데 왜 물고기들이 신는 신발일까?

배의 형상을 그냥 신발로 비유한 게 아니라, 고래니 멸치니 상어
니 이런 물고기가 신는 신발로 비유했으니 배의 크기에 걸맞게 달
리 비유한 것일까?

혹시 진짜 신발 가게에 있는 크고 작은 신발들을 보고 상상한 것
은 아닐까?

언뜻 읽으면 그다지 어렵지 않은 시처럼 느껴지다가도 독해가
잘 되질 않았다.

사실 동시를 읽다 보면 대개 가락과 시상이 직관적으로 들어오
기 때문에, 여러 차례 읽으며 고심할 일은 별반 생기지 않는다. 김
륭의 동시집을 어느 정도는 건성으로 읽은 나의 탓도 있겠지만, 김
륭의 동시는 시의 정황이나 비유, 비유의 목표, 드러내고자 한 정
서, 사건이나 장면에서 분비되는 메시지 등이 내게는 직관적으로
잘 잡히지 않았다.
　말하자면 동시 읽기의 새로운 훈련을 요구하고 있었다.
　『동시마중』 2호(2010년 7·8월호)를 읽다 보니 '안도현 시인에게 듣
는다'에 이런 문답이 나온다. "최근에 나온 동시집 중에서는 어떤
게 가장 실험적인 동시라고 생각하세요?" "김륭." 나도 김륭의 동
시집을 읽으며 '실험적이네' 이런 생각을 했는데, 안도현 시인도
실험적이라 보고 있다. 실험도 여러 방향이 있을 텐데, 어떤 실험
인지는 그의 시에 대한 찬찬한 비평적 해명과 함께 밝힐 대목일 것
이다.
　동시 작법의 관습과 상투성을 벗어나려는 김륭의 시는, 위에서
고백했듯이 이른바 평론가 타이틀을 달고 있는 나로서도 이해하기
쉽지 않았다. 그래서 나는 동시의 독자에 대해 이런저런 생각을 하
게 되었다.
　―「파란 대문 신발 가게」를 내가 쉽사리 이해하지 못하는 것처

럼 어린이 독자도 그럴 것이다.

　―아니다. 어린이 독자가 나보다 이 시를 읽기를 어려워하리라는 것은 추측일 뿐이다. 그다지 어려워하지 않는 어린이 독자도 있을 것이다.

　나에겐 어린이 독자에게 직접 시를 읽히고 반응을 들어 본 경험이 전무하다시피 하니, 그저 추측만 맴돌 뿐 어떤 합리적 결론을 도출할 수 없었다. 그런데 『어린이와 문학』 2010년 6월호를 보면 김은영 시인이 초등 5, 6학년 학생들에게 동시를 읽혀 설문조사를 한 결과를 보고한 글이 실려 있다. 대상이 된 작품에 김륭의 시도 두 편(「프라이팬을 타고 가는 도둑고양이」「고추잠자리」)이 들어 있는데, 아이들 반응을 보면 절반 이상이 각자의 관점으로 시를 읽어 내고 그 방향과 이해도 대개 핵심에 접근해 있다고 해석할 만하다.

　이러한 반응을 아이들의 일반적인 동시 읽기 수준이라고 간주할 수는 없을 것이다. 동시를 읽게 된 계기와 분위기, 교사의 역할 이런 것이 동시에 대한 아이들의 집중력과 감흥을 크게 좌우할 것이기 때문이다.

　여기서 '동시를 읽는 어린이'와 '동시 독자로서의 어린이'를 구별해 생각해 보자. 달리 말하면 동시는 어린이면 누구나 읽을 수 있는 글이지만, 어린이라면 누구나 다 감응하고 이해할 수 있는 장르는 아니라는 것이다. 어린이의 즉각적 즉자적 감흥이 나온다 해서 그것을 '시'에 대한 감응으로 볼 수는 없다.

근래에 주목받는 김경주와 진은영의 시집을 나는 부분부분 읽었다. 그러나 고개를 갸우뚱해야 할 때가 많았다. 어떤 경우 아예 읽기조차 어려웠다. 물론 나는 신경림이나 정희성이나 황지우나 송경동의 시는 훨씬 즐겁게 또는 아프게 읽고, 그 고갱이를 대개는 가슴에 품는다고 느낀다. 김경주나 진은영의 어떤 시는 인터넷 카페에서 만난다든가 잘 쓴 해설과 함께 읽을 경우 좀 더 친숙하고 이해 가능한 것으로 다가오기도 한다. 내가 신경림이나 정희성이나 황지우 등의 시를 좀 더 깊이 읽어 낸다면, 거기엔 그만한 관심과 시간의 투자가 있었기 때문이다. 어쩌면 심장 근처의 살점까지 몇 점 끊어 내어서. '시의 독자'가 되려면, '시인 아무개의 독자'가 되려면 그냥 시를 읽는 것만으로는 불가능하다.

동시도 마찬가지다. 동시인은 모든 어린이를 독자로 생각하고 동시를 쓰는가? 그럴 수 있다. 또는 '동시 독자인 어린이'를 생각하고 쓸 수도 있다. 어떤 독자를 목표로 썼는가는 동시를 쓸 때 실제로 그 독자를 떠올렸는가 여부로 결정되는 것은 아니다. 어떤 동시가 되었느냐가 그것을 결정한다. 그리고 '모든 어린이 독자'에게 다가가는 동시는 실제로는 존재하지 않는다. 있다면 실패한 동시다. 되도록 많은 어린이를 '동시 독자'로 이끄는 것은 해 볼 만한 일이다. 그것은 국어 교육을 통해, 동시 교육을 통해, 독서 환경을 통해 시도될 수 있을 것이다. 이러한 목적적인 동시 교육도 필요하지만, 그보다도 우선 동시인들이 '동시 독자' 어린이를 생각하고 동시를 써야 할 것이다. 김수영의 시, 백무산의 시, 도종환의 시, 김기택의 시는 '아무개 시의 독자'를 형성한다. 이원수의 동시, 정지용의 동시, 윤동주의 동시, 권태응의 동시, 안학수의 동시, 남호섭의 동시는 '아무개 동시의 독자 어린이'를 산출했는가?

김륭의 시는 '김륭 동시의 독자'를 이끌어 낼 수 있을 것이다. 그러나 여기엔 두 가지 준비와 과정이 있어야 한다. 어린이가 동시에 대해 제대로 배울 수 있는, 지금의 수준보다 훨씬 진전된 시 교육이 필요하다. 그런 과정을 통해 한 사람이 됐든 백 사람이 됐든 동시를 찾아 읽고 즐기고 쓰는 진짜 '동시 독자'가 나와야 한다. 『과학쟁이』란 어린이 과학 잡지는 기본적으로 과학에 관심 있고 과학을 좋아하는 어린이 독자들이 읽도록 만들지 않겠나. 그리고 그런 독자들이 그 잡지를 찾아 읽을 것 아닌가. 그렇듯 동시에 관심있는 '동시 독자'가 있어서 동시를 찾아 읽고 반응하고 즐겨야 할 것 아닌가. 다음으로 김륭의 '실험성' 또는 '상투성 거부'는 어떤 내용과 기법과 결합하는가 하는 점이다.

「파란 대문 신발 가게」는 푸른 바다 항구에 정박한 고기잡이배들을 '파란 대문 신발 가게'의 신발들로, 구체적인 이미지와 은유로 신선하게 표현한 것이 돋보인다. "파도에 부서진 대문이 삐걱거리는 묵호항"이라는 표현을 얻어 '동시 독자 어린이'를 유혹하는 것만으로도 인상적이다. 시에 드러난 정보들로 구성해 보면, 센 파도 때문에 출항하지 못하고 묵호항에 고기잡이배들이 많이 정박했는데, 15층 아파트 옥상에서 내려다보는 '나'는 그 배들 중에 오징어잡이 배가 가장 많은 것을 알아본다. 그런데 나의 감상으로는 배에 수많이 잡혀 올라오는 복수의 고기와 단수인 배 즉 여러 마리 고기와 한 짝뿐인 신발이라는 비유의 결과에서 느껴지는 어색함, '신발 가게'에서는 신발이 팔려 나갈 것이라고 자연스레 연상되는 데서 오는 상상의 지나친 확산 가능성, 잡혀 오는 물고기들의 처지를 피동이 아닌 능동형("뭍으로 올라오기 위해선")으로 표현하는 데서 발생하는 어그러짐 때문에 이 시가 난해하거나 헛갈린다. 이런 점이 이 시가 획득한 새로움의 요소이고 어린이다운 감성과 상상력의 자재로움의 일부일 수 있지만, 결국 이 시가 추구하는 것이 정경의 묘사인지 무엇인지 모호하게 만드는 약점이 된다. 바라보는 '나'의 페이소스나 어촌 삶의 '소금기'와 '비린내'가 휘발해 버린 것이다.

아이디어를 버려야 동시가 산다

김미희 「통일」

'푸른문학상'을 받은 동시를 웹사이트에서 읽다가 『아침햇살』 2010년 가을호 동시를 읽었다. 잘 읽혀서 지루하지 않았다. 모든 것이 상품경제 속으로 휩쓸려 들어간 시대에 상품성이 낮은 동시 창작에 열심을 내는 이들이 적지 않음을 확인하는 느낌이었다.

통일 • 김미희

그저께 월요일
여기 서울은 눈 엄청 오는데
친구 사는 울산은 바람만 조금 분단다.

어제 화요일
여기 서울은 해가 나고 바람만 부는데
울산은 잔뜩 흐려 있단다.

그런데 오늘은 전국이 비
울산에도 비가 오고
서울에도 비가 온다.

드디어
하늘이 하나로 이어졌다
우리나라 하늘이 통일됐다.

시를 쓰든 소설을 쓰든 착상이 있어야 한다. 착상이 발전해서 구체적인 시의 몸을 얻는다. 「통일」은 '각 지역 날씨가 제각각이다가 전국에 비가 오니 하늘이 통일되었다'는 아이디어가 시의 뼈대를 이룬다. 시인의 실제적인 창작 과정은 알 수 없지만, '하늘이 통일된다'는 아이디어가 떠오르고 이 아이디어를 구현할 상황이 구상되었을 것 같다. 반대로, 시에 전개된 정황처럼 친구가 사는 지역과 자기가 사는 지역의 날씨가 다르다가 똑같이 비가 내리자 '하늘이 통일됐네' 하는 생각이 들었던 것을 시로 옮겼을지도 모른다.
　구체적인 창작 과정이야 어쨌든 이 시의 뼈대를 이루는 것은 '하늘이 통일되었다'는 아이디어다. 아이디어가 뭘까? '반짝이는 착상'이라고 해 두자. 그것이 '반짝이는' 착상인지 아닌지는 일차적으로 주관적인 판단에 따른다. '반짝이는' 착상이 아니면 굳이 붙잡고 있지 않을 것이다.

"비바람에/톡 떨어진/아기 사과//흙에/얼굴을 대고/콜콜 잔다." (김현숙 「아기 사과」 전문) 이 작품은 '땅에 떨어진 사과는 잠을 자는 사과다'라는 착상을 행과 연을 구분한 시의 형태로 서술하였다. "내 다리/가늘다고/걱정하지 마.//한 다리로/서서/잠도 자는걸." (문삼석 「걱정하지 마―홍학 1」 전문) 이 작품은 '홍학은 다리가 가늘어도 한 다리로 서서 잘 자니, 다리가 가늘어서 부러질까 봐 걱정할 필요가 없다'는 아이디어를 표현하였다. 이 아이디어는 '홍학의 다리를 보면 가늘어서 위태로워 보일 것이다'라는 아이디어에 따른 연상이라고 할 수 있다. 이런 아이디어가 과연 '반짝이는' 착상인지는 독자가 판단할 몫일 텐데, 설혹 반짝이는 착상이라 할지라도 그것이 과연 의미 있는 시상(詩想)인지는 충분히 음미하고 짚어 볼 문제이다.

앞에서 동시들이 잘 읽혀서 지루하지 않았다고 했는데, 아이디어가 들어 있는 동시는 대체로 읽히는 힘이 있다. 아이디어를 얻는 것이 쉬운 일은 아니다. 공모에서 신인의 작품이 눈에 띄려면 소재가 별나거나 아이디어가 기발해야 할 테니, 아이디어를 얻기 위해 노력하는 것이 현명할 수도 있겠다. 기성 동시인으로서 새로운 작품을 쓰고자 좋은 아이디어를 얻기 위해 애쓰는 것이 바람직한 자세일 수도 있겠다.

아이디어가 떠올랐다고 해서 그 아이디어를 담은 작품이 잘 읽히고 지루하지 않으리라는 보장은 없다. 표현력이 없으면 아무리 좋은 아이디어라도 '반짝이는 보석'이 아니라 '둔중한 솜방망이'가 될 수 있다.

그러나 아무리 좋은 표현을 얻더라도 아이디어는 아이디어에 머문다. '땅에 떨어진 사과는 잠을 자는 사과다.' '홍학은 다리가 가늘어도 한 다리로 서서 잘 잔다.' '전국에 걸쳐 비가 오니 하늘이 통일됐다.' 이런 아이디어를 재미있는, 세련된 표현을 써서 연과 행이 나뉜 시의 형태로 빚었다 한들 아이디어의 범주를 탈피하긴 어렵다. 시에서 아이디어나 개념을 뽑아낼 수 있으면 좋은 시가 아니다. 물론 비평가는, 국어 교사는, 참고서는 시에서 아이디어를 뽑고 개념을 뽑아낸다. 어떤 주체의 필요에 따라 작품에서 아이디어나 개념을 뽑아낼 수 있겠지만, 아이디어나 개념을 쉽사리 뽑아낼 수 있는 시는 일반적으로 상품(上品)이 아니다.

「통일」을 다시 보자. 친구가 사는 울산과 내가 사는 서울의 날씨가 다르다가 똑같이 비가 오는데, "하늘이 하나로 이어졌다", "하늘이 통일됐다" 하고 마무리하니 '하늘이 통일됐다'는 아이디어만 남고 만다. 친구가 사는 지역과 내가 사는 지역의 날씨가 엇갈리다가 일치하는 상황은 이 아이디어를 받쳐 주기 위한 불쏘시개일 뿐이다. 『아침햇살』과 '푸른문학상'에는 좋은 시적 전개를 보이다가 결구(結句)로 가면서 재치 있는 아이디어로 장식한 작품들이 여럿 보인다. 아이디어는 아이디어일 뿐이고 재치의 과시에 불과할 뿐이다. 아이디어가 반짝거릴수록 시인은 아이디어를 죽여야 한다. 기발한 결구가 떠오른다면 이크, 얼른 버려라. 아이디어가 아까워서 시를 쓰느니보다 아이디어를 버리고 시를 안 쓰는 게 낫다. 지루하지 않은 동시를 읽다가 떠오른 나의 망상이다. 지루한 동시를 읽게 되면 어떤 망상이 떠오를까나. 흠.

반복할까, 말까

윤석중 「꽃밭」

강의를 끝마치고 학과 사무실에 돌아와 차를 마시며 쉬고 있는데, 학생이 들어와 나를 찾는다. 어린이문학 강의를 맡고 있는 나에게 자신이 쓴 동시를 보여 주고 평을 듣고 싶다는 것이다.

"교수님, 제 동시를 몇 편 보여 드릴게 평을 좀 해 주세요."

"난 교수가 아니고 강사일세. 동시를 쓴다니 반갑군."

"강사님, 동시를 쓰기가 어렵기도 하고 재미있기도 하고 그래요."

"강사님이라니! 학생은 중고등학교 때는 선생님을 '교사님'이라고 불렀나? 하여튼 작품을 좀 보세."

"이게 제 창작 노트예요. 이 작품부터 먼저 봐 주세요."

"오, 작품을 많이 썼네. 동시 창작에 관심 있으면 내 강의를 듣지 그랬나?"

"선생님 강의는 2학년 강의여서 시간이 잘 안 맞기도 하고요, 저는 4학년이거든요."

"그렇군. 자네도 차 한 잔 타 오게. 마시면서 얘기하지."

나는 학생이 펼쳐서 내민 노트에 적혀 있는 작품을 천천히 읽었다.

꽃밭

아기가 꽃밭에서
넘어졌습니다.
정강이에 정강이에
새빨간 피.
아기는 으아 울었습니다.
한참 울다 자세 보니
그건 그건 피가 아니고
새빨간 새빨간 꽃잎이었습니다.

"오호, 관찰력이 뛰어나군. 동심을 읽어 내는 감각이 있어."

"괜찮은 작품이지요?"

조심스레 묻는 듯한 말투였지만, 학생의 목소리엔 득의의 작품이라는 자신감이 배어 있었다.

"아기가 꽃밭에서 놀다 넘어졌다. 정강이가 깨져 빨간 피가 나와 아파서 으아 울었다. 한참 울다 자세히 보니 피가 난 게 아니고 새빨간 꽃잎이 붙어 있었다. 재미있는 상황을 간결하게 잘 잡아냈네. 상처가 눈에 보이느냐 안 보이느냐에 따라 아픔이 가감되는 건 꼭 아이들 심사에만 해당되는 일은 아닐 게야."

"선생님, 이렇게 연을 나누어 쓰는 것은 어떨까요?

아기가 꽃밭에서
넘어졌습니다.

정강이에 정강이에
새빨간 피.
아기는 으아 울었습니다.

한참 울다 자세 보니
그건 그건 피가 아니고
새빨간 새빨간 꽃잎이었습니다."

"그렇게 나누어도 어색하지 않군. '한참 울다'에서 시간적 간격이 느껴지니까 거기부터는 연을 나누어 주는 게 나을 듯싶네. 그렇게 나누고 나면 '정강이에'부터도 나누어 주어야 균형이 맞는다 싶기도 하고……."

"네. 연을 나눌지 말지 고민되네요."

"그런데 같은 말을 많이 반복해서 썼군. 굳이 같은 말을 반복할
필요가 있을까?

아기가 꽃밭에서
넘어졌습니다.
정강이에 새빨간 피.
아기는 으아 울었습니다.
한참 울다 자세 보니
그건 피가 아니고
새빨간 꽃잎이었습니다.

어떤가? 훨씬 간결하면서도 하고 싶은 표현은 다 되지 않았나?
두 번씩 반복한 '정강이에 정강이에' '그건 그건' '새빨간 새빨간'
을 한 번씩만 쓴 것이지."

"선생님, 제가 그냥 습관적으로 말을 반복한 것은 아니고요. '정
강이에 새빨간 피'라고 하는 것하고 '정강이에 정강이에/새빨간
피'라고 하는 것은 많이 달라요. 눈으로 읽을 때도 다르고, 소리 내
어 읽거나 노래하듯 읊어 보면 더 다르지요. 다른 부분도 마찬가지
고요."

"그런가? 나는 별로 차이를 못 느끼겠는걸."

"아야야! 내 정강이에, 정강이에 새빨갛게 피가 나왔네! 이런 느

낌은 '정강이에'를 반복해야 더 살아나고요. 첫번째 '정강이'와 두 번째 '정강이'가 똑같은 말의 반복이라고는 할 수 없지요. 이렇게 가락을 주고 나면 뒤에서도 '그건 그건' '새빨간 새빨간'으로 가락을 맞추어 줄 필요도 있고요."

"자네 말도 일리가 있네만, 내가 보기엔 같은 말의 반복일 뿐이네. 같은 말을 반복할 경우 십중팔구는 감정이 내면으로 스며들지 못하고 거죽에서 맴돌게 된다네. '한참 울다 자세 보니'의 '자세'는 '자세히'를 가락을 맞추느라 '자세'라고 썼을 텐데, 예전에 어른들이 입말로 '자세히'를 '자세'라고 많이 쓰더군. 이건 어떨까? 굳이 아이가 피가 난 곳을 '자세히' 봤다기보다 한참 울다가 다시 본 것이니 그냥 '다시' 본 것으로 하면…… '한참 울다 다시 보니/그건 피가 아니고/새빨간 꽃잎이었습니다.'"

"그냥 다시 본 것은 아니고 처음에 볼 때보다 더 자세히 본 것이지요. 아프긴 여전히 아파도 자세히 보니 꽃잎인 것이 눈에 띈 것이고요. 물론 제가 이런 생각을 미리 다 하고 작품을 썼다고는 할 수 없지만……."

"아니, 그 이상의 생각과 느낌이 오갔을 것이네. 이만한 작품이 그리 쉽게 나오는 것은 아니지. 이건 자네 작품이지 내 작품은 아니니까 결정권은 자네가 갖고 있네만, 나라면 이미 말한 대로 반복된 말을 빼고, '다시 보니'라고 고쳐 쓰겠네. 이렇게 해서 읽으니 더 훌륭한 작품인데?"

"선생님은 글자로 먼저 이 작품을 접해서 그렇게 느끼시는 것이지요. 글자로 본 게 아니라 들었거나 가락으로 느끼면 ─."

"그럴 수도 있겠군. 내가 너무 문자에 중독되었나?"

"선생님, 이 작품에서도 반복된 말을 빼시겠어요? '우리 우리 집에서/제일 제일 큰 것은 무엇일까요?/그건 그건 우리 아기/울음소리죠.//우리 우리 집에서/제일 제일 무서운 건 무엇일까요?/그건 그건 우리 아기/떼쓰는 거죠.'"

"두 번씩 쓴 말을 한 번씩만 써 보세. '우리 집에서/제일 큰 것은 무엇일까요?/그건 우리 아기/울음소리죠.//우리 집에서/제일 무서운 건 무엇일까요?/그건 우리 아기/떼쓰는 거죠.' 이렇게 되는데, 꽤나 싱겁군."

"아이가 집안의 어린 아기를 귀여워하는 모습이 살아나지 않지요. 노래였던 작품이 맥이 빠지면서 노래가 되지 않고…… 선생님의 방법은 적절치 않아요."

"어쨌든 싱거운 작품이란 게 드러났으니, 나라면 이 작품은 버리거나 더 두고 보면서 보완하겠네. 말의 반복으로 리듬감을 주었다지만 실상은 서술적인 표현에 머물렀네. 말투로 보아 화자는 아이인데, 문답 형식에다 같은 말을 반복하니 상당히 유치해졌지 않나?"

"선생님, 그러면 이 작품에서도 반복이 불필요한가요? '보리를 찧어 주는 절굿공아./고맙다 고맙다 고맙다.//팥을 타 주는 맷돌아./고맙다 고맙다 고맙다.//쌀을 일어 주는 조리야./고맙다 고맙다 고맙다.//불을 때 주는 부지깽아./고맙다 고맙다 고맙다.//밥을 퍼 주는 주걱아./고맙다 고맙다 고맙다.'"

"오호라, 절굿공이에 맷돌에 조리에 부지깽이…… 살림살이가 오롯이 드러나네. 이건 '고맙다'를 딱 세 번씩 반복한 게 아주 적절하군. 그렇잖으면 시가 되질 않았겠지."

"아이들이라면 고마운 마음을 밖으로 터억 드러내야 제격이지요. 동시가 독자의 내면에 깊숙이 감정이 스며들도록까지 작용해야 할 필요는 없지 않아요."

"'고맙다'든 '놀랍다'든 일차적으로 자기 마음을 제대로 끄집어낸 다음에라야 독자의 내면에 스며들지 못 스며들지 따져 볼 수 있겠지. 말을 매만지다 보면 사물이나 감정의 거죽에서 겉돌다가 말 위험이 있지."

"이 작품은 지금 쓰고 있는 건데요. '저 바다/저 바다/저 바다가 울 언니를 잡아갔대요.//고기잡이 배 타고 저 바다로 나간 지/열 달이 되어도 안 돌아오는 울 언니.' 뒤를 어떻게 이을까 고민하고 있어요."

"자네는 반복의 효과를 많이 활용하는군. '저 바다/저 바다/저 바다' 하고 세 번 되풀이하니 바다가 매우 무겁고 무섭게 다가오네. 그렇지만 '저 바다가 울 언니를 잡아갔대요./고기잡이 배 타고 저 바다로 나간 지/열 달이 되어도 안 돌아오는 울 언니.' 하고, 반복하지 말고 한 연으로 합쳐도 좋을 듯싶네."

"선생님께 평을 듣겠다고 하고 제 주장만 펼치는 것 같네요. 저는 '저 바다가 울 언니를'로 바로 들어가기보다 '저 바다/저 바다/저 바다가'라고 해서 시퍼렇게 눈앞에 버티고 있는 바다에 대한 아이의 절박한 느낌을 살려 주고 싶어요. 지시적인 의미로 '저 바다' 라고 해서는 사람을 삼킨 '바다'의 느낌을 표현할 수 없어요."

"아기의 귀여운 모습, 그 아기를 관찰하는 아이의 순진한 눈길이 특징인 먼저의 두 작품보다 뭔가 새로운 것이 나올 것 같은 분위기네. 그렇지만 나는 반복은 역시 반복일 뿐이란 생각이 드는걸! 시란 언어를 가장 경제적으로 사용하는 장르이지 않은가. 잘 완성해 보시게."

"선생님은 너무 간결성에 집착하시는군요. '저 바다가'를 세 번 반복하니까 군더더기인 것 같지만, 실은 더 많은 말을 압축하고 압축한 결과일 수도 있지요. 제가 실제로 많은 구절을 썼다가 압축한 것은 아니지만, 말이 반복되면서 다양한 연상의 공간이 열리지요."

"그래. 가락에 대한 자네의 감각에 기대를 거네. 내 이야기도 염두에 두면서 자기 세계를 개척해 보게. 아이의 목소리를 내는 것도 중요하지만, 동시란 어른이 쓰는 것이란 사실도 잊지 말고."

"동시를 보는 눈이 저와 다른 점이 많으시네요. 차분하게 조목조목 짚어 주셔서 좋았고요."

"딱 하고 죽비로 내리치는 한마디 말이 더 주효할 수 있는데, 내겐 그런 재주가 없네그려."

---

* 이 글의 상황은 필자가 임의로 설정한 것이고, 인용한 작품은 순서대로 윤석중의 「꽃밭」(『초생달』, 1946), 「무엇일까요」(『아침 까치』, 1950), 「고맙다」(『어깨동무』, 1940), 「저 바다」(『잃어버린 댕기』, 1933)이다. 작품 인용은 윤석중 동요 선집 『날아라 새들아』(개정판 15쇄, 창비 2009; 초판 1983)를 따랐다.

불편한 소재, 불편한 진실 1

김응 「빨간 꽃」

동시의 소재는 어디까지일까? 원론적으로는 어린이의 삶과 관련된 모든 것이라 하겠다. 그렇지만 다루기 거북한 소재가 여럿 있다. 예를 들면 '똥' '방귀' 같은 냄새나는 생리 현상. 예전에는 '똥' '방귀'를 소재로 한 작품이 거의 안 나왔다. 그런데 요즘은 엽기 취미 때문인지 '똥' '방귀' 소재 동시를 자주 보게 된다. 『누가 내 머리에 똥 쌌어?』(베르너 홀츠바르트 글, 볼프 에를브루흐 그림, 사계절 1993)*

---

* 『누가 내 머리에 똥 쌌어?』의 원제는 'Vom kleinen Maulwurf, der wissen wollte, wer ihm auf Kopf gemacht hat'로 번역하면 '누군가 머리 위에다 한 짓이 뭔지 알고 싶어 하는 작은 두더지로부터'라 한다. 영어판의 제목은 'The Story of the Little Mole Who Knew it was None of his Business'이다. 미국에서 이 책이 나왔을 때는 어린이책에서 똥을 소재로 했다고 해서 금서로 정해 아이들이 읽지 못하게 해야 한다는 주장도 있었다.

라는 직설적인 제목의 그림책이 나와 선풍적인 인기를 얻게 되면서 금기가 풀린 걸까? 어쨌든 근래는 방송이고 출판이고 똥, 방귀 이야기가 풍성하다. 자극적인 소재로 눈길을 끌려는 안간힘 같아 안쓰러워 보이기도 하고, 세상이 경쟁적으로 염치를 벗어던지는 것 같아 우려스럽기도 하다. 사실 금기는 어른의 문화일 뿐, 금기의 대상이란 대개 아이들에겐 골칫거리, 재밋거리, 놀잇감이기도 하다. 그런 만큼 소재가 개방된 면은 환영할 만하다.

김응 동시 「빨간 꽃」은 여성의 생리 현상인 '초경(初經)'을 소재로 한 작품이다.

빨간 꽃 • 김응

드디어
내 팬티에도
빨간 불이 켜졌어.

엄마한테, 친구들한테
말로만 듣던 일이
내게도 일어난 거야.

온몸이 뜨거워지더니
얼굴이 불난 것처럼 화끈거렸어.

하루 종일 불이 꺼지지 않았어.

─엄마, 나 이제 어떡해?

저녁때 엄마가
내 손에 빨간 장미 한 송이를
쥐어 주었어.

─우리 딸 드디어 꽃이 된 거야!

소재가 개방되는 경향이 있지만 여전히 월경이나 몽정 같은 생리 현상, 노숙자 같은 사회 문제, 부모와 교사 같은 '어린이 보호자'에 대한 비판 등은 동시의 소재로 금기시되는 경향이 있다. 사실 동시에서는 다루기 거북한 소재이고, 다루더라도 대개 정면에서 다루기보다는 우회하거나 변죽만 울리는 경우가 많다.

김응 동시집 『개떡 똥떡』(청개구리 2008)에 실린 「빨간 꽃」은 초경을 맞은 아이가 당황하는 모습과 어머니가 보인 반응을 중심에 놓고 있다. 아이들의 초경 연령이 점점 낮아진다고 하는데, 요즘은 보통 초등 5, 6학년 때 초경을 경험한다고 한다. 그러니 저학년 또는 유아 대상 동시가 아니라면 동시의 소재로 초경 또는 월경을 다루었다 해서 문제될 것은 없다. 성장기 여자아이라면 누구나 겪는, 중요한 몸의 변화를 상징하는 경험이니 어린이문학 작가라면 누구나 도전해 볼 만한 소재라고 볼 수도 있겠다.

「빨간 꽃」은 누구에게나 아주 구체적인 체험일 초경의 경험을 매우 추상적으로 표현한다. 핏자국= '빨간 불'(신호등)로, 생리통 같은 증상= '불'(화재)로 비유한다.

박성우의 동시에도 초경을 다룬 작품이 있다. 동시집『불량 꽃게』(문학동네 2008)에 실린「빨간색 얼룩」이란 작품인데, 첫 두 연은 다음과 같다.

> 아침에 팬티를 갈아입는데
> 팬티에 빨간색 얼룩이 묻어 있었다
>
> 무서웠다
> 머리가 어질어질했다
> 다리에 힘이 풀려서 그냥 주저앉았다
> 이게 생리인가?
> 누가 볼까 봐
> 팬티를 꽉 눌러서 옷장 맨 밑에 숨겼다

우회나 비유 없이 직설로, 상황을 구체적으로 묘사한다. 여성 시인인 김응이 추상적으로 접근한 데 비해 남성 시인인 박성우는 마치 사실주의 단편소설의 서두처럼 간결하면서도 구체적인 묘사로 접근한다.

요즘은 아이들이 대부분 월경에 무지하지 않은 상태에서 초경을 맞이하지만, 그렇다고 당황스럽지 않은 것은 아니다. 「빨간 꽃」의 주인공은 엄마에게 "나 이제 어떡해?"라고 묻고, 「빨간색 얼룩」의 주인공은 학교에 가서 보건 교사에게 자기에게 일어난 일이 무엇인지 물어본다. 「빨간 꽃」의 엄마는 딸에게 빨간 장미를 쥐어 주며 딸의 성장을 축하하고 격려하는 모범 엄마이다. 「빨간색 얼룩」의 부모도 "'우리 딸 다 컸네' 하면서 꼭 안아 주"는 모범 부모다. 요즘 부모들이 이렇게 성숙한 모습을 보이는 게 사실이기도 하겠지만, 어린이 독자에게 생리에 대한 불안이나 공포, 왜곡된 인식을 심어 줄 우려가 있는 표현은 피하려는 시인의 심리가 작동한 것 같기도 하다.

「빨간색 얼룩」은 계속 단편소설처럼 전개되어, 월경을 시작한 아이는 하기 싫은 일이 있으면 생리통을 핑계로 댄다.

그 뒤로는
공부하기 싫으면, "아빠, 나 생리통"
밥 먹기 싫으면, "엄마, 나 생리통"
생리 시작할 것 같다고
거짓말 치고는 종일 놀기도 했다

근데 진짜 생리 때는 아파서 말도 잘 안 나온다

끝까지 비유적인 표현에 기대지 않고 구체적인 상황 묘사와 구성으로 초경을 만난 아이의 경험과 정서를 드러냈는데, 마지막 연 "근데 진짜 생리 때는 아파서 말도 잘 안 나온다"로 방점을 찍는다. 생리가 여성에게 필연이며 고통인 점을 인상적으로 부각한다. 기발한 비유나 밑줄 그을 만한 오묘한 표현은 없다. 돌려 말하고 싶지 않은 것이 이 시의 태도다.

그런데 「빨간 꽃」은 엄마의 말 "─우리 딸 드디어 꽃이 된 거야!"로 방점을 찍는다. 꽃이 되다니! 무엇을 의미하는지 나로서는 짐작이 되지 않는다. 작품 내에서는 어머니가 준 장미꽃이 있다. 장미꽃과 연결해서 "꽃이 된 거야"의 꽃이 무엇인지를 추정해 보려 해도 답이 잘 안 나온다. 작품 밖에서는, 일반적으로 여성의 아름다움을 꽃으로 비유한다. 초경을 경험한 아이에게 "아름다운 어른 여성이 된 거야" 이렇게 말할 수 있을 것 같긴 하다. 그런데 그런 뜻을 담으려고 엄마가 "─우리 딸 드디어 꽃이 된 거야!"라고 말했다면, 내 감각으로는 영 어울리지 않는 말을 한 거다. 센스 없고 사실과 맞지도 않는다. 게다가 시어로는 생명력이 없는 비유다. 여성을 성적 대상이나 노리개로 비하해 말할 때 꽃으로 비유하기도 한다. 이런 의미로 꽃을 말했을 리는 더더구나 없다. 그래서 나는 이 마지막 연이 당황스럽다.

동시에서 우리는 예쁘고 아름답고 귀엽고 좋은 말들을 만난다. 험하고 요란한 세상, 지친 영혼의 사람들이 맑고 정갈한 언어와 정서를 동시에서 얻고자 하고 동시가 그런 기능을 주로 하고자 하는 것은 나쁠 것 없다. 동시의 존재 이유이기도 하다. 하지만 똥, 방귀에서 나아가 좀 더 '불편한' 소재, '불편한 진실'과 마주하는 과감한 도전도 필요하다. 익숙한 동시에 우리는 벌써 중독돼 있고, 세뇌되어 있으니까!

불편한 소재, 불편한 진실 2

곽해룡 「맨발」

당신도 숙자를 만난 적이 있을 것이다. 멀찌감치서 불쌍하다는 듯, 측은하다는 듯 그를 바라보면서 끌끌 혀를 찼을지도 모른다. 또는 후줄근한 차림에 때 묻은 얼굴로 역 대합실이나 지하도 바닥에서 뒹구는 그에게 도움의 손길을 줄 수 없을지 잠시 걸음을 멈추고 생각에 잠겼을 수도 있다. 때로는 갈 길이 바빠서 그냥 스치듯 지나치고 말았을지도. 우리 사회의 어두운 면을 상징적으로 드러내는 것이 바로 숙자들이라고 당신 나름의 사회학적 분석을 시도했을지도. 어쩌면 외국인 관광객에게 대한민국의 나쁜 이미지를 심어 줄 숙자들을 당국은 왜 싹 쓸어 버리지 않느냐고 불평을 했을지도. '숙자' 또는 '숙인'이라 불리는 그의 성은 '노'이다.

맨발 • 곽해룡

헌 신문지는 가벼워서
돗자리 대신 가지고 다니면 좋다

바닥에 펴 놓고 깔고 앉기도 하고
가방을 얹기도 하고
더러운 것을 살짝 덮어 놓기도 하는 헌 신문지

서울역 지하도에는
바닥에 헌 신문지를 깔고 그 밑에
몸을 뉜 사람들이 있다

엉덩이도 가방도 눈길도
닿기 싫어하는 바닥에 껌처럼 바짝 달라붙어
바닥이 돼 버린 사람들
헌 신문지 한두 장으로 가리지 못한 맨발이 춥다

『동시마중』지난 호(2011년 7·8월호)에서 나는 '동시의 소재는 어디까지일까?'라는 질문을 던져 보았다. 여성의 생리를 소재로 한 작품을 읽어 보면서 동시에도 '불편한' 소재, '불편한 진실'과 마주하는 과감한 도전이 필요하다고 말했다.

노숙자 같은 사회 문제도 다루기 어려운 불편한 소재다. 정면으로 다루기에는 아이들에게 너무 무거운 짐을 지우는 것 같고, 우회해서 다루자니 겉만 핥거나 자칫 왜곡된 인식을 심어 줄 수 있다. 짧은 서정시에서 복잡한 사회 문제를 다루는 것은 근본적으로 적절치 않다고도 할 수 있다.

곽해룡의 「맨발」(『맛의 거리』, 문학동네 2008)은 노숙자의 삶을 바라보는 느낌을 신문지와 맨발에 실어 나타낸 작품이다. 시의 목소리와 어투로 평범한 서술체를 택해, 아이 화자의 특징적인 목소리와 어투를 표 나게 드러내지 않는다. 1, 2연에서 신문지에 대한 소개를 가볍게 한 것은 노숙자라는 소재가 주는 무거움을 덜어 준다. 첫 연에서부터 본격적으로 주제에 진입하기보다 도입부를 넉넉히 둔 것이다. 노숙자의 삶이라는 무거운 소재와 주제를 동시에 담아내기 위한 시인 나름의 전략이라고 할 수 있다. 갖고 다니다가 "깔고 앉"거나 "가방을 얹"어 놓거나 더러운 것을 "살짝 덮어 놓"는 데 쓰이는 신문지—아주 흥미로운 대상은 아니지만 일상에서 친숙한 물건인 신문지의 기능을 환기하여 독자의 궁금증을 자아내다가 3연에서 신문지를 색다른 용도로 사용하는 사람들을 언급한다. 초점의 이동이다.

"바닥에 헌 신문지를 깔고" 그 위에 앉거나 물건을 놓는 것이 아니라 "그 밑에/몸을 뉜 사람들", 바로 숙자들이다. '노숙'은 본래 한뎃잠을 자는 노숙(露宿)이지만 길 위에서 자는 노숙(路宿)이기도 하다. 4연에서는 시상의 전환과 결구가 잇따른다. "닿기 싫어하는 바닥에 껌처럼 바짝 달라붙어/바닥이 돼 버린 사람들". 노숙자는 '거리의 사람'이며 이처럼 '바닥이 된 사람'이다. 결구는 "맨발이 춥다"이다. 신문지 밑에 몸을 뉘었으나 미처 다 가리지 못하고 드러난 맨발은 '춥다'. 이 '추운 맨발'은 "바닥이 돼 버린" 노숙자의 어려운 처지와 고통을 압축적으로 드러내는 비유이자 상징이며, 그에 대한 화자의 감정을 절제해 드러내는 표현이다.

노숙자와 관련해 기억나는 시로 김사인의 「노숙」(『가만히 좋아하는』, 창비 2006)이 있다. "헌 신문지 같은 옷가지들 벗기고/눅눅한 요 위에 너를 날것으로 뉘고 내려다본다/생기 잃고 옹이진 손과 발이며/가는 팔다리 갈비뼈 자리들이 지쳐 보이는구나". 이렇게 시작하는 「노숙」은 노숙자 자체를 다룬 시는 아니다. 노숙자를 자기의 분신으로 뉘어 놓고 자신에게 말을 거는 것이다. "미안하다/너를 부려 먹이를 얻고/여자를 안아 집을 이루었으나/남은 것은 진땀과 악몽의 길뿐이다/(⋯)/차라리 이대로 너를 재워 둔 채/가만히 떠날까도 싶어 네게 묻는다/어떤가 몸이여". 중년의 나이에 이르러 돌아보는 회오와 자기연민, 지난 생의 고통과 허무를 잔잔하면서도 절절한 어조에 싣고 있다. 그만큼 가슴으로 파고드는 호소력이 있다.

동시에서는 「노숙」과 같이 사회적인 소재를 서정 자아의 품으로 깊숙하게 끌어안기는 힘들 것이다. 「노숙」은 「맨발」처럼 노숙자 자체에 초점을 맞춘, 노숙자 소재의 시가 아니다. 따라서 「맨발」과

「노숙」을 같은 층위에서 비교해 읽을 수는 없다. 나는 「맨발」이 '불편한' 사회 현실을 다루면서도 동시로서의 안정감을 획득한 것을 높이 평가한다. 그러나 시의 감응력과 접근 방식에 대해서는 아쉬움과 함께 더 도전해 볼 지점들이 있다는 것을 말하고 싶다.

오늘날 아이들은 사회 현실, 사회 문제에 대해서 직간접으로 아주 많이 보고 듣는다. 매스컴과 학교 수업, 가정과 학교 생활 등에서 수동적으로 혹은 능동적으로 많은 정보를 접한다. 물론 정보를 접하는 것과 정보를 수용하고 인식하는 것은 다르지만, 사회 문제를 다룬 동시들을 보면 아이의 경험적인 계기를 시상 전개의 단초로 삼는 경우가 많다. 또한 「맨발」처럼 일반적인 맥락이나 상황을 밝혀 주는 방식을 택할 수도 있다. 전자의 경우 제한적이고 피상적이기 쉬운 경험적 계기를 어떻게 더 깊은 내용으로 발전시키느냐 하는 것이 관건이겠고, 후자의 경우에는 어떻게 서정 자아와 대상의 거리를 좁혀 독자의 감응력을 높일 수 있는가 하는 것이 관건이 될 것이다. 이를테면 윤석중이나 윤동주라면 어떻게 썼을까, 상상해 볼 필요가 있다.

또한 사회 문제가 지닌 복잡성, 격심한 갈등이나 부당한 폭력 등과 같은 '불편한 진실'들을 어디까지 수용해야 하는가 하는 문제가 있다. 시는 총체적인 진실을 추구하는 장르가 아니다. 그렇지만 소재로 삼은 사회 문제의 핵심을 꿰뚫는 성찰을 바탕에 깔고 있어야 좋은 시가 나올 것이다. 아이의 시선 또는 동시의 범주이므로 모범 답안이나 사회의 '건강성'에 기대야 한다고 전제할 필요는 없다.

이 지점에서는 오히려 사회학적 시선이나 '사회 정의의 실현' 같은 관점에 얽매이지 말고, 선입견과 상투적 상상력에 물들지 않은 일종의 '순진무구' 상태에서 접근할 필요가 있다. 그것이 동시의 장점을 살리는 길이다. 권정생의 사회 동시들을 보면, 다소 생경할지라도 무엇보다도 시인의 '뜨거운 가슴'이 감동의 원천이 되고 있다. 뜨거운 가슴과 진정성이 없으면 사회 동시가 제대로 쓰이기 어렵다.

곽해룡의 동시집 『맛의 거리』에는 '불편한' 사회 현실을 적극적으로 수용한 시들이 몇몇 보인다. 식당에서 껌을 파는 산재 외국인 노동자를 만난 이야기를 담은 「고요한 밤」, 철거를 막으려고 짐수레에 몸을 묶어 버린 노점상 아저씨를 그린 「나무」, 딱히 사회 문제라 할 수 없지만 아이들에게는 비일상적인 사건인 아버지와의 문상(問喪) 경험을 다룬 「문상」 등이다. 이런 작품들의 존재가 곽해룡 동시의 한 특징이자 강점이 되고 있다. 어쩌면, 사회 현실이 충분히 녹아들고 스며든 작품은 내 눈에 사회 문제를 다룬 작품으로 비치지 않았을지도 모르겠다. 흠.

정부 없는 나라 아이들아

이원수 「첫눈」

얼마 전 이원수 선생의 따님 이정옥 여사가 보내 준 책을 한 권 받았다. 진홍빛 바탕에 아래쪽에 꽃을 들고 걸어가는 아이들이 그려진 표지의 이원수 '동요동시집' 『종달새』로, 1947년 새동무사에서 나온 것을 복원 출판한 책이다. 4·6판 작은 크기에 64페이지, 값은 45원이다. 이원수의 첫 동시집으로, 33편의 작품을 '종달새' '찔레꽃' '달밤'으로 부를 나누어 싣고 있다.

첫눈 • 이원수

1946. 겨울의 노래

겨울은 아직도 멀었거니 했는데

눈이 나린다
흐린 하늘에서.

헐벗은 우리,
옷은 해지고
낡은 없고,
학교엘 가도 난로 없는 방
집엘 와도 싸늘한 냉돌.

해마다 눈은
못 견디게도 반가웠건만
올겨울 첫눈아
너는 왜 슬프냐.

정부 없는 나라 아이들은
서러웁다 서러웁다
누가 어쩌기에
우리 모두 헐벗고 굶주리나.

날리는 저 눈송이
나비 되고 꽃이 되어
우리들 다 잘 살

독립의 날과 함께 안 오려나

아, 어서 그날 안 오려나.

—1946. 9.

제3부 '달밤'에 속한 작품이다. '달밤'에는 1946년에 쓴 작품을 주로 묶었는데, 「버들피리」 「달밤」 「첫눈」 등 1946년작 여섯 편과 「새봄맞이」(1936. 1.), 「염소」(1940. 1.)가 함께 실려 있다.

작품 끝에 창작 시기를 1946년 9월이라고 밝힌 「첫눈」은 첫눈을 맞는 감회를 직접적으로 토로한 작품이다. 9월인데 벌써 첫눈이 내린 걸까? 첫눈을 다룬 동시나 동요는 첫눈을 맞이하는 "못 견디게도 반가운" 기분이나 맑고 밝고 순수한 느낌을 잘 포착해 드러내고자 하는 게 일반적이다. 그런데 이원수의 「첫눈」은 어둡고 우울하다. "올겨울 첫눈아/너는 왜 슬프냐." 늘 반갑던 첫눈이건만 올해의 첫눈은 왜 이리 슬픈 것인가 화자는 묻고 있다. 물음 형식이지만 첫눈을 맞으면서 나—우리는 몹시 슬프다는 직정적 감정 토로다. (일제시대에서 광복—분단으로 이어진 1945년까지의 첫눈 역시 이 시의 맥락으로 보면 실제로는 반가웠을 리 없다.)

나—우리가 슬픈 이유는 2연에 나와 있다. 옷은 해어지고 땔나무가 없으며, 학교에 가도 춥고 집에 와도 냉돌로 싸늘하기 때문이다. 4연에서는 "누가 어쩌기에/우리 모두 헐벗고 굶주리나."라고 그 근원을 묻고 있다. "정부 없는 나라 아이들은/서러웁다 서러웁다"라는 서술이 보통의 진술이 아니라 강한 항의를 담고 있듯,

이러한 물음 역시 강렬한 항의이다. 이원수의 창작방법에서 소재나 제재로 취해지는 사물의 기능은 대개 자아가 처한 어떤 상황을 반영해 일어나는 감정들을 촉발하고 매개하고 표상하는 재료로서의 그것이다. 이 시에서 '첫눈' 역시 그러한 기능을 한다. "우리 모두 헐벗고 굶주리"는 현실 상황. '우리 모두'는 '헐벗고 굶주리'는 불행한 처지에 있으며, '헐벗고 굶주리'는 이는 '모두가 우리'이다. 화자는 "정부 없는 나라 아이들"을 '우리 모두'로 끌어안아 그들의, 우리의 시각에서 노래한다.

"정부 없는 나라"라니? 나라는 있는데 정부가 없는 것인가? 마지막 5연에 이르러선 "독립의 날"을 기다리고 부른다. 1946년에 '독립의 날'이라니? 1945년 8월 15일 조선이 독립된 게 아니었어? "우리들 다 잘 살/독립의 날"이라고 한바 "우리가 다 잘 살"지 못한다면 독립이 독립이 아닌가 보다. 1945년 8월의 '해방'이나 '독립'은 일제로부터 풀려난 '해방'이요 '독립'이니 식민지—과거를 벗어났다는 것이요, 현재나 미래까지 가리키는 개념은 아닌 것으로 받아들인다. 1946년이면 남한에는 미군정이 실시되고 북한에서는 소련이 영향력을 행사하고 있던 시기이다. 나라를 빼앗기고 정부도 없던 시절에서 나라를 찾기는 찾았지만 우리 정부가 없고, 더더구나 헐벗고 굶주리는 아이들을 돌보고 잘살게 해 줄 진정한 정부는 아직 없다. 윤석중의 동시 「독립」(『초생달』, 1946)에서 방공호 속에서 거적을 쓰고 사는 아이가 "독립은 언제 되나요?"라고 물었듯이, 명색은 해방된 나라이건만 집 없는 사람들에게 집을 주고 헐벗고 굶주리는 사람들이 따뜻하고 배가 부를 '독립'의 날은 아직 오지 않았다.

이원수는 이 작품에서 자연 현상인 첫눈을 보며 시국에 대한 자신의 견해를 직접적으로 밝히고 있다. 가난을 벗어나지 못한 현실에 대한 울분과 제대로 된 정부가 서고 나라가 서기를 바라는 염원을 직정적인 감정 토로에 가깝게 표출한다. 이를 좀 더 은유적으로, 문학적 수사에 공을 들여 형상화할 수도 있었을 것이다. 그러기에는 시국이 몹시 절박하고 감정을 삭일 만한 여유가 없었을지도 모른다.

2010년대, 오늘날엔 이렇게 현실을 크게 잡아 동시를 쓰려는 이는 없는 것 같다. 민주 시민으로서는 현실의식이 날카롭더라도 동시에서 이를 예각적으로 드러내고자 하지 않는다. 매체의 상황과 문화적 정치적 상황이 억압적이어서 문학에, 동시 작품에 시국관을 담아야만 할 문학운동의 필요성도 거의 없어졌다. 그런 맥락에서 보자면, 지금 우리에게 이원수의 「첫눈」은 구시대적이고 재미가 없는 관념적 작품이다. 그러나 이 시를 읽으며 나는 이런 생각도 든다. 이원수는 왜 이런 식으로 '동시'를 썼을까? 아이들이 이

시를 읽고 공감하고 즐기기 쉽지 않다는 것을 잘 알았을 것이다. 그렇지만 자신이 '오늘 여기'의 현실을 보며 느끼는 절절한 감정과 갖게 되는 뜨거운 생각들을 '동시'에 담아 아이들과, 어른들과 나누고 싶었을 것이다. 그것이 누군가에게는 동시답지 않을 수도 있음을 의식하지 않았고, 의식했더라도 그것은 그에게 중요하지 않았을 것이다. 오히려 자신의 진정이 통하고 외롭지 않으리라 믿었을 것이다. 요컨대 그는 시대에 대한, 현실에 대한, 아이들의 삶에 대한 자신의 절실한 생각과 느낌을 담아 동시를 쓰는 데 전혀 주저함이 없었던 것이다. 이원수의 문학을 잇고자 하는 동시인들도 지금은 21세기 세상의 눈치를 보는 것 같다. 혹시 이원수의 친일 행적이 더욱 편하게 눈치를 볼 수 있는 빌미가 되어 준 것은 아닐까 짐작도 해 본다. 나는 이 시 한 편을 읽으며 '다시 이원수로 돌아가자!'라고 주장할 생각은 없다. 다만 동시의 그릇은 스스로 만드는 것, 주저 없이 동시에 자신의 전부를 담아 아이들과 어른들과 나눌 수 없는 동시인은 반쪽짜리 동시인임을 선언하고 싶다.

북한의 김정일 국방위원장이 2011년 12월 17일 사망하고 그 아들 김정은이 권력을 승계하였다. 3대째 최고 권력을 세습하는 북한 체제는 반민주 비민주의 극한을 보여 주는 체제이다. 무엇보다도 '인민'을 잘 먹여 살려야 할 '조선민주주의인민공화국'이 민주주의도 버리고 인민도 행복하게 해 주지 못하고 있다. 행복하게는커녕 굶주림을 해결하는 최소한의 수준에도 미달하고 있다. "정부 없는 나라 아이들은/서러웁다 서러웁다". "누가 어쩌기에" 북한 아이들이 헐벗고 굶주리는지 우리는 잘 알고 있다.

'대한민국'은 어떤가? 정부 있는 나라의 아이들이라 할 수 있는가? 며칠 전인 12월 20일 대구에서 두 명의 동급생에게 괴롭힘을 당하던 중학생이 아파트 7층에서 뛰어내려 자살했다. 대한민국의 고층 아파트는 풍요와 안락의 상징이 아니라 학업 스트레스와 집단 따돌림 등으로 고통받는 아이들이 올라선 백척간두의 아슬아슬한 현실이다. 어떤 날은 무려 사오십 통에 이르는 문자 메시지로 협박과 명령을 받았고, "피아노 의자에 엎드려 놓고 손을 봉쇄한 다음 무차별적으로 저를 구타하"고 "라디오 선을 뽑아 제 목에 묶고 끌고 다니면서 떨어진 부스러기를 주워 먹으라" 하는, 차마 옮기기조차 끔찍스러운 폭력과 모욕을 당하면서 "매일매일 가족들 몰래 제 몸의 수많은 멍들을 보면서 한탄한"(유서 내용) 어린 영혼이 선택할 수 있는 길이 무엇이 있었던가? 죽음을 택한 학생이나 가해 학생 모두에게 과연 이 나라에 '정부'가 있다고 할 수 있는가? 식민지에서 해방된 지 벌써 66년, 그러나 우리가 과연 정부를 제대로 세웠는가? "날리는 저 눈송이/나비 되고 꽃이 되"는 '그날'은 아직도 오지 않았고, '정부 없는 나라 아이들'의 서러움은 지금도 남과 북에서 깊디깊기만 하다.

닭살 돋는 동시를

주미경 「놀이터에서」

'어른을 위한 동화'는 있는데, '어른을 위한 동시'는 없다. 아니, 없다는 것은 섣부른 판단이다. 인터넷 검색을 하니 '어른을 위한 동시'로 올라온 글들이 조금 나온다. '어린이와 어른을 위한 동시'라는 표제를 달고 나온 동시집도 있다. 하지만 "이거 어른을 위한 동시인데, 당신 한번 읽어 봐"라고 권할 만한 동시집이나 동시는 아직 내게 없다. 그래서 나한테 '어른을 위한 동시'는 없다.

'어른을 위한 동시'가 굳이 있어야 하나? 그렇게 따지면 굳이 없어야 할 까닭도 없다. 『동시마중』 독자가 몇 명인지는 모르지만 99%가 어른일 테니, 『동시마중』에 실린 동시는 싫든 좋든 '어른을 위한 동시'인 셈이다. 그런 의미에서 많은 동시가 '어른을 위한 동시'다. 꼭 어른을 '위한'다기보다 어른이 '읽는' 동시라는 뜻에서

'어른을 위한 동시'다. 시인 본인과 출판사 편집 직원과 책을 증정 받은 사람 중 일부——모두 어른——가 읽는 동시집부터 아이보다 어른이 더 많이 읽었을지도 모르는 이원수 동시집에 이르기까지 사실 따지자면 '어른을 위한 동시집'은 참 많다.

『동시마중』 11호(2012년 1·2월호)에 실린 동시 작품들을 읽어 나 가면서 나는 '햐아, 좋다!' 하였다. 시들이 거의 모두 좋았다. 하나 같이 맑고 깔끔하고, 옹골찬 마음이 보인다. 그러다가 "이거 죄다 『동시마중』 독자를 위한 동시 아닌감?" 하는 의심이 들었다. '어른 의 동심에 안겨 든, 새로운 동심주의 시'다. 그래서 나쁠 것은 없다. 『동시마중』 독자를 위한 동시로 시인과 독자가 점점 짝짜꿍이 맞 아 들어간들 또~ 어떠리.

놀이터에서 • 주미경

책가방 하나
내려놓았을 뿐인데

하늘로
저절로
솟구친다.

'놀이터에서'라는 제목 아래에 문장 하나를 슬쩍 던져 놓았을 뿐인데, 매우 인상적이다. 서늘한 물결처럼 철썩 와 닿는다. 탁, 치고 간다.

"(놀이터에서) 책가방 하나/내려놓았을 뿐인데//하늘로/저절로/솟구친다." 주어가 없으니 불완전한 문장이다. 그렇다고 불완전한 시인 것은 아니다. 주어를 넣어 본다. '내가/책가방 하나/내려놓았을 뿐인데……', '명우가/책가방 하나/내려놓았을 뿐인데……'.

어린이라면 어떻게 썼을까? 어린이가 이 문장대로 시를 썼다면 그는 시인으로서 시를 쓴 거다. 어린이답게 쓴 것은 "야, 놀자/책가방을 팽개치고/미끄럼틀에 뛰어올랐다" 이런 걸까? "슬그머니 책가방을 내려놓고/공을 차러 갔다/야, 패스! (또는 '나도 끼워 줘~')" 이런 걸까? "놀이터에서 신 나게 놀았다/나 혼자 놀았지만/재미있었다" 이런 걸까? 어른의 발상이니, 어차피 다 안 맞을 것 같긴 하다.

책가방 하나 내려놓았을 뿐인데, 단지 그뿐인데 몸이 가뿐하다. 몸이 날아갈 것같이 가볍다. "하늘로/저절로/솟구친다." 3행으로 나누었지만, 늘어지지 않는다. 막 하늘로 솟구쳐 오를 것 같다. 아니다, 솟구쳐 오른다. 가만히 있는데 저절로. 팡 터지는 해방감이다. "책가방 하나"의 '하나', "내려놓았을 뿐인데"의 '뿐'! '하나'와 '뿐'이 딱 제자리에 왔다.

창가에 비쳐 든 햇살 한 자락이 독한 환멸일 때가 있다. 아침마다 들어야 하는 칫솔 한 자루가 천근으로 무거울 때가 있다. 조용히 모든 것을 내려놓고 스위치를 끄고 싶을 때…… 생이 아름다울

지라도, 초록별 지구가 더없이 황홀한 아름다움일지라도 육신이 거추장스러울 때가 있다. 정신이 거추장스러울 때가 있다.

무제

목숨 하나
내려놓았을 뿐인데

이리도
가뿐하다.

"책가방 하나/내려놓았을 뿐인데"는 비슷한 구절을 자꾸 떠오르게 한다. 아니, 한두 번의 연상작용을 거치자 "목숨 하나/내려놓았을 뿐인데"가 금방 떠오른다. 어쩌면 상투적 상상력인지도 모른다.

아이들이 죽어 간다. 책가방 하나 내려놓을 '놀이터'가 없다. 아파트 베란다에서, 교실 창문에서 저 금 밖으로 자유낙하하며 아이들은 "목숨 하나/내려놓았을 뿐인데//이리도 가뿐한걸" 하면서 훨훨 날아오르지 않았을까.

어째서 "책가방 하나/내려놓았을 뿐인데……"는 절실한 시가 되고, "책가방 하나/둘러메었을 뿐인데//하늘로/저절로/솟구친다"는 시가 되지 않는지 궁금하다. 시가 되지 않는다고 생각하는 나의 못된 심보, 혹은 편협한 문학관 때문일까? 공부를 왜 학원이 책임지고, 학교를 왜 경찰이 책임져야 하는 것일까. 그래서 앞으로도 오랫동안 "책가방 하나/내려놓았을 뿐인데……"가 시가 될 수밖에 없을 것 같다. 아이들은 '무거운 책가방'의 구태의연한 상징을 앞으로도 얼마나 오랫동안 감내해야 하는 것일까? 벗어 버릴 수 없게 책가방과 일체가 되어 버린 아이들, 젊은이들로 넘치고 있지 않은가.

　도종환 시인이 핀란드 교육을 이야기하는 걸 들었다.(인문까페창비 '도종환 토크 콘서트', 2012. 2. 17.) 스크린에 사진을 하나 띄워 보여 주었다. 화면을 꽉 채운 어린이들이 두 팔을 번쩍 들고 환호하고 있었다. 종업식 날 "내일부터 방학이다"하니 '와!' 하고 환호하는 것 같았다. 그런데 그 사진은 그와 반대로 아이들이 개학해서 학교에 간다고 좋아하는 광경이라고 하였다. 아이들은 학교에서 제각각 소화한 만큼의 각자의 진도에 따라 지도받는다. 핀란드 교육의 가장 중요한 목표는 일반적인 수준보다 뒤지는 아이들을 찾아 그들을 제대로 가르치는 것이라고 하였다.

수학이 좋다

하루 종일 친구들과
공원으로, 게임방으로
놀러 다니기에도 지쳤다.

곯아떨어지기 전에
수학 책을 펼치니
눈이 또랑또랑해진다.

놀러 가지 말고
아침부터 공부할걸
후회가 밀려온다.

이런 동시를 보면 『동시마중』독자들은 대부분 "에이, 닭살!" 하면서 외면할 거라 짐작된다. 왜 이런 시는 진정성을 인정받지 못할까? 수학 문제를 해결하는 데서 보람과 쾌감을 느끼는 아이들이 있다. 영어 공부를 착실히 해서 영어로 소설을 읽고 외국 사람과 채팅을 하면서 보람을 느끼는 아이들도 적지 않을 것이다. 그런 아이들 이야기를 긍정적으로 쓰면, 그런 아이들의 마음이 되어 시를 쓰면 "에이, 닭살!"이 소나기로 쏟아진다. 동시의 사회성을 너무 의식해서일 것이다. 사회의 문제를, 어린이 현실을 제대로 비춰 주지 못하니까. 그런 그림은 반어나 풍자를 위해서만 가능하다고 본다. "에이 닭살!" 하지 않고, "기특하군! 좋은 동시군!" 하는 경우도 문제다. 이건 세상 물정 모르는 무개념 반응이니 더욱 문제다.

학교 가는 길

책가방 하나
둘러메었을 뿐인데

하늘로
저절로
솟구친다.

이런 시가 나와야 한다. 공부는 '하고 싶은 것'이고, 학교는 '가
고 싶은 곳'인 세상.(그렇다고 내가 이 세상에 학교가 꼭 있어야 한
다고 생각하는 것은 아니다.) 사람은 만나고 싶고, 회사는 '갈 수
있고, 가고 싶은 곳'인 세상. 그런 세상에선 굳이 이런 시를 쓰지 않
을 것이고, 이런 시를 주목하지 않을 것이라고? 그렇지 않을 것이
다. 좋은 것, 신 나는 일, 행복한 곳을 노래하지 말란 법은 없으니
까. 본래 노래는 그런 상태에서 흥에 겨워 나오는 것이니까. 아직
그런 세상이 오지 않았더라도, 이런 시를 조금 앞서서 미리 써 보
자. 정말 잘 쓰면, "에이, 닭~, 어어 아닌데!" 이럴 것이다.

동시, 짧아야 하나

김바다 「눈물의 씨앗」

"사라앙이~ 무어냐고 물으신다아면~ 눈물의 씨앗이라고~ 말하겠어요"로 시작하는 대중가요가 있다. 나훈아 노래다. 사랑이 무어냐고 누군가 내게 물으신다면, 내 대답은 아직 '글쎄다'이다.

『어린이와 문학』 2012년 6월호와 『동시마중』 13호(2012년 5·6월호)를 앞서거니 뒤서거니 받아 읽고 있다. 『동시마중』에는 100명의 시인이 지은 100편의 동시가 실렸고, 『어린이와 문학』에는 다섯 명의 시인이 각기 두 편씩 10편의 동시를 발표했다. 풍성하다. 읽다 보니 어떤 동시는 꽤 길어 보인다. 동시가 길면 안 되나? 어떤 동시가 가장 길까? 두 페이지를 거의 채우거나 넘기는 시들을 대략 비교해 보았다. 김바다 시인의 「눈물의 씨앗」(『어린이와 문학』 2012년 6월호)이 길기로는 그중 일등인 것 같다.

눈물의 씨앗 • 김바다

옛날 노래 가사에는
사랑이 눈물의 씨앗이라지요
우리 민족에게는
일본이 눈물의 씨앗이라지요

동학농민운동 때
조선 정부가 구원 요청한
청국군이 출동했다지요
일본군도 질세라
조선 땅에 출동했다지요

조선 땅에서 청국군과 일본군이
맞붙어 싸워 일본군이 이겼다지요
섬나라 일본군이 대륙의 청국군을 이기자
온 세계가 청국을 얕잡아 보았다지요

사기충천한 일본군이
러시아군과 싸워서 이겼다지요
섬나라 일본군이 대국의 러시아군을 이겼다고

섬나라 일본이 불쑥불쑥 솟아올랐다지요
눈 높아지고 몸집 커진 일본이
대한제국을 꿀꺽 삼켰다지요
을사오적 매국노의 도움받아
한입에 꿀꺽 삼켰다지요
이때부터 대한제국은
눈물바다가 되었다지요

35년간 일본의 식민 지배에서
해방된 기쁨도 잠시
남북이 두 동강이로 잘리는
비극이 시작되었다지요
일본이 둘로 나뉘는 대신
우리 민족이 두 쪽으로 갈라졌다지요

증조할아버지가 울고
할아버지가 울고
아버지가 울고
나도 울고 있지요
울어도 울어도 자꾸 눈물이 흐르지요

옛날 노래 가사에는

사랑이 눈물의 씨앗이라지요
우리 민족에게는
일본이 눈물의 씨앗이라지요
아니지요, 나라를 못 지킨
정부가 눈물의 씨앗이라지요
아니지요, 두 눈 뜨고 감시 못한
백성이 눈물의 씨앗이라지요

눈물의 씨앗이
눈물 나무가 되어
하늘을 찌를 듯이 자라고 있다지요
너무 커서 베어 내기가 힘들다지요
애당초 심으면 안 되는 씨앗이라지요

무슨 동시가 이렇게 길다냐? 읽다가 중도에 책을 집어던진 사람이 있을지도 모른다. 8연 47행이다. 동시 하면 보통 어른시보다 짧다고 생각하고, 짧은 작품들이 기억나고, 아이들이 읽는 시니 짧아야 한다, 그런 생각도 떠오른다.

서사시, 장시, 단시, 단형 서정시, 이런 개념들이 쓰이는데, 장시는 길이에 따른 명칭이니 당연히 길고, 서사시도 사건을 말하다 보니 상당히 길어진다. 동시에도 서사시나 장시가 있고, 동화시도 있는데, 이런 시들은 그 속성상 꽤 길게 마련이다. 이런 부류 외에 보통의 동시는 일반적으로 짧다고 해야 할 것이다.

길다, 짧다는 판단은 상대적이고 주관적이다. 그래서 내 나름으로 기준을 잡아 보면 요즘 발표되는 동시들은 3연 12행 이내 정도가 많고, 좀 길다 싶은 작품도 대개는 5연 20행 이내이다. 장시나 서사시나 동화시인 경우는 거의 없다. 이런 흐름에서 보면 8연 47행에 이르는 「눈물의 씨앗」은 동시로서는 매우 긴 작품이다. 일본의 조선 침략과 식민 지배, 분단의 역사를 짚어 보며 그 역사가 여러 세대에 걸쳐 눈물을 자아내고 있음을, 그 눈물을 가져온 씨앗은 일본임을 울적하고 처량한 어조로 토로한다. '우리 민족'에게는 침략으로 막심한 고통을 안겨 준 일본이 '눈물의 씨앗'임은 당연하고, 그런 인식은 아이에게나 어른에게나 상식이라 할 것이다. 지나간 유행가와 연결 지은 '눈물의 씨앗'이라는 새로운 비유가 있기는 하지만 여기서 그친다면 동시로서도 깊이가 부족한 느낌을 줄 텐데, 후반부에 와서 전환이 일어난다. "아니지요, 나라를 못 지킨/정부가 눈물의 씨앗이라지요/아니지요, 두 눈 뜨고 감시 못한/백성이 눈물의 씨앗이라지요"라고 앞선 진술을 두 번 부정하면서, 시선을 내부로 돌려 아픔의 근원은 남의 탓이 아니라 우리 자신의 책임임을 일깨운다. 이러한 인식 역시 상식을 뛰어넘는 것은 아니고 좀더 튼튼한 상식으로 파고들었다고 할까. 남북 분단을 "일본이 둘로 나뉘는 대신/우리 민족이 두 쪽으로 갈라졌다지요"라고 말한 것은 미국과 소련이 패전국 일본을 분할 점령하는 차원에서 식민지 한반도를 남북으로 갈라 분할 점령했음을 뜻하는바 상식을 조금 넘어선 인식까지 수용한 것이 아닐까.

"한입에 꿀꺽 삼켰다지요" "눈물바다가 되었다지요" 등과 같이 정서적 감정적으로 역사를 전유(專有)하는 것은 역사 인식 자체만을 기준으로 짚어 보면 상당히 문제가 있다고 할 것이다. 이러한 방식은 역사 서술이나 역사 교육의 차원에서는 기본적으로 배척되는 게 바람직하겠지만, 문학에서는 정서적 전유가 줄기가 될 수 있다. 따라서 「눈물의 씨앗」은 어린이 독자들이 뚜렷하게는 알고 있지 못할 현대사의 흐름을, 동학농민운동기부터 분단까지 정서적 전유의 방법으로 죽 훑어 내려온다. "~이라지요" "~했다지요" 같은 종결어미1)의 사용은 어조를 부드럽게 하면서 그 효과에서는 진술의 내용을 확정적인 느낌으로 받아들이게 한다.

여기까지 보면 이 동시는 매우 계몽적인 작품인데, 마지막 연에서는 "눈물의 씨앗이/눈물 나무가 되어/하늘을 찌를 듯이 자라고 있다"고 한다. 이를 어떻게 읽어야 할까? "너무 커서 베어 내기가 힘들다지요/애당초 심으면 안 되는 씨앗이라지요"까지 나아가면, 이미 뿌려진 씨앗이 자라 '우리 민족'의 오늘의 삶은 하늘에 닿게 자란 눈물 나무의 영향 아래에 놓인 초비극의 상황인 것으로 해석된다. "애당초 심으면 안 되는 씨앗"인데 이미 오래전에 심어져 돌이킬 수 없게 되었으니, 이를 제대로 알고 후회하고 괴로워하라는

---

1) '-라지(요)' '-다지(요)'에 대해서 국어사전은 "들어서 알고 있거나 이미 전제되어 있는 어떤 사실에 대하여 다시 확인하여 서술하거나 묻는 뜻을 나타내는" 종결어미라고 한다.

걸까? 눈물의 씨앗은 한번 뿌려지면 거대한 눈물 나무로 자라나니 철저히 경계하고 앞으로는 절대 심지 말라는 걸까? 마지막 연은 교훈 동시의 나락으로 떨어질 위험에서 이 작품을 건져 내고 있지만, 나로서는 다소간 상상의 잉여가 작용한 결과가 아닌가 여겨진다.

짧은 동시라고 쉽게 씌어지는 것은 아니지만, 「눈물의 씨앗」 외에도 남호섭의 「축구」, 장동이의 「까불할매」[2]처럼 두 페이지 이상 지면을 빽빽이 채우고 있는 긴 작품을 보면 나는 우선 시인의 노고에 경의를 표하고 싶어진다. 자세를 고쳐 앉아 옷깃을 여미며 읽어 봐야 할 것 같다고나 할까? 「축구」는 외국의 축구 스타와 전쟁에 얽힌 사건들을 기사나 보고문처럼 서술하는 방식을 의식적으로 도입하였고, 「까불할매」는 까불할매라는 인물에 대한 이야기를 입말체로 들려주는 형식으로 둘 다 산문시처럼 씌어졌다. 이처럼 서사가 중요한 요소가 되면 대개는 시가 길어지게 마련이다.

110편의 동시를 넘겨 보면 시인들의 이름만큼이나 길이도 색깔도 다양하다. 아주 짧은 작품으로는 「학교를 빛낸 인물들」(이준식)이라는 제목의 "아침마다/중앙 출입문/유리문을 닦는//아주머니/두 분"이라는 5행짜리도 있고, 그보다 더 짧은 "아무리 나이를/빨리 먹어도//오빠보다/더 먹을 순 없다"(이대흠 「절망」)라는 4행짜리도 있다. 행수로는 안진영의 「초승달」이 2행으로 가장 적은데, 시

---

2) 「눈물의 씨앗」 외의 작품은 모두 『동시마중』 13호(2012년 5·6월) 발표작.

의 길이를 좌우하는 요소로는 이런 물리적인 것 외에 실제 감상할 때 느껴지는 심리적인 요소들을 살펴볼 수 있다. 가령 행수가 같고 각 행의 길이가 비슷하더라도 어떤 시는 감상할 때 매우 길게 느껴지고 어떤 시는 길지 않게 느껴질 수 있다. 이는 작품의 가락, 호흡, 행의 연결 관계 같은 내재적인 요소와 감상자의 배경지식, 태도, 감상 숙련도 등이 총체적으로 작용해 발생하는 느낌일 것이다.

정지용, 윤동주, 권태응, 윤석중, 윤복진 등 우리 동시사의 주요 시인들의 작품은 대체로 길지 않다. 이원수의 동시는 화자가 '소년'이라 부를 만한 조금 높은 연령대의 아이이거나 분위기와 정조가 사회 현실을 무겁게 환기하는 경우가 많은데, 조금 더 호흡이 길다. 우리 동시사에는 서사시나 장시, 역사 동시를 시도하여 길이나 성격상 확연히 차이가 나는 작품들도 상당히 있어 왔다. 이런 시도들은 2000년대 이후 대부분 위축되었는데, 어린이의 읽을거리가 훨씬 다양해지고 다양한 매체들이 일상에 침투하면서 시가 '산문적' 기능을 담당할 필요가 거의 사라졌기 때문으로 여겨진다. 그런 작품들은 동화나 어린이소설, 논픽션 같은 다른 장르와 경쟁해야 하고 그때 별다른 강점을 발휘하지 못했기 때문인 듯싶기도 하다.

여하튼 나는 동시의 산뜻한 맛은 4,5연 이내, 20행 이내의 짧은 작품에 기대한다. 그렇다고 동시인들에게 이런 정도 길이의 작품에 집중하도록 주문하는 것은 아니다. 어느 동시집을 펴 봐도 짧은 작품도 있고 보통 길이의 작품, 긴 작품도 있다. 성냥갑을 묶으려면

줄이 한 뼘 길이만 되어도 충분하고, 쌀자루를 묶으려면 두 발 길이는 되어야 하고, 태산을 묶으려면 수십수백 리 길이가 되어야 한다. 시를 정작 읽었을 때, 길거나 짧다는 길이를 전혀 의식하게 하지 않는 작품이 딱 맞는 길이의 작품일 것이다. 고양된 정서, 반짝하는 아이디어를 날렵하게 잡아챈 간결한 시도 좋지만, 「눈물의 씨앗」이나 「축구」처럼 시인이 뜨거운 열정과 공력을 쏟아붓다 보니 덩치가 커진 시도 좋다. 매달 이렇게 남다른 공력과 신심이 깃든 산 같은 작품들을 만나고 경의와 애정의 발걸음으로 오를 수 있기를!

나는 어린이 독자들의 동시에 대한 반응을 접할 기회가 별로 없어서 어린이들이 구체적으로 동시의 길이를 어떻게 느끼는지 알지 못한다. 그렇지만 「눈물의 씨앗」 같은 작품이 길어서 문제일 것 같지는 않다. 어린이들이 어떤 조건 어떤 방식으로 작품을 만나느냐가 중요할 텐데, 작품을 만나는 맥락이 독자에게 동기 부여를 확실하게 하는지, 작품 자체가 독자의 집중을 이끌어 낼 만한 충분한 흥미와 의미를 보유하고 있는지가 관건이 될 것이다.

『어린이시』 회보와 어린이의 글쓰기

어린이시 「정빈이가 용감해졌다」

모 어린이신문의 '문예상' 심사를 맡고 있는데, 달마다 아이들이 써서 보내온 동시 ―어린이시를 읽고 그중 장원을 뽑는 일이다. 매번 어떤 작품을 골라야 할지 고민스럽다. 내 눈이 높아서인지 뽑을 작품이 늘 마땅치 않다. 나는 심사평을 쓸 때마다 거의 매번 자기 체험과 자기 느낌을 드러내라고 주문하는데, 아이들이나 교사가 심사평을 얼마나 눈여겨보는지 모르지만 별다른 진전은 없다. 그렇지만 항상 나 자신이 의심스럽기도 하다. 아이들이 자기 느낌을 쓴 건데 나는 느낌이 담기지 않았다고 보는 것 아닌가? 나에겐 유치하고 상투적인 표현이 바로 아이들의 글쓰기 현주소이고 정직한 상태인데 그 이상을 요구하지 않나?

물론 번쩍이는 표현 한두 개, 웅숭깊은 생각 한 자락이 뚜렷이 보이는 글이 있으면 선택의 고민은 사라진다. 그러나 교사나 부모가 가필한 것은 아닌지 혹은 대필한 것은 아닌지 그런 의심을 해보기도 한다. 무슨 답이 있나. 관념어들이 쓰이면 어른이 가필한 것처럼 생각되기도 하고, 아이들의 갈등 심리나 귀여운 마음이 전형적으로 드러나면 이것도 가필? 하는 의심을 잠시 품어 본다. 가필이나 대필이 아니라 시 쓰기 '교육' 또는 '지도'일 수도 있겠다. 생각해 보면 교육이나 지도를 받아 글을 수정해서 보내는 것도 문제 삼을 일은 아니다.

자기 체험과 느낌이 생생하게 드러난 글이 눈에 띄지 않으면 글과 좀 더 대화를 시도해 본다. 이 글을 쓴 아이는 어떤 심정이었을까? 그래서 아이의 마음이나 상태가 짐작이 되고 교감이 되면 그 글이 좀 더 환해진다. 그러나 어떤 글은 내 마음이 겉돌기만 하고 교감이나 대화가 잘 안 된다. 그 글 탓이기도 하고 때로는 내 탓이기도 하리다.

그리고 몇 줄 안 되는 심사평을 쓰면서도 용어가 늘 고민이다. 동시라는 용어도 걸리고, 어린이시라는 용어도 걸리고, 작품이라는 용어도 걸리고, 그래서 그냥 어린이 글, 아이가 쓴 글이라고 '글'을 주로 쓰는데 이것은 워낙 범주가 크다. 운문의 특성을 나타내는 용어가 필요할 때는 문맥에 따라 그냥 '시'를 쓰기도 한다. 시인가? 시 모양을, 시 꼴을 한 글이지 시는 아니지 않은가? 그런 망설임이 있기도 하다.

정빈이가 용감해졌다 • 이성재 (산청 ○○초 1년)

정빈이가 메뚜기를 손으로 못 잡았는데 잡았다. 너무 놀라서 정빈이한테 용감하다고 했다.

이 글은 시인가? 산문이다. 사실 시냐 산문이냐가 왜 중요하지? 하고 시비 걸 수도 있다. 딱 시로 보이거나 딱 소설로 보이거나 하는 글은 그렇게 일컬으면 되고, 그렇지 않은 글은 그냥 '글'이라 하면 될 것을. 이 글은 내가 보기에 산문인데, 시를 쓰라 해서 시로 쓴 글이니 시이기도 하다.

이 글은 어린이시교육연구회에서 내는 회보 『어린이시』 21호 (2012. 11. 30.)에서 가져왔다. 진주교대 이지호 교수가 소개해 주어서 그 뒤 계속 보내 달라고 요청해 전자우편으로 받아 보고 있는, 흔글 파일로 편집해서 내고 있는 20여 쪽짜리 회보다. '우리 반의 시 쓰기 수업' 꼭지에 오보람 교사가 쓴 글 중에 소개된 어린이시이다. 재미있는 것은 '탐정놀이'라 이름 붙여 시 쓰기 수업을 했는데, 친구의 말과 행동을 관찰해 메모해서 발표를 하게 하고 그 뒤 시를 쓰게 했다는 것이다. 사실 일기를 쓰라 하면 참 쓸 게 없듯이 친구에 대해 쓰라 하면 늘 함께 지내는 잘 아는 친구인 것 같지만 막연하기만 할 텐데, 새삼 관찰 시간을 갖고 거기에 집중하면 쓸거리가 뚜렷해질 것이다.

「정빈이가 용감해졌다」를 보면 "정빈이가 매미나 메뚜기 같은 곤충을 겁내서 손으로 잡지 못했는데 이번에는 손으로 잡아서 용감해졌다고 느꼈다"(오보람 「내 친구를 소개합니다」, 『어린이시』 21호, 6면)는, 성재가 아는 정빈이의 모습이 간결하게 잘 드러나 있다. "너무 놀랐"고 그래서 정빈이한테 '용감하다고 말한' 것이 내게는 아이답고 시답다. 산문이라면 어디서 어떤 표정으로 메뚜기를 잡았는지가 더 서술될 수도 있겠고, 시라도 구체성을 더하는 한두 가지 수식어가 있을 때 글의 묘미가 살아날 수도 있겠다. 그러나 품평하고 묘미를 찾고 하는 것은 어른들의 일일 뿐.

성재는 정빈이를 관찰했는데, 정빈이는 성재를 관찰했다.

이성재가 코딱지를 팠다 • 임정빈 (산청 ○○초 1년)

나는 학교에서 숨어서 이성재를 관찰하다 보니 갑자기 성재가 코딱지를 파먹고 놀고 있었다. 그래서 성재 옆에 안 갔다. 근데 또 이성재가 코딱지를 파먹었다. 손 씻거란 말할라고 해도 옆에 못 갔다.

정빈이는 성재를 관찰했는데, 정빈이는 성재를 성까지 붙여서 '이성재'라 부른다. 관찰 대상임을 의식한 것일 수도 있고, 그냥 이 아이의 습관일 수도 있다. "손 씻거란 말할라고 해도 옆에 못 갔다." 이 마지막 구절이 압권이다. 글쓴이의 코딱지에 대한 절절한 혐오와 성재에게 충고 한마디 날리고픈 심정의 충돌을 생생하게 드러냈다. 잠깐 우리 집 개 이야기를 하면, 이 녀석은 앞발로 눈자

위를 비벼서 눈곱을 떼어 핥아먹는다. 일종의 세수하는 거다. 눈곱이, 코딱지가 더럽다는 관념이 없으면 뭐, 눈곱 맛이, 코딱지 맛이 썩 괜찮은가 보다. 남의 눈을 의식하지 않는 무념의 행동이다. "옆에 못 갔다"는 이 말투에는, 의도했을지는 모르지만, 살짝 유머 또는 풍자가 숨어 있다.

앞에서 어린이신문 문예상 심사를 이야기했지만, 정빈이나 성재가 쓴 것같이 어린이들이 쓰는 글은 보여 주기 위한 글 또는 솜씨를 뽐내는 글이 아니다. 백일장 참가나 문예상 응모 같은 경우에는 보여 주기 위한 측면도 있지만 아이들은 대개 학교 교육 등의 교육 상황에서 글을 쓰게 된다. 이런 성격의 글을 어른들이 보고, 아이들의 마음을 읽고 아이들의 표현력을 살피게 된다. 거기서 아이들의 삶의 모습을 생생하게 드러낸 글, 아이들다우면서 표현이 뛰어난 글 즉 어른들이 보고 싶어 하는 아이들의 모습이 잘 드러난 글을 발견하면 이를 여럿이 함께 볼 수 있도록 공개하거나 출판하기도 한다. 아이 자신은 목표하거나 의도하지 않았지만 아이들의 글에서 어른들 글에서 볼 수 있는 것과는 다른, 세상에 대한 날카로운 직관, 순정한 마음, 단순성 속의 지혜, 다른 눈높이에서의 삶에 대한 성찰 등을 발견하고 감동한다. 아니, 어린이시는 모두가 어린이를 들여다볼 수 있는 창이다.

이지호 교수는 『어린이시』 회보에서 어린이 시 쓰기 수업에 대해 이렇게 말한다. '본보기 시 보여 주기 방식의 시 쓰기 수업'과

'어린이 주체적 시 쓰기 수업'의 두 가지 시 쓰기 수업 방식으로 진행할 수 있으며, 이를 아울러서 "시 쓰기 수업의 중심은 어린이 주체적 시 쓰기에 두고, 거기에서 얻은 시를 본보기 시로 활용하는"(「어린이 시 쓰기 지도, 그 준비 단계의 열쇳말 (3)」, 『어린이시』 21호, 23면) 방식을 택할 수도 있다고 한다. 이는 시 쓰기 수업의 한 주요한 모델이 될 것이다.

어린이 시 쓰기 수업 외에 시 감상 수업 또한 필요하다. 어린이의 연령대와 수준, 교사의 개성에 따라 거기에 걸맞은 우수한 시를 선택하면 되리라. 이때 감상의 대상은 어린이시, 동시, 어른시 모두에서 고른다. 시를 써야 하는 부담은 주지 않는다. 이러한 수업과 무관할 수도 있지만, 이런 수업들의 도움을 받으면서 차츰 즉자적 글쓰기에서 대자적 글쓰기로, 몰입적 글쓰기에서 성찰적 글쓰기로 나아갈 수 있다. 그래서 어떤 어린이는 시인으로 자란다.

심상하게, 심상하게

어린이시 「벽에 붙어 있는 거미」

어린이시를 만날 때는 대개 시와 관련된 직접적인 맥락과 함께 읽게 되는 경우가 많다.

시인들이 쓴 시집이라면 멋스럽게 쓴 자족적인 시인의 자서(自序), 평론가나 동료 문인이 쓴 '전문가스러운' 해설, 출신 학교와 등단 경로 등이 적힌 약력, 수사법이 잘 발휘된 추천사 같은 것들이 맥락으로 따라오는데, 사실 이런 것들은 도리어 시와 시인의 분리를 확인시켜 주고 시를 더욱 모호하게 만들기 일쑤이다. 또는 시를 시인 개인이나 그런 맥락들과 단단히 결합시켜서 신비화하거나, 그러니까 혹은 그럼에도 불구하고 시는 '시 자체'로 인식해야만 한다는 것을 깨우쳐 준다. 이것이 우리 시가 존재하는 방식이고, 되고 싶은 자리가 아닌가 싶다.

그런데 어린이시는 어린이의 실제 처지나 구체적인 상황, 시가 씌어진 맥락, 어린이가 시를 쓰는 데 관여한 교사의 소개나 설명 등과 함께 제시되는 경우가 많고, 이에 따라 독자는 어린이시와 그 시를 쓴 어린이, 즉 시에 표현된 내용과 어린이의 실제를 하나로 인식하며 시를 읽게 된다. 여러 어린이가 쓴 시를 모아 제시한 경우나 어린이시를 엮어 출판한 경우도 이와 별반 다르지 않다고 생각한다.

『동시마중』 17호(2013년 1·2월호)에는 초등학교 5학년인 김지현 어린이의 시가 열 편 실렸다. 시의 꼴도 잘 갖추었고, 웬만한 동시집의 시들을 읽는 것보다 실감이 있고 재미있다. 시 앞에는 탁동철 교사가 쓴 지현이에 대한 소개글이 두 페이지에 걸쳐 나오는데, 여기에 소개된 지현이의 처지와 성격이 시에서 그대로 확인된다. 그러나 시는 그 소개의 되풀이는 아니다. 소개글은 소개글대로 지현이에 대한 교사의 애정 어린 관심을 맛깔난 글솜씨로 잘 담아냈는데, 이 시는 어떻고 저 시는 어떻고 하는 소개 방식을 버리고 지현이의 처지와 성격과 관심사를 위주로 쓴 데는 글쓴이의 의도가 있다고 생각된다. 그래서 시를 시로 온전히 읽어 볼 수 있고, 지현이의 시 자체가 교사의 소개글이 환기하는 것들을 넘어 생동하게 된다. 그렇긴 하지만 나로서는 시 외에 지현이에 대한 정보가 더 적었으면 좋지 않았을까 하는 생각도 해 본다.

어린이시나 청소년시, 특히 어린이시를 읽는 재미는 나 같은 독자에게는 보통의 시인이라면 쓰지 않을 어휘나 표현을 천진하게 쏟아 내고, 예상할 수 있는 시의 짜임을 무심하게 배반하는 데서 얻는 것이 절반이다. 가령 김지현 어린이의 첫 시 「선생님의 인상」을 보면 "선생님이 오늘 이상한 거 같다./선생님이 오늘 인상을 계속 한다."로 시작하는데, 둘째 행의 "인상을 계속 한다"가 재미있다. 보통 "인상을 계속 쓴다"라고 할 텐데 약간 호응이 어긋난 문장을 쓴 까닭에 읽을 때 멈칫하게 되고, '그 선생님 오늘 별 이유 없이 내내 기분 나쁜가 보군' 하는 상상을 하게 된다. (실례를 무릅쓰자면, 뭐, 치질 같은 것이 악화된 남모를 아픔이 있을 수도……) 뒤의 두 행은 "성격도 까칠해진 것 같다./나는 선생님이 계속 착했으면 좋겠다."로 마무리된다. 이 어린이의 시를 보면 마지막 행에 이와 같이 자기 소망을 적거나, 상황을 정리하는 말을 써 놓는 경향이 있다. 이러한 결구(結句) 방식은 시로서는 문학적 형상화가 부족한 전형적인 경우가 되기 십상이다. 그러나 여기서 어린이가 어떤 멋진 시적 결구를 시도했다면, 글의 진실성과 재미는 반감되었을 수도 있다. 즉 「선생님의 인상」이 꼭 뛰어난 시가 되어야 할 이유가 글을 쓴 어린이나 독자인 나에게 별로 없는 것이다.

「싸움」은 아빠와 언니가 싸운 사정과 그 경과를 별로 감정을 섞지 않은 듯 묘사했다. 이런 일종의 상황 보고 끝에 "우리 가족은 화목한 가정이 아니다."라는 판단을 결론으로 붙인다. 「아무도 없다」에서는 학교에서 집에 돌아와 보니 있어야 할 아빠가 없는 것을 보고 "또 술 마시러 갔겠지/뻔하니까."라고 결론을 내리는데, 이는 「늘어지게 자고 있는 널빤지」에서 "〔아빠가〕 술을 그만 먹었으면 좋겠다."라고 원망(願望)으로 마무리한 것과는 조금 달리 직접적인 소망이나 가치 판단을 내세우지 않고 정서적인 반응을 적고 있다. 어린이 글이라고 시의 운용이 완전히 의식되지 않을 수 없고, 이 어린이의 시의 흐름을 보면 이러한 결구들도 시의 운용에 따라온 것인 듯하다. 시인의 창작 의식과는 다소 다르지만 지현이의 시 쓰기에도 전체적으로 상당한 시의 운용 원리가 작동하고 있다고 생각된다.

벽에 붙어 있는 거미 • 김지현

거실엔 불이 켜져 있지만
켜 있어도 으스스했다.
아빠는 술에 취해 자고 있고
언니랑 나만 안 자고 있었다.
부엌 불을 켜고 들어가려는데
엄청 큰 거미가 있다.
내가 본 거미 중에 제일 큰 거미인데
검은 색깔이다.
뭘 먹고 있다.
이제 다 먹었는지 어디로 간다.
따라가 보니 밖으로 간다.
안 죽여도 될 것 같다.

이 시에서도 아빠는 역시나 술에 취해 자고 있고, '나'와 언니는 안 자고 있다. 거실에 불이 켜 있지만 어른은 술에 취해 잠들었고 아이 둘만 깨어 있으니 으스스하다. 어머니가 없고 아빠는 아이들을 잘 챙겨 주고 보듬어 주고 하지 않음을 짐작할 수 있다. 그러니 언니나 '나'나 부모의 살가운 정이 그립고 쓸쓸할 것이다. 화자인 '나'는 저녁상을 차리기 위해 부엌에 들어가는 걸까, 아니면 막 집에 와서 집 안 상황을 보고 부엌에 일단 불을 켜고 들어가서 둘러보려는 걸까. 하여튼 불을 켜고 부엌에 들어가려는 순간 "엄청 큰 거미", "내가 본 거미 중에 제일 큰 거미"를 발견한다. 거미줄을 친 거미가 아니고 "벽에 붙어 있는 거미"다. 집 안에서 곤충, 벌레, 절지동물 같은 미물을 발견했을 때 아이나 어른이 보이는 반응 행동에는 여러 가지가 있겠다. 벌벌 떨며 어쩔 줄 모르고 호들갑만 떠는 경우부터 신문 뭉치나 막대 같은 것으로 무작정 후려치는 경우, 책받침이나 두꺼운 종이 같은 것으로 걸어 올려서 밖으로 내다 버리거나 쓰레기봉투에 넣고 죽이는 경우 등등.

그런데 이 어린이의 행동은 다소 특이하다. 거미의 색깔이 어떤가 보고, 뭘 먹고 있는 것을 보고, 다 먹고서 어디론가 가는 것까지 따라가 본다. 거미는 사람의 기척 때문인지, 그와 무관한 행동인지 모르지만 부엌 밖 또는 집 밖으로 나가고, '나'는 여기까지 추적하고 나서 "안 죽여도 될 것 같다"고 판단한다. 자신에게 위협이 되거나 해가 되지 않으리라 판단한 걸까. 어린이가 거미를 관찰하고 이

동하는 것을 추적한 것이 꼭 이 시커멓고 커다란 불청객을 죽여 버릴까 말까 하는 생각에서 그런 것은 아니리라. 으스스한 집 안, 부엌에서 마주친, 통상 징그럽다고 생각하는 크고 검은 거미를 본 어린이의 반응은 뜻밖에도 심상하기만 하다. 무섭다거나 징그럽다거나, 못생겼다거나, 나를 해칠 거라든가 그런 주관적인 감정 반응을 하지 않는다. 그에 수반되는 반사적인 행동도 하지 않는다. 자기 나름으로 생긴 거미가 자기 나름의 행동을 하다가 제가 가고 싶은 곳, '나'의 영역 밖으로 나가는 것을 지켜본다. "안 죽여도 될 것 같다"는 반응은 이런 심상한 관찰의 결과일 뿐이지, 여기서 "너 왜 우리 집에 왔어", "못생긴 이놈, 기분 나빠 죽여 버려야겠다" 같은 반응이 나올 가능성이 있었던 것은 아니다.

백석의 잘 알려진 시 중 하나인 「수라(修羅)」에서 화자는 방에 들어온 거미 새끼와 큰 거미를 문밖으로 쓸어서 버리며 큰 거미와 작은 새끼 거미가 만날 것을 바라며 서러워한다. 이 시의 제목 「수라」의 의미는 종종 간과되기도 하는데, 거미에서 유추된 가족의 이산(離散)과 서로 만나지 못하고 어긋나는 상황을 시인은 싸움과 갈등이 상존하는, 불교에서 말하는 수라도(修羅道)로 인식한다. 그뿐 아니라 그 이산과 만나지 못하는 존재들을 누추한 방구석에서 연민하는 자신까지를 포함한 그 세계도 수라도로 간주하고 있는 것이다. 그러나 '수라'의 순조로운 어감과 닦을 수(修), 비단 라(羅)로 구성된 한자의 의미가 일으키는 연상 작용은 이러한 화자가 인식한 세계를 처절한 싸움판이나 지옥도로 느끼게 하지 않는다.* 그러기에는 누추한 방에서 거미와 수작하는 화자의 처지와 태도 자체가 다소 감상적이며 소박하고 동화적이다.

백석이라는 전문 시인의 감수성과 시상 전개가 자신의 직접적인 체험을 위주로 서술한 어린이시의 그것과는 상당히 차이가 있는 것이 당연하지만, 「벽에 붙어 있는 거미」를 읽고 나는 「수라」를 떠올렸다. 「수라」처럼 감정의 섬세한 결이 문면에 드러나 있지는 않으나 감정의 핵을 짚어 드러내고 있고, 직설적 표현의 이면에 깔린 감정의 '결'과 '골'도 저물녘 출렁이는 호수의 검푸른 물살처럼 파문을 품고 있으며 서늘하다. 그렇지만 이런 내 방식의 감상이 보편적인 감상이 될 수 있을는지는 모르겠다. 백석 시에서 거미 가족의 이산(거미가 가족을 이루어서 생활하나?)과 거미를 보고 서러워하는 화자의 감정이 구체적인 체험이면서 일종의 객관적 상관물이거나 비유로도 읽힌다면, 어린이시에서 으스스한 집 안의 분위기나 거미와의 만남은 살갑지 않은 또는 우호적이지 않은 실제적 현실의 체험이고, 이에 대한 감정의 진폭 없는 반응은 그 현실을 견디거나 살아 내기 위해 단단하게 형성된 균형 감각일 것이다. 즉 심상한 태도로, 현실과 예각적으로 적대하지 않고 현실의 일부이면서 현실을 생성하는 주체로 살아 버리는 것이다.

물론 김지현 어린이가 모든 시에서 이런 심상함을 보여 주는 것은 아니다. 얼굴이 모나리자 같다고 지나리자라고 자신을 놀린 친

---

* '수라(修羅)'는 산스크리트 어의 음역(音譯)으로 그 뜻은 각각의 한자의 의미와 별 연관이 없다.

구를 때려 울리기도 하고(「박시원」), 술 먹은 아빠에게 "아빠, 미워!"
라고 소리쳐서 "안 울던 아빠가 운다/나는 갑자기 눈이 빨개졌다."
고 감정을 그대로 노출하기도 한다(「술 먹지 마」). 그러나 "박시원은
울고/나는 가만히 있었다./불쌍하지도 않았다."(「박시원」)와 같이
감정을 통어하며, "해는 중천에 떠 있고/아빠와 널빤지는 아직도
자고 있다."(「늘어지게 자고 있는 널빤지」)처럼 심상할 수 없는 상황에
심상한 표현으로 대응한다. 어쩌면 시를 쓰는 중대한 이유는, 어린
이든 전문가 시인이든, 마음의 파문을 다스려 심상함에 도달하기
위해서가 아닐까. 시가 흐르는 길은 심상함에 이르려는 시도의 출
렁이는 궤적이 아닐까.
　또 하나 흥미로운 시는 「떠돌이 개」이다.

　맨날 떠돌이 개를 본다.
　맨날 만나니 정이 들어 버렸다.
　떠돌이 개와 정이 든 건 처음이다.

　오늘 아침엔 떠돌이 개가 안 보인다.
　하지만 나는 별걱정 안 한다.
　떠돌이 개는 다 그런 거니까.

　1연에서 떠돌이 개를 자주 만나 처음으로 정까지 든 사연을 곡진
하게 적고 나서, 2연에 가서는 늘 보던 떠돌이 개가 안 보이는데도

무슨 일이 생겼나 걱정하는 것이 아니라 "하지만 나는 별걱정 안 한다"라고 의외의 반응을 보인다. 마지막 "다 그런 거니까"란 뭘까? 떠돌이 개니까 제가 싫어서 제 의지대로 다른 곳으로 갔을 거라는 뜻일까? 죽었어도 제 팔자요 살았어도 제 팔자고, 오늘은 안 보이다 내일은 또다시 만날 수 있을 테니 걱정할 필요가 없다는 뜻일까? "별 걱정 안 한다"라고 쓸 거면 굳이 떠돌이 개와 정이 든 인연을 글감으로 잡아 써야 했을까?

김응 시인은 「똥개가 잘 사는 법」이라는 시를 썼는데, "돈 한 푼 없는 똥개는/사료 대신 뼈다귀로/신발 대신 맨발로/세상을 누비고 다녔대//돈 한 푼 없는 똥개는/마음껏 똥개로 살아갔대"(『똥개가 잘 사는 법』, 창비 2012)라고 똥개의 매이지 않은 삶을 예찬한다. 이 동시의 앞 연에서 똥개는 "사료도 못 얻어 먹고/신발도 못 얻어 신고/개집에서 쫓겨났"다고 되어 있다. 이 시는 메시지를 강하게 전달하고자 하는데, "돈 한 푼 없는 똥개는"이라는 시구를 연마다 반복하는 데서 보듯이 "돈 한 푼 없는" 처지가 강조되고 있다. 재롱을 부릴 줄 모르는 똥개가 아니라 돈이 없어서 개 취급을 못 받는 똥개이다. 개에게는 필요 없는 신발도 못 얻어 신었다는 구절에서도 짐작되듯 이 시는 알레고리로 읽힐 수 있는데, "돈 한 푼 없는 똥개는/마음껏 똥개로 살아갔대"라는 결구는 의지나 바람의 표현이지 균형 있는 현실감각의 작동은 아니다.

그에 비하면 김지현 어린이의 「떠돌이 개」는 이미 마음껏 똥개로 살아가는 개이고, 이를 바라보는 화자의 시선 또한 떠돌이 개의 자유로운 삶과 그 숙명을 낭만적 감상 없이 받아들이는 경지에 있다. 이를 너무 일찍 세상의 신산함을 깨우치고 장밋빛 꿈을 거세당한 어린이가 터득해 버린 '심상한 견인주의(堅忍主義)'라고 보아야 할까. 그럴 수도 있겠다. 문학이라면 모름지기, 낭만과 계몽과 퇴폐와 허무와 혁명의지를 품고 뿜어야 할 것이다. 그러나 이 극과 극의 시대, 무수한 뇌관이 폭발 임계점에서 아슬아슬하게 견디고 있거나 폭발하고 있는 시대에, "안 죽여도 될 것 같다", "나는 별 걱정 안 한다"의 심상심(尋常心)에 이른다는 것은 어쩌면 자신에 대한 축복이고 세상에 대한 축복이다. 거꾸로 선 세상에서, 거꾸로 된 역설(逆說)이다.

시 읽기, 동시 읽기

김규동 「어머니는 다 용서하신다」

벌써 오래전에 어른이 된 내가 지금 시를 읽으면 그냥 '시를 읽는' 것이 되고, 동시를 읽으면 '그냥 시를 읽는' 것이 아니라 '동시를 읽는' 것이 된다. 거꾸로, 동시를 읽는 것이 '그냥 시를 읽는' 것이 되고 시를 읽는 것이 '동시를 읽는' 것이 될 수는 없을까. 전자는 종종 경험하지만 후자는 그렇지 못하다. 그러나 시를 읽는 것이 '동시 비스름한 것'을 읽는 것이 되는 경험은 적지않이 하게 된다.

아이에게는 어떨까? 아이는 '동시'를 읽는 것이 '시를 읽는' 것이기도 하고 '동시를 읽는' 것이기도 하다. 어린이니까 내게 걸맞은 것은 동시! 이렇게 여기고 '동시를 읽'기도 하고, 아이에게 걸맞은 시(동시)를 읽고 있으니 굳이 동시를 읽는다 하지 않고 '시를 읽'는다 해도 될 법하다. 동시 아닌 어른시를 읽지는 않을 테니, 어른시는 아이가 읽어 내기가 어려운 것을 넘어 거의 불가능한 경우가 대부분이다.

어머니는 다 용서하신다 • 김규동

닭이나 먹는 옥수수를
어머니
남쪽 우리들이 보냅니다
아들의 불효를 용서하셨듯이
어머니
형제의 우둔함을 용서하세요

—시집 『느릅나무에게』, 창비 2005

이 시를 요즘 읽고 나는 뭉클해졌다. "형제의 우둔함을 용서하세요!" 하고 누군가에게 막 외치고 싶다. 북쪽에 어머니가 계신 처지가 아닌 나는 스스로에게 "형제의 우둔함을 용서하세요!" 하고 뼈저리게 자책하고 싶다. 아니다. "형제의 우둔함을 절대로 용서하지 마세요!"라고 절규하고 싶다. 누군가가 있어 절대로 용서하지 않았으면 싶다.

너무 감정이 앞서 나갔지만, 이 시를 읽는 순간 나는 그 단순성에 감응하며 이건 동시지 싶었다. 내 마음에 이건 동시다. "어머니는 다 용서하신다"는 절대 명제, "닭이나 먹는 옥수수"라는 유치한 표현, 어머니를 향한 간곡하고 직정적인 고백, 이렇게 엮어진 시가 동시가 아니고 무얼까.

이때의 동시는 '어른에게 있는 동심으로써 쓴 시'라는 통념적인 동시 개념과는 많이 다르고, 동시처럼 쉬운 말로 단순 명료한 뜻을 전달하는 시라는 의미로 '동시 비스름한 시'를 뜻할 수는 있지만 그와 완전히 일치하지는 않는다. '동시 비스름한 시'일지언정 동시라 하기는 어렵지만, 그래도 내 마음에 이 시는 동시다.

"닭이나 먹는 옥수수"를 어디로 보내는가? "남쪽 우리들"이 보내는 것이니, 지금은 지난 옛일처럼 되어 버린, 북한 주민에 식량으로 옥수수를 보낸 일을 말하는 것임이 분명하다. 그리고 이어지는 "형제의 우둔함을 용서하세요"는 맥락상 닭한테나 주는 옥수수를 사람에게 먹으라고 보낸 못남을 용서해 달라는 뜻이리라. 아들에게도 아니고 거지에게도가 아니라 어머니에게 보낸 것이 아닌가! 아들의 불효란 무얼까. 맥락상 아무런 단서가 없지만, 전통적으로 효자는 스스로를 불효막심하다고 늘 자책하는 존재이며, 따라서 화자인 아들은 당연히 항시 자신이 부모에게 불효한다고 말할 법하다. 조금 더 유추하면 이 아들은 어머니를 북에 남겨 두고 남으로 온 아들이니, 그 행위 자체가 하늘만큼 큰 불효이다. 거기에 어떤 우여곡절이 있었는지는 이제 중요하지 않다. 그 커다란 불효를 아들인 화자는 어머니가 용서하셨다고 믿고 있다. 어머니가 정말 용서하셨을지 안 하셨을지에 대한 사실적인 정보는 없고, 아들은 이미 어머니가 용서하셨다고 믿고 있는 지 오래여서, 한 치의 망설

임 없이 "아들의 불효를 용서하셨듯이"라고 쓴다.

"형제의 우둔함을 용서하세요"에서 왜 '형제'가 나왔을까. 아들의 불효를 용서했다는 구절이 나온 만큼 여기서 '형제'는, 남과 북이 다 서로 형제이지만, 닭이나 먹일 옥수수를 보내고 있는 어리석은 짓을 하고 있는 남쪽 형제(동생인지 형인지 모르고 구별할 필요도 없다)를 뜻한다. 그렇지만 나는 웬일인지 이 '형제'가 남쪽 형제로 읽히지 않는다. 말뜻 그대로 '형(兄)'과 '아우(弟)', 즉 남과 북(북과 남) 양쪽을 다 일컫는 것으로 읽힌다. 시 외부의 현실이 끼어들었다고 할까. 옥수수라도 보내던 시절의 남북관계에 비한다면 이즈음의 '두 형제의 우둔함'은 도를 넘어 극에 달해 있다. 김규동(金奎東, 1925~2011) 선생의 이 시는 분단현실이 빚고 있는 통탄할 실상을 아프게 노래한 시이니, 분단현실과 관련된 오늘의 울분과 격정이 끼어드는 것이 이 시가 촉발하는 자연스러운 작용일지언정 외부 현실의 비문학적 개입은 아닐 것이다.

북한은 핵개발 선언과 미사일 발사 예고, 개성공단 폐쇄 불사 등으로 남북 긴장을 고조시키고, 남한 정부는 이명박 정부 이래 이렇다 할 남북 대화나 남북 협력의 진전은커녕 쓸 만한 카드조차 변변히 준비하고 있지 못하다. 이런 와중에 미국 국무장관이 남한과 중국과 일본을 방문하고 곧 남한의 대통령이 미국으로 가 미국 대통령을 만난다고 한다. 한반도의 운명을 자주적으로 결정하지 못하고 강대국의 개입에 좌우될 상황이며, 김대중 정부와 노무현 정부가 진전시킨 자리에서도 한참을 후퇴해서 풍전등화의 운명으로 걸어 들어가고 있으니 오호 통재라! 북한의 핵개발이나 한반도 전쟁이 남북한에 국한된 문제가 아니라 해도, 열려 있던, 열 수 있는 자주적인 대화 협상과 상호 경제발전의 길을 가지 못하고 어찌 이 지경이 되었는가. 그런 만큼 이 시의 결구를 읽으며, 나는 용서가 아니라 "형제의 우둔함을 절대로 용서하지 마세요!"라고 외치고 싶다. 형이 아우를, 아우가 형을 용서하지 말라는 것이 아니라 '우둔함'을 절대로 용서하지 말 것! 그런 바탕 위에 형제는 이 심화된 우둔함을 기어이 동포애적 세계사적 지혜로 전환해 나가야만 하는 것이다.

지극히 주관적인 감상이지만, 이렇듯 나는 시를 동시로 읽을 때가 있다. '동시 비스름한 시'로 읽기도 하고 '동시가 들어 있는 시'로 읽기도 한다. 박철 시인의 다음 시도 일테면 동시 아닐까?

반올림 • 박철
수림이에게

아빠는 마음이 가난하여 평생 가난하였다
눈이 맑은 아이들아
너희는 마음이 부자니 부자다
엄마도 마음이 따뜻하니 부자다
넷 중에 셋이 부자니

우린 부자다

— 시집 『불을 지펴야겠다』, 문학동네 2009

나는 성경 구절에도 밝지 못할뿐더러 '마음이 가난하다'는 게 무슨 뜻인지, 칭찬인지 비난인지도 잘 구별이 안 간다. 그렇지만 이 시를 보니, 화자인 아빠는 실은 "마음이 가난하"다는 것은 물론 "평생 가난하였다"는 것을 부끄러워하지 않거니와 부자를 부러워하지도 않는다. 자존심으로 똘똘 뭉쳤다. 그런데 두 자녀와 아내는 마음이 부자이고 따뜻해서 부자란다. 그래서 일가족은 3 대 1을 반올림해서 부자가 된다. "우린 부자다"라고 당당하게 선언한다.

누구 마음이 부자고 누구 마음이 가난한지 따지는 일이야 사실 부질없다. 평생 (시를 쓰며) 가난한 아버지가 아내와 아이들을 바라보는 따뜻한 눈길과 애틋한 마음이 드러난 것이 이 시의 요체고 그것이 내게는 동시로 다가온다.

시를 읽다 보면 이처럼 시와 동시가 함께 있는 시들을 발견할 때가 있다. 대체로 짧고, 의미가 단순 간결하고, 직관적이고, 시인의 마음이 직정적으로 표현된 시들이다. 이런 면이 동시의 특성 전체는 아니지만 동시가 지닌 주요한 특성임은 분명하다.

또 하나 지금 생각나는 시가 정희성의 「민지의 꽃」(시집 『시를 찾아서』, 창작과비평사 2001)이다. 이 시를 동시라 할 수는 없지만 "민지가 아침 일찍 눈 비비고 일어나/저보다 큰 물뿌리개를 나한테 들리고/질경이 나싱개 토끼풀 억새……/이런 풀들에게 물을 주며/잘

잤니, 인사를 하는 것이었다/그게 뭔데 거기다 물을 주니?/꽃이야,
하고 민지가 대답했다"라는 장면에서 이 시는 동시를 품고 있는 것
이다. 그리고 마지막 "꽃이야, 하는 그 애의 말 한마디가/풀잎의 풋
풋한 잠을 흔들어 깨우는 것이었다"라는 결구는, 동시의 화자는 어
른이어야 한다는 어떤 이의 주장을 따른다면, 그 어른 동시 화자의
목소리가 바로 이런 것이 아닐까 싶다.

교과서에 실리는 시는 문학의 어떤 한 요소를 중점적으로 가르
치기 위해 선택된다. 초등학교 교과서에는 동시만이 실리는 듯한
데, 중고등학교 교과서에는 반대로 동시나 청소년시가 실리는 경
우는 거의 없고 어른시가 주로 실린다. 이런 경계를 과감히 뛰어넘
을 필요가 있다. 동시 비스름한 시, 동시를 품고 있는 시, 동시로 읽
어도 좋은 시는 초등학교 교과서에도 실어야 할 것이다. 또 읽으면
그냥 '시를 읽는' 것이 되는 동시, 뛰어난 동시 작품은 초중고 학년
을 구분하지 말고 어디든지 다 실어야 할 것이다. 그리고 시의 어
떤 한 요소만을 감상하게 하고 교육할 것이 아니라 반드시 총체적
으로, 자유롭게 감상하도록 탁 열어 놓아야 한다.

'할머니'는 동시 상투어인가

김용택 「할머니의 힘」

다음 단어들을 찬찬히 읽어 보자. 공통점은 무엇일까?

 소녀, 단풍잎, 은행나무, 봉숭아, 봉숭아 물, 아지랑이, 새싹, 봄 향기, 꽃잎, 두발자전거, 매미, 달팽이, 받아쓰기, 콩나물, 네 잎 클로버, 우산, 그네, 안경, 까치, 개미, 아기 나무, 아기 별, 아기 달님, 무지개, 주전자, 할머니, 주름살, 숙제, 나비, 짝꿍, 엄마 잔소리, 먹구름, 햇빛, 햇살, 마음, 할아버지, 채송화, 해바라기, 김장, 숨바꼭질, 풀꽃, 풀잎, 옹알이, 소풍, 시냇물, 은하수, 쪽빛 하늘, 놀이터, 미끄럼틀, 고무신, 개울, 토끼, 장독대……

이런 퀴즈를 내면 맞히는 사람이 없을 것이다. 별로 공통점이 안 보이는데? 예쁜 말들만 고른 건가? 아이들과 관계 있는 것? 꼭 그렇지도 않고…….

올해(2014년) 한국일보 신춘문예 동시 부문 심사평을 보면, 위와 같이 단어들을 열거해 보인 후에 매섭게 일갈한다.

340명이 적게는 세 편에서 많게는 열 편 넘게 투고한 1,200여 편의 시에, 거의 빠짐없이 거듭 등장하는 이런 단어들은, 여느 동시 공모 심사대에서도 익히 만나 온 '동시 상투어'라고 할 만하다. 상투어는 낡은 관념의 상징이다. 시는 무엇보다도 새로운 것을 원한다. 동시는 더욱 그러하다. 아이라는 존재 자체가 인간의 새로운 상태가 아닌가. 그런 아이들과 함께 읽는 시에 증조할아버지, 할머니가 살던 시공간의 자연과 사물을 남발하는 것은 이치에 맞지 않다. 간절히 권하니, 이런 상투어를 버리자! 올 한 해만이라도 동시를 쓸 때 이런 단어를 사용할 수 없는 법령이 내렸다고 생각하자. (김용택·이상희 '심사평', 인터넷 한국일보 2013. 12. 31.)

동시 상투어를 버려라! 이런 단어들을 사용하지 못하게 법으로 금지했다고 생각하라! 매우 강력한 메시지다. 1,200여 편의 응모 동시들을 읽으며 두 명의 심사위원은 무척이나 질렸나 보다. 한국일보는 동시 당선작을 내지 못하고 응모작들에 만연한 '상투어'와 '낡은 관념'을 지적한다. 아마 응모자들은 자신의 당선을 기대했든 하지 않았든 '당선작 없음'에 허탈했을 것이다. 신춘문예를 시행하는 일간지들 중 일부에만 아동문학 부문이 있는데, 그나마도 몇몇 신문은 동시는 제외하고 동화만 공모한다. 이른바 '중앙 일간지'라 할 신문들 중에선 조선일보와 한국일보만이 동시 공모를 하는데, 그러한 상대적 절대적 빈곤 상황에서 당선작마저 안 내다니!

신춘문예에서 당선작이 안 나오는 경우는 희귀하다. 신춘문예를 시행하는 신문도 많고 장르도 여럿이지만 당선작이 없는 경우는 가뭄에 콩 나듯 어쩌다 보게 된다. 천 편이 넘는 그 많은 응모작들 가운데에 괜찮은 작품 한 편이 정말 없었을까? 의아한 생각도 들지만, 양에 비례해서 질이 높아지는 것은 아니다. 작품 수가 많아야 수준에 오른 작품도 많은 게 일반적인 경우겠지만, 빛나는 작품 한 편이 있나 없나는 응모작의 수가 결정지어 주는 것이 아니다. 그런 만큼 신인 작품으로서 합당한 완성도와 참신함이 없으면 당선작을 내지 않는 것이 마땅하다.

위에 제시된 말들을 보면 '아기 나무' '아기 별' '아기 달님' '봄 향기'는 비유를 포함하고 있으니, 그런 말이 들어간 응모작들은 사물을 귀엽게 보고 피상적으로 그렸을 것 같다. 그런데 대부분은 사물 자체를 가리키는 말이다. 가령 '주전자'나 '나비'나 '미끄럼틀'이 그 자체로 상투어가 될 리는 없다. 하지만 대개 동시의 소재로 많이 다루어진 사물들이니 이미 앞선 작품들에서 다루어진 맥락에서 벗어나지 않았거나 그런 소재에서 연상되는 일반적인 관념을 곱상하게 꾸며 표현했을 법하다. 그런 것이 동시려니 생각하고 말이다. 신춘문예 응모자들 중엔 오랜 습작으로 단련했거나 재능이 있는 사람도 있을 테지만 그렇지 않은 사람이 훨씬 많았을 것이다.

심사위원들의 제안대로 위와 같은 말들을 피해서 동시를 써 보는 것도 좋은 방법이다. 프라이팬, 낙지볶음, 빨래집게, 황구렁이(김륭 「프라이팬」 「낙지볶음」 「빨래집게 뿔났다」 「황구렁이」), 콧구멍(이정록 「바쁜 내 콧구멍」), 사육사(김개미 「나의 꿈」)—이 정도만 돼도 작품의 분위기가 달라진다. 그런데 소재만 동시 상투어를 벗어났다 해서 될 일이 아니다. 새로운 감수성으로 볼 수 있는가가 문제다. 흔한 소재가 아니어도 벌써 다른 시인들이 만만치 않게 도전한 작품들이 나왔을 수도 있다.

"아이라는 존재 자체가 인간의 새로운 상태가 아닌가. 그런 아이들과 함께 읽는 시에 증조할아버지, 할머니가 살던 시공간의 자연과 사물을 남발하는 것은 이치에 맞지 않다."라는 지적을 보면 자신의 세대의 시공간도 아니고 그 이전의 시공간을 다루고 있는 것이 된다. 그만큼이나 낡았다는 것인데, "아이라는 존재 자체가 인간의 새로운 상태가 아닌가"라는 말은 좀 어색하긴 하지만 음미해 볼 만하다. 동시 독자인 아이는 동시를 쓰는, 쓰려는 이들의 다음 세대거나 다음다음 세대다. 동시가 윗세대와의 소통의 매개도 되겠지만, 새로운 동시인으로 탄생하려면 다음 또는 다음다음 세대인 아이들의 감수성과 만나야 한다. 물론 그 감수성이란 것이 확정되어 있어 알아보고 학습하면 얻어 낼 수 있는 것은 아니다. 아이들의 현실, 마음에 다가가 발견하고 느껴야 할 것도 있고, 상상하고 표출함으로써 형성되는 것이기도 하다. 그런데 신인 내지 신인급의 동시인들 가운데 감수성의 새로움을 보여 주는 동시인이 거의 없다. 다음 또는 다음다음 세대는커녕 기성 시인과 구별되는 새로운 문학 세대의 감수성조차 찾아보기 어렵다. 송찬호나 이안 시인 같은 선배 시인의 몇몇 서정적이면서 환상적인 작품들, 낯선 은유와 환유를 구사하는 김륭 시인, 신인급으로는 유희 본능과 난센스를 바탕으로 갖고 있는 신민규 시인 정도가 새로운 감수성을 보여 준달까.

할머니의 힘 • 김용택

할머니는 울 힘도 없다고 한다.
그래서
울 때도 눈물 없이 운다.
할머니는 이제 죽을 힘도 없다고 한다.
그래서 나랑 산다.

—『할머니의 힘』, 문학동네 2012

앗, '할머니'다. 동시 상투어의 목록 속에 들어 있는 '할머니'가 이 짧은 시에 제목 포함해 세 번이나 나온다. '할머니'를 쓰지 말자고 혈압을 올리더니, 심사위원인 자신은 쓰고 있지 않은가. 자신은 기성 시인이니 써도 된다는 건가? 아니면 자신과 같은 기성 시인이 이렇듯 많이 써 놓은 까닭에 상투어가 되었다는 건가?

'할머니'가 무슨 죄가 있나. (농촌의) 조손 가정, 할머니와 손주가 산다. 부모는 도시에 살고 있는지, 갈라섰는지, 자식은 챙겨 보는지, 살았는지 죽었는지 드러나지 않았다. 할머니는 노쇠해선지 아니면 삶이 오랜 세월 팍팍해선지 이제 "울 힘도 없"어서 "울 때도 눈물 없이 운다." 그럴뿐더러 죽을 힘도 없어서 죽지 못하고 "나랑 산다." 마지막 두 연의 변화와 반전이 이 시를 우울함에서 벗어나게 한다. 단어 자체가, 사물 자체가 상투적일 수는 없다. 뭐니 뭐니 해도 우리 동시의 전통은 삶을 노래하는 것이다. 시인이 목도한, 우리 농촌에 드물지 않은 가정의 모습이다. 시인은 그 현실을 피해 가지 않는다. 할머니의 말을 아이가 받아 아이의 말로 쓴다. '할머니의 힘' 하니 '없는 힘'이 '사는 힘'이 된다.

이 동시는 상투적인가? 동시 상투어 '할머니'가 나온다는 이유만으로 낡은 관념에 젖은 낡은 작품이랄 수는 없다. 「할머니의 힘」은 조손 가정의 외로움과 힘겨움을 전형적으로 드러내면서도 역설적으로 삶의 의지와 유대를 함께 드러낸다. 낡아질 수 없는 절실한 현재요, 관념이 들어올 틈이 없다. 여기서 '할머니'는 동시 상투어가 아니다.

달리 읽을 수도 있다. 김용택 시인은 『콩, 너는 죽었다』(실천문학사 1998)에서 『할머니의 힘』(문학동네 2012)에 이르는 네 권의 동시집에 할머니 이야기를 쓴 동시가 상당히 많다. 그 동시가 다 다르긴 하지만 통하는 점도 많고, 최근 동시집으로 오면서 조손 가정을 이와 비슷한 분위기로 다룬 시들도 있다. 그뿐인가. 다른 시인들의 동시집을 펼쳐 봐도 대개는 할머니를 그린 시가 몇 편씩 나온다. 손주를 '내 강아지' 하고 귀애하는 할머니, 도시의 자식 손주를 걱정하는 할머니, 폐지 주워 살아가는 할머니…… 2000년대 들어 동시뿐만 아니라 동화에서도 할머니가 등장하는 작품이 많이 나왔다. 조손 관계는 부자 부녀 관계보다 멀면서도 가까워 아이와의 관계 설정과 소통이 원활하기 때문에 동시나 동화의 소재로 적합한 측면이 있다. 가정 경제의 문제, 이혼율의 증가 등이 바꿔 놓은 가족 구조의 반영이라는 아픈 시대적 요인도 있다. 할아버지도 등장하지만 할머니가 훨씬 출연 빈도가 높다. 그렇다 보니 앞서 나온 작품을 훌쩍 뛰어넘는 작품을 쓰기가 쉽지 않다. 이런 맥락에서 읽으면 「할머니의 힘」을 상투적이라거나 자기 반복이라고 여길 만한 소지가 없지 않다. 공모 응모자들의 미숙한 작품에서만 '할머니'가 상투어인 것은 아니다. 기성 동시인들도 '동시 상투어 금지령'을 스스로에게 내려야 한다.

이렇듯 상투성이란 기본적으로 앞선 작품들과의 상관관계에서 성립하는 것이다.

그런데 앞서 나온 작품에 대한 정보가 없는 어린이 독자의 경우 작품을 상투적이라고 인식할 수 있을까? 인식할 수 없다. 따라서 어린이 독자가 느끼는 상투성과 동시 전문 독자인 심사위원이 느끼는 상투성은 다르다. 그렇지만 어린이 독자도 날이 갈수록 동시 감상 경험을 쌓는다.

2부

오늘의 동시,
어디까지 왔나

동시의 생태계, 동시의 희망

일 년 반쯤 전이다. 나는 '오늘의 동시, 어디까지 왔나'라는 질문형 제목으로 글을 쓴 적이 있다(『창비어린이』 2012년 가을호). 그 글에서 나는 그즈음 5년간의 동시의 흐름과 경향을 살펴보았는데, 소제목들은 이렇다. '새로운 동시가 숨 쉴 수 있는 토양' '어른시인들의 동시 창작 붐과 그 성과' '청소년시의 대두' '김륭 동시와 상상력의 확장' '삶의 동시를 복원하는 시인들'. 이것을 동시의 지형도 또는 지형도 읽기라고 한다면, 동시의 생태계는 어떠할까.

표준국어대사전에 따르면 '생태계'는 "어느 환경 안에서 사는 생물군과 그 생물들을 제어하는 제반 요인을 포함한 복합 체계"이다. 그렇다면 동시의 생태계는 '어느 환경 안에서 사는 동시군과 그 동시들을 제어하는 제반 요인을 포함한 복합 체계'쯤 되지 않을까. 어린이 독자, 어린이시, 동시 잡지, 동시집, 어린이문학지, 동시인, 어른 독자 들이 동시의 생태계에 주요 인자로 서식하고 있지 않을까. 청소년시·동시를 쓰는 어른시인, 동시 평론가와 연구자, 동시를 싣는 어른문학지 등도 역시 그 생태계의 인자가 되지 않을까. 더 나아간다면 동시에 곡을 붙인 노래, 동시집 일러스트레이션, 동시 원고료 등의 요소도 포함해야 할 것이다.

　이러한 동시의 생태계를 지금 꼼꼼히 짚어 체계적으로 묘사하기는 쉽지 않다. 발길이 가는 대로, 눈길이 닿는 대로 눈에 보이는 지점과 손에 잡히는 것들을 포착해 보자. 그러면 동시의 풍경도 눈앞에 웬만큼 그려지지 않을까.

동시의 풍경, 동시의 생태계

　동시의 일상적 발표 지면으로는 동시 전문 잡지와 어린이문학지가 있다. 동시 전문지인 격월간 『동시마중』은 매년 마지막 호를 '동시 선집'으로 발간하고, 역시 동시 전문지인 계간 『오늘의 동시문학』도 매년 겨울호에 그해의 '좋은 동시'와 '좋은 동시집'을 뽑아 싣는다. 두 잡지에서 2013년의 좋은 동시 선정을 위해 검토한 지면을 종합해 보면, 동시 전문지로는 『동시마중』과 『오늘의 동시문학』이, 어린이문학지에는 월간 『어린이와 문학』과 『아동문예』, 계간 『시와 동화』 『창비어린이』 『어린이책이야기』 『아동문학평론』

『열린아동문학』이 있다. 『동시마중』에서는 종합 문학지인 계간 『문학동네』와 한국작가회의에서 내는 『내일을 여는 작가』, 인천작가회의에서 내는 『작가들』, 동인지인 『글과 그림』에서도 작품을 선정해 실었다. 그 밖에도 월간 시 전문지인 『현대시학』『유심(唯心)』이 2013년 5월호에 동시 특집을 기획하였고, 계간 『문학청춘』은 매호 동시를 싣고 있는 등 동시를 싣는 지면들이 더 있다. 즉 동시 전문지와 어린이문학지가 신작 동시의 주요한 발표 지면이고, 종합 문학지와 시 전문지, 문학 단체에서 발간하는 잡지 등에서는 동시란을 두고 있거나 간간이 동시를 싣는 기획을 한다.

이처럼 동시가 실리는 문예지가 적지 않지만, 동시집 자체가 동시의 주요 발표 매체이기도 하다. 동시집을 낼 때 이름난 동시인이나 주목받는 신인들은 발표 작품 위주로 동시집을 엮을 수 있지만, 발표 지면을 자주 얻지 못하는 동시인들은 미발표 작품의 비중이 높을 수밖에 없다. 요즘 간행되는 작품집들을 보면 시집이든 소설집이든 동화집이든 이미 발표했던 작품도 발표 지면을 책에 밝히지 않는 경우가 많다. 동시집도 마찬가지다. 발표 지면을 밝혀야 할 만큼 발표작이 많지 않을뿐더러 어린이 독자가 어린이문학지를 읽는 것도 아니니, 동시집 간행 자체가 동시 발표를 위한 것인 의미가 크다.

2012년 하반기 이후 간행된 동시집 가운데 내 기억에 남아 있는 동시집을 들어 보자. 신인들의 첫 동시집으로 김개미의 『어이없는 놈』(문학동네 2013), 안진영의 『맨날맨날 착하기는 힘들어』(문학동네

2013), 박일환의『엄마한테 빗자루로 맞은 날』(창비 2013)이 단단하면서도 신선한 기운을 풍긴다. 이 중 김개미의『어이없는 놈』은 상금 천만 원을 걸고 공모하는 '문학동네 동시문학상'을 받아 간행된 동시집이다. 어른시인들의 동시 넘나들기는 여전히 활발한데, 세 권의 시집을 낸 박일환 시인이 첫 동시집을 선보였으며 이정록 시인은 두 번째 동시집『저 많이 컸죠』(창비 2013)를, 유강희 시인도 두 번째 동시집『지렁이 일기예보』(비룡소 2013)를 내놓아 동시인으로서 입지를 굳혔다.『동시마중』편집위원으로 잡지 간행을 주도하는 이안 시인도 두 번째 동시집『고양이의 탄생』(문학동네 2012)을 냈으니, 이안 시인은 진작부터 어른시인이기보다 고양이의 친구인 동시인이었다. 동화작가이자 소설가인 아동문학계의 원로 강정규 선생이 할아버지가 되면서 쓴 동시들을 묶은『목욕탕에서 선생님을 만났다』(문학동네 2013)는 깊이 있는 관찰과 성찰을 담은, '젊은 동시'의 느낌으로 다가오는 단단한 동시집이다.

김응과 정유경, 이수경은 두 번째 동시집을 출간해 자기 세계를 뚜렷이 하면서도 시세계의 폭을 넓히고 있다. 김응의『똥개가 잘 사는 법』(창비 2012)은 강파른 삶을 돌파하는 자존감과 삶의 자세가 부드러움 속에 뼈가 있는 표현으로 나타난 동시집이며, 정유경은『까만 밤』(창비 2013)에서 아이들의 감수성과 정서를 아이들 목소리로 노래했던 첫 동시집보다 깊어지고 다양한 색깔을 뿜는 시편들을 보여 준다. 제20회 '눈높이아동문학대전' 당선작으로 출간된 이수경의『억울하겠다, 명순이』(대교북스주니어 2013)는『우리 사이는』

(사계절 2011)을 잇는 두 번째 동시집으로, 아이들의 일상을 소재로 한 간명하고 맑은 정서의 동시들을 만날 수 있다.

오승강의 『내가 미운 날』(보리 2012)은 '도움반'이라 부르는 특수반 아이들 담임을 3년간 맡은 경험을 바탕으로 쓰인 동시집인데, 절제된 언어로 아이들의 깊은 마음속까지 드러낸다. 서정홍은 『나는 못난이』(보리 2013)에서 '나는 이렇게 산다'고, 농촌의 가난하면서 친환경적인 삶에서 얻는 긍정의 에너지를 직선적으로 토로하는 시세계를 유지하고 있다. 전병호의 『아, 명량대첩!』(아평 2012)은 오랜만에 만나는 '서사동시'로 역사적 사건을 공들여 형상화한 작품이며, 남호섭의 『벌에 쏘였다』(창비 2012)에 실린 인물 동시 등 '다큐동시'는 치열한 현실 인식이 돋보인다.

『오늘의 동시문학』 2013년 겨울호에서 '2013 좋은 동시집'으로 선정한 동시집은 모두 여덟 권이다. 문삼석의 『그냥』(아침마중 2013), 이성자의 『손가락 체온계』, 정갑숙의 『말하는 돌』(이상 청개구리 2013), 서금복의 『우리 동네에서는』(문학과문화 2012), 김미영의 『마늘각시』, 하지혜의 『사과나무 심부름』(이상 문학과문화 2013), 김춘남의 『앗, 앗, 앗』(푸른사상 2013), 안진영의 『맨날맨날 착하기는 힘들어』가 그 목록이다.

좋은 동시집이 적지 않게 나왔지만, '팔순 할머니가 손자에게 들려주는 제주어 동시집' 『고른베기』(황금녀, 각 2013)를 특별히 언급하지 않을 수 없다. 언어의 보존은 문학의 주요한 기능인데, 어린이 독자를 고려해 표준말 지향이 강한 동시에서는 각 지역 사투리나

특정 계층, 집단의 언어가 생생하게 드러나는 사례가 별로 없다. 그런데 이 동시집은 지역 사투리의 활용을 넘어서 민속어, 향토어의 보존을 의도한 특이한 작품집이다. "동글동글 이실 드리쓰멍/뎅가리 폭기 심언 ᄃ랑ᄃ랑//비 ᄇ람엔 "앗 써글라"/ᄌ자벳딘 "앗 떠불라"//눈도 못 튼 두리 귤덜//납삭납삭 입생이덜/잰체ᄒ멍 나오란//우산도 뒈어 주곡/양산도 뒈어 주언//쒜네기도 ᄌ덧주/ᄌ작벳도 ᄌ덧주//이 ᄀ실에 이치룩/뭉갈뭉갈 술쳐서마씀//이 ᄀ에 이치룩/맞치 좋게 익어서마씀"(「귤」 전문).[1] 이와 같이 어휘와 통사 수준에서만이 아니라 아래아(·), 아래아의 이중 모음(··) 같은 현재 사용하지 않는 모음 표기를 살리는 등 발음 수준의 재현도 추구하고 있으며, 책 뒤에는 지은이의 육성 시낭송 시디까지 붙어 있어 실제로 발음이 어떠한지 확인해 볼 수 있다.

청소년시는 아직 독립적인 장르 위치를 확실히 확보하지 못했는데, 이장근 시인은 두 번째 청소년 시집 『나는 지금 꽃이다』(푸른책들 2013)를 내놓으며 청소년시 전문 시인으로 발돋움하고 있다. 김미희의 『외계인에게 로션을 발라 주다』(휴머니스트 2013)는 동시인이 시도한 청소년시로 가족의 캐릭터를 설정해 청소년기의 고민

---

1) 시집의 본문 왼쪽 면에는 제주어로 쓴 시가, 오른쪽 면에는 표준어로 된 풀이 시가 실려 있다. 풀이 시는 이렇다. "방울방울 이슬 들이켜며/가지 꼭 붙들고//비바람엔 "앗 차가워"/뙤약볕엔 "앗 뜨거워"//눈도 못 뜬 어린 귤들//납죽납죽 잎사귀들/서둘러 나오더니//우산도 되어 주고/양산도 되어 주고//소나기도 견뎠지/뙤약볕도 견뎠지//이 가을에 이처럼/포동포동 살쪘네요//이 가을에 이처럼/가장 알맞게 익었네요"(『고른베기』, 113면).

과 세대 간의 소통을 주로 다루었다. 신지영의 『넌 아직 몰라도 돼』 (북멘토 2012)는 시 형식을 활용해서 청소년들에게 노동, 환경, 인권 등 사회 문제를 이야기한다. 가령 축구공을 꿰매는 파키스탄 소녀들의 열악한 저임금 노동 현실을 주제로 다룬 경우를 보면, 노동하는 소녀를 화자로 한 시 「바느질의 여왕」을 먼저 제시하고 이어서 그에 관한 구체적인 정보를 담은 '32조각 눈물'이라는 제목의 짧은 에세이를 배치하여 정서적 환기에서 구체적 현실 인식으로 나아가게 한다.

동시 관련 담론의 상황은 어떠할까. 어린이문학지와 동시 전문지에 정기적으로 또는 부정기적으로 실리는 월간평, 계간평, 서평 등이 있고, 『오늘의 동시문학』 창간 10주년 기념 동시 평론집으로 잡지에 실렸던 평론과 좌담 등을 엮은 『한국 동시, 어제와 오늘 내일을 읽다』(문학과문화 2013)가 나왔다. 어린이 화자를 둘러싸고 김권호가 이를 상투성의 원인으로 파악하며 기존 논쟁을 이어 갔고, 이지호는 반론들에 응답을 내놓았다.[2] 최근에는 평론의 부재(不在) 문제가 잇따라 제기되는 가운데 『동시마중』에서는 동시 비평의 활성화를 목표로 '동시마중 동시평론상'을 제정해 공모를 시작하였다.[3] 비평글 외에도 좌담이나 『동시마중』의 '동시와 나' 편지, 시

---

2) 김권호 「'어린이 화자' 논쟁이 나아갈 길」, 『창비어린이』 2012년 가을호; 이지호 「비평, 하려면 제대로 할 일이다」, 『시와 동화』 2012년 겨울호 참조. 앞선 논쟁은 이지호 「동시를 버려야 동시가 산다」, 『동시마중』 2010년 9·10월호; 정유경 「정말 어린이 화자 동시가 문제인가?」, 『동시마중』 2012년 3·4월호 참조.

3) 유강희는 '동시마중 동시평론상' 공모를 알리는 『동시마중』의 '머리말'에서

인이 시인에게' 꼭지 같은 산문들도 동시의 내면을 드러내며 담론의 한 축을 담당하고 있다.

어린이 독자는 동시의 생태계에서 든든한 대지와 같다. 어린이 독자의 존재는 어떻게 감지되는가. 탁동철은 몇 해 전 아이들이 동시를 갖고 노는 이야기를 생생하게 기록한 『얘들아 모여라 동시가 왔다』(상상의힘 2011)를 냈고, 『동시마중』에 '어린이 현실과 시'를 쓰고 있다. 그 외에 나에겐 어린이 독자가 잘 보이지 않는다. 어린이시도 동시에 작용을 끼치는 동시의 생태계의 주요 요소이다. 어린이시교육연구회에서 다달이 내는 『어린이시』 회보가 있는데, 교사들이 어린이시 쓰기 교육을 하며 경험하고 느낀 것을 함께 나누는 매체이다. 다행스럽게도 이 회보의 글들을 통해 동시의 독자인 어린이가 어떤 존재인지를 구체적으로 감지할 수 있다.

"지금, 비평 담론이 여느 때보다 절실히 요구되고 있"다고 하였고(「왜 지금 동시 비평 담론인가」, 『동시마중』 2013년 9·10월호, 8면), 김상욱은 『어린이와 문학』 좌담에서 동시 평론에 대해 "주례사 비평들이 점점 더 많아지고 있고, 이론 비평이라든가 독자와 작품에 대한 평가를 중심에 두고 소통하는 비평은 위축되어 있는 상태"라고 지적하면서 "좀 더 본격적인 비평들이 쓰일 수 있도록 하"자고 제안하였다(이재복·송언·김상욱·배봉기 좌담 「한국 아동문학의 현황과 전망」, 『어린이와 문학』 2013년 11월호, 33~34면).

어린이시, 어린이와의 만남

어린이문학지나 어린이 신문 등의 매체에서 어린이시를 만나는 경우도 있지만 『어린이시』 회보에서는 어린이시를 좀 더 꾸준히, 내밀하게 만날 수 있다. 『어린이시』 회보에는 '우리 반 아이의 시' '나의 시 쓰기 수업' '이 한 편의 시' '시를 보면 아이가 보인다' 등의 꼭지가 있어서 어린이가 쓴 시 형태의 글이 여러 편 글 중에 소개된다. 또한 회보의 마지막에는 '어린이시화'도 한 편씩 실리는데, 아이가 직접 쓴 시와 거기에 곁들여 그린 그림을 원본 형태대로 만날 수 있다.

우리는 바다에 쓰레기를 버린다.
그래도 바다는 괜찮다고
힘찬 파도를 친다.
그렇게 바다는 거짓말을 하며 살아오다가
결국엔 쓰레기 바다가 되었다.
죽은 고기만 떠다닌다.
그렇게 아직도 바다는 거짓말을 하면서
괜찮다고 힘차게 파도를 치고 있다.
바다를 보니 우리 할머니 옛날 모습 같다.
아파도 아픔에서 벗어나기 위해서

발버둥 치시던 우리 할머니가 생각난다.

—김도솔 「바다는 거짓말쟁이」 전문[4]

이 글은 '시를 보면 아이가 보인다' 꼭지에 동시인이자 교사인 최종득이 쓴 글 「내 사랑 할머니」에 소개되어 있다. 첫 행에서 8행까지는 사람들이 버리는 쓰레기를 품고도 '괜찮다'고 한 바다가 결국 '쓰레기 바다'가 되었다고 말한다. "그렇게 아직도 바다는 거짓말을 하면서/괜찮다고 힘차게 파도를 치고 있다"고 고발하고 있는데, 사람들이 쓰레기를 버리는 행태를 고발하는 것이 아니라 바다가 괜찮다고 하며 '힘찬 파도'를 치는 것이 거짓말이라고 꼬집는다. 그런데 이어지는 9~11행은 할머니 이야기다. 쓰레기에 오염된 바다에서 할머니의 고통을 떠올리고 파도에서 할머니의 발버둥을 연상한 것이다. 할머니도 고통에 시달리면서도 괜찮다고만 하였을 것이니, 역으로 할머니에 대한 생각이 파도치는 바다를 괜찮다고 하는 것으로 보게 했을 것이다.

이 글은 할머니 이야기가 덧붙어 바다 이야기와 할머니 이야기가 나뉘어 있는 것으로 볼 수도 있지만 두 이야기의 결합이 단단해서 상당한 표현력이 발휘된 '시'로 감상할 수도 있다. 어린이시를 시로 감상하는 것은 부차적인 일이다. 최종득의 글에는 도솔이가

---

[4] 회보에 따르면, 경남 거제 사등초등학교 4학년 어린이가 2013년 5월 15일에 쓴 시이다. 『어린이시』 2014년 1월호, 14면. 인터넷 카페 '어린이시 나라'(http://cafe.daum.net/adongsi) '어린이시 회보' 게시판 수록.

4월부터 12월 사이에 쓴 시 아홉 편이 소개되어 있는데, 그 모두에 할머니에 대한 기억이 담겨 있다. "할머니 생각밖에 안 난다" "할머니 무덤을 파서라도 보고 싶다"(「할머니」)는 도솔이의 할머니에 대한 집착은 왜 생긴 걸까? 그에 대해서는 아이의 글에도 잘 나타나 있지 않고, 아이의 글을 소개한 이도 밝히지 않고 있다. 하여튼 아이에게 시 쓰기란, 글쓰기란 자기 속에 있는 절실한 것, 간절한 것을 풀어내는 것이 되었다.

올챙이는
개구리 때하고 싹 다르다.
머리는 큰데 몸은 쪼꼬맣다.
콩나물 모양 같고 거꾸로 보면 음표 같다.
올챙이가 막 헤엄치면 꼭 비 오는 논 같다.

—김윤주「올챙이」전문

농구대 아래 돌은
오랫동안 앉아 있어서
아주 단단하게 잠이 들었다.

—이지훈「돌」전문[5]

---

5) 삼척 서부초등학교 35명 어린이 시『샬그락 샬그란 샬샬』, 이무완 엮음, 보리 2012, 56면, 65면.

재미있는 글이다. 2학년 윤주가 올챙이를 "콩나물 모양 같고" "음표 같다"고 한 것은 자기도 모르게 어디서 빌려 온 말일 수도 있겠다. 이런 표현은 '동시'에서 보게 되는 짜낸 비유 같기도 하다. 생각해 보면 그럴듯하다고 인정할 수 있겠지만 직관적으로 올챙이와 콩나물, 올챙이와 음표가 닮아 보이지는 않을 것 같다. 아니다, 아닐 수도 있다. 하지만 "올챙이가 막 헤엄치면 꼭 비 오는 논 같다" 한 것은 논물에서 올챙이 무리가 오글오글 헤엄치는 것을, 빗줄기가 논물의 표면에 와그르르 쏟아지는 것을 보지 못한 사람은 떠오르지 않을 그림이다. 지훈이는 농구대 아래 그 자리에 늘 박혀 있는 돌을 오랫동안 보아 왔다. 저렇게 오랫동안 앉아 있더니 마침내는 "아주 단단하게 잠이 든" 것이리라 생각했다. 아니, 그것은 지훈이에게 생각이 아니라 사실이다.

이무완 교사가 엮은 『샬그락 샬그란 샬샬』에는 삼척의 한 초등학교 2학년 아이들이 쓴 시가 가득하다. 같은 제목의 시가 여러 편 있는 것을 보면 교사가 제목을 주거나 소재를 주고 쓰게 한 경우도 많은 것 같다. 엮은이는 "우리 아이들은 시집만 내지 않았을 뿐 정말이지 뛰어난 시인입니다."[6]라고 하였다. 공감한다. 하지만 아이들이 시인인지 아닌지는 중요하지 않다고 말할 수도 있다. 『어린이시』 회보에서 보는 어린이시나 『샬그락 샬그란 샬샬』에 실린 어린이시나 굳이 시라고 일러 말해야 할 특징이 뚜렷한 것은 많지 않

---

6) 「엮은이의 말」, 같은 책 5면.

다. 아이가 쓰기 쉬운 글 형식이 길이가 짧고 끊어서 행갈이를 자주 하는 시 형식이어서 어린이시가 된 것이지 '시 문학'은 아니다. 그렇지만 이런 어린이시가 음미할수록 깊은 맛이 있고 다른 것으로 대신할 수 없는 방식으로 어린이에게 다가가는 길이 된다.

오승강의 동시는 나에게 마치 어린이시처럼 다가온다. 머릿속의 아이가 아니라 세상을 살아가는 실제의 아이를 가슴으로 만나게 된다. "동무들이 저를 보기만 해도/놀리는 것 같"아서 늘 불안하고 싸움이 그칠 새 없는 주은이는 "맞기만 하면서도 물러서지 않"는다(「주은이」). 수정이는 "동무가 울고 있을 때/동무가 저를 귀찮게 할 때" 자기만 아는 암호 같은 네 가지 말이 눈물과 함께 터져 나온다(「수정이 저만 아는 말」). 낯선 사람이 과자 사 준다고 할 때 "과자 먹고 싶어 따라간다"고, 아무리 말려도 가겠다고 한 수정이가 걱정스러워 아이들이 모두 "공부가 끝난 뒤/줄을 지어 (…) 수정이 앞세워 함께" 집에 가는 모습은 감동적이고 아름답다(「걱정」, 이상 동시집 『내가 미운 날』). 임길택의 동시가 그렇듯 담백한 언어로 묘사하는 오승강의 동시들은 어린이에 대한 선입견과 관념을 걷어 내고 참다운 사랑의 눈으로 아이들의 본모습을 보아 낸다. 그래서 언어가 정제되어 있고 짜임이 단단해도 마치 어린이시를 읽는 것처럼 어린이가 보인다.

동시인이 어린이를 만나는 방법은 크게 세 가지가 있다. 먼저 자기 자신 속의 어린이 즉 자신의 어린 시절이나 지금 내면에 갖고 있는 어린이가 있고, 둘째로 가족이나 이웃의 어린이, 셋째로 어린이 글을 통해서 만나는 어린이가 있다. 어린이라는 존재를 알기에는 모두가 다 중요하겠지만, 동시가 자족적인 취미가 되는 것을 방지하려면 어린이시와 일정한 긴장과 교섭을 유지하는 것은 꼭 필요한 일이다. 동시 생태계의 건강성을 생각할 때 어린이시가 좀 더 활발하게 씌어지고 가뭄에 콩 나듯 간행되는 어린이시집도 더 풍부하게 간행되어야겠다. 또한 동시인들의 어린이시에 대한 관심도 더 높아져야겠다.

신인의 수준, 개성과 내면의 발견

동시의 생태계에서 일어나고 있는 일 중 주목할 만한 것은 동시 창작의 활성화일 터이다. 몇몇 출판사의 의욕적인 동시집 간행, 새로운 동시 전문지의 발간, 어린이문학지 동시란의 활력, 어른문학지의 동시 기획 등이 동시 창작 활성화를 이끌고 또 그 결과를 보여 주었다. 동시 창작 활성화의 구체적인 모습은 어른시인들의 동시 창작 붐, 새로운 화법과 내용을 추구하는 신인들의 등장, 청소년시의 대두 등으로 조망할 수 있을 것인데, 독자의 수용 환경이란 면에서는 희망적인 조짐이 별로 보이지 않는다. 그러나 창작의 저변이 두꺼워지면서 빼어난 동시집이 꾸준히 출간된다면 독자층의 저변도 한층 튼실해질 것이니 무엇보다도 신인들의 역량이 이를 꾸준히 받쳐 주고 이끌어 가길 기대할 수밖에 없다.

102호에 다섯 살짜리 동생이 살고 있거든
오늘 아침 귀엽다고 말해 줬더니
자기는 귀엽지 않다는 거야
자기는 아주 멋지다는 거야

키가 많이 컸다고 말해 줬더니
자기는 많이 크지 않았다는 거야
자기는 원래부터 컸다는 거야

말이 많이 늘었다고 말해 줬더니
지금은 별로라는 거야
옛날엔 더 잘했다는 거야

102호에 다섯 살짜리 동생이 살고 있거든
자전거 가르쳐 줄까 물어봤더니
자기는 필요 없다는 거야
자기는 세발자전거를 나보다 더 잘 탄다는 거야

―김개미 「어이없는 놈」 전문

김개미의 동시집 『어이없는 놈』에서 신선하게 다가오는 작품은
「어이없는 놈」 「상장」 「나의 꿈」 같은 시편들인데, 어법이 활달하

고 읽는 이의 의표를 찌른다. 「어이없는 놈」의 다섯 살 아이는 당당하다. 자기를 한창 자라는 귀여운 꼬마 취급을 하는 이웃집 형 앞에서 당당한 자아를 내보인다. 성장과 성숙을 지향하는 보통의 아이와 달리 신언서판(身言書判)과 기(技)에 이르기까지 자신은 이미 충분히 갖추고 있다고 내세운다. 화자는 이러한 아이의 독특한 성격을 '어이없다'고 받아들일 뿐 가르치거나 비판하지 않는다. 이 작품이 신선하게 느껴지는 것은 '102호에 사는 다섯 살짜리 동생'이라는 구체적인 인물을 입체적인 '캐릭터'로 창조했기 때문이다. '인물 창조'가 소설 장르의 전유물인 것은 아니다.

「상장」은 아이가 상을 받아 왔을 때 아주 격하게 좋아하는 반응을 하는 아버지를 상상한 작품인데, "결국 나를,/사냥한 짐승처럼 거꾸로 들고/집 안을 뛰어다니겠지"에 이르는 상상의 구체성이 아버지를 풍자하기도 하지만 화자인 아이의 내면을 상세한 수준으로 드러내고 있다. 「나의 꿈」은 사육사가 되어 할 일을 상상해 보는 내용이지만 그 상상은 동물을 잘 돌보아 주고 보수를 받는 상식적인 직업의 수준이 아니라 "전봇대만 한 기린과/눈 맞추고 얘기하"고 "얼룩말 똥 정도는 맨손으로 집는 것"과 같이 동물의 실체를 감각하는 차원의 것이다.

이 밖에도 「맙소사」 「넌 그런 날 없니?」 「너도 올라오겠어?」 「장롱 속으로 들어간다」 같은 작품들에서 어린이다운 것으로 간주되는 고정 관념의 변주가 아닌 개성으로 당당한, 자유롭고자 하는, 때로는 고독한 어린 영혼을 만날 수 있다. 재치 있는 발상에 기대거

나 기시감을 주는 짝사랑 모드에 머문 작품 등 범작들이 있는 한편
으로 이런 작품들은 신인다운 패기와 감각을 발휘한다.

너 왜 자꾸 거기로 가는데?
거기가 길이야?
멀쩡한 길 놔두고 왜 하필이면 그 길로 가니?

그냥요

그냥 한번 걸어 보고 싶어서요

— 안진영 「소풍 가는 길에서」 전문

우리 동시에, 우리 어린이문학에 그동안 '그냥'이 너무 부족했다
고 하면 너무 단순화일까. 그냥, 이유 없이 저 길로 걸어 보고 싶다
는 욕망을 그냥 그대로 보아 주는 것, 그것이 이 시의 강점이요 매
력이 아닐까. 안진영의 『맨날맨날 착하기는 힘들어』는 신인의 첫
동시집으로서 단단한 편이다. "선생님이 내 일기 밑에/우리 익규,/
오늘 이쁘다,라고 써서//나도 선생님 글 밑에/우리 선생님,/오늘
이쁘다,라고 썼다"(「댓글」) 같은 접근은 개성을 드러내기보다는 상
투적인 발상으로 떨어질 위험이 있으나 대체로 많은 시편들이 견
실한 성찰의 바탕 위에 서 있다.

김개미나 안진영의 동시들이 어린이의 내면을 드러내고 어린이

의 개성, 개별자로서의 어린이의 존재를 발견하고 있지만 그것이 대부분의 시편들에 일관되게 나타나고 있는 것은 아니어서 뚜렷하게 어린이관으로 정립되어 있는 수준이라고 볼 수는 없다. 그러나 기존 어린이관과의 단절 및 변화를 반영하고 있는 것은 분명하다. 나는 이를 2010년 『동시마중』 창간을 전후한 시기 이후에 등장한 신인들이 가진 새로움의 일부로 파악하며, 이러한 새로움은 기성 동시인들의 작품에서도 산발적으로 나타난다.[7] 즉 2010년대 이후 동시의 새로운 성격은 여기에서 찾아야 할 것이고 신인들의 특징 중에서도 눈여겨보아야 할 지점인 것이다.

그렇다면 지금까지 우리 동시는 어린이의 개성의 발견, 내면의 발견을 하지 못했다는 말인가. 가령 이원수나 윤석중, 윤동주와 같은 시인들은 그 시기에 어린이의 개성과 내면을 발굴해 노래했다고 할 수 있다. 사회 환경에 따라 규정되는 어린이의 모습이면서 주체로서의 개성을 발견하였고, 특히 윤석중 동시의 어린이는 보편적인 인간성의 측면보다는 그와 구별되는, 명랑성을 지닌 다른 존재로서 어린이의 독자적 특질을 보여 주었다. 그러나 지금의 관점에서 바라볼 때 그것은 집단적 자아로 파악되며 윤석중의 어린이 역시 '어린이'라는 집단적 자아의 형성에 기여했던 것이다. 이

---

7) 동시가 내면을 심층적으로 반영한 수준 높은 경우는 어린이의 내면을 직접적으로 그린 작품보다 김환영의 「운명」(『깜장 꽃』, 창비 2010), 송찬호의 「저녁별」(『저녁별』, 문학동네 2011), 이안의 「참기름병에서 나온 시」(『고양이의 탄생』, 문학동네 2012) 등에서 발견된다.

원수의 「찔레꽃」(1930)에서 광산 노동자인 언니를 배웅하고 마중하며 아이가 따 먹는 찔레꽃은 허기와 설움을 드러내는 것이면서 이를 달래 주는 매개물인데, 이 어린이의 정서는 개별적이지만 사회 환경의 규정을 받고 있어서 임의성이 거의 없다 하겠다. 윤석중의 「키 대 보기」(1937)에서는 사회 환경이 드러나지 않고 있어서 어린이의 정서가 자율성을 갖는데, 이러한 '어린이'의 독자성의 발견은 이후 관념화하여 천진성, 낙천성, 유아적 상상 등을 주조로 하는 동심주의적 어린이관을 형성해 최근에 이르기까지 동시의 어린이상을 지배하게 되었다.

동시의 화자와 달을 가리키는 손가락 보기

어린이 화자 논쟁은 동시 장르의 본질적이며 예민한 속살을 건드린 것이었는데, 어린이 화자 문제는 창작 주체 개인이 손쉽게 바꿀 수 있는 창작 방법의 선택으로 해소되기 어려운 것임을 우선 인식할 필요가 있다.

한국문학사에서 동시라는 형식은 어린이가 읽기에 적합한 시가 아니라 그 자체로 독특한 미적 양식이다. 동시는 어린이를 핵심 독자로 삼지만 독특한 미적 자질을 갖고 있으며, 이러한 장르의 원리를 나는 "'아이들을 향해 조율된 목소리'로 말해진 시와 노래가 바로 동시·동요"라고 설명한 바 있다.[8] 그런데 이렇게 어린이 독자를 향해 목소리를 조율할 때 흔히 선택되는 것이 어린이와 눈높이를 맞추는 방식이며 이를 위해 종종 어린이 화자가 설정된다. 이렇게 어린이 화자가 발화하는 방식은 동시 장르의 형성기부터 조성된 오래된 관습으로 동시 장르의 탄생과 그 역사를 같이한다.

화자가 어른일 때 어린이 독자가 느끼게 될 생소함과 불편함을 불식하고 어린이 독자가 친근하게 느끼고 내용에 공감하기 쉽도록 어린이 화자나 어린이 같은 목소리를 설정하지만 실제로 이러한 화자나 목소리가 늘 공감의 효과를 불러일으키는 것은 아니다. 오히려 발화된 내용만이 아니라 화자를 주목하게 하는 효과를 발생시키는 예가 허다하다.

김개미의 「어이없는 놈」을 읽을 때 독자는 화자와 같은 자리에서 초점이 되는 대상을 바라보며 이야기되는 대상의 속성 즉 다섯 살짜리 이웃집 아이의 모습을 감지하게 되는데, 이러한 공감의 읽기에 따라 그 아이를 '어이없는 놈'으로 함께 느끼거나 '건방진 놈' '기특한 놈' 등으로 공감을 확장할 수 있을 것이다. 그런데 이 동시를 읽은 반응으로 "자기보다 어린놈에게 형 노릇 좀 하려고 뻐기다가 한 방 먹은 놈(…)의 투덜거림이다. 그놈이나 그놈이나 정말이지 도토리 키 재기인 녀석들이 귀엽기 짝이 없다."[9]라는 소감은 대상인 아이보다 화자인 아이를 더 주목한 것이다. 화자가 몇

살 아이인지 작품에 분명한 표지(標識)가 제시되지는 않았지만 다섯 살 아이를 귀여운 동생 취급하다가 예상외의 반응에 "자기는 ~ 하다는 거야"라고 황당함을 표시하는 태도를 보면 다섯 살 아이와는 심리적 연령적 격차가 크지 않은 아이로 보아야 한다. 즉 "도토리 키 재기인 녀석들이 귀엽기 짝이 없다"고 하는 소감에서 보듯이, 이 동시를 읽으면서는 이야기되는 내용을 감상할 뿐 아니라 이야기하는 어린이 화자를 비평적 시각으로 바라보게 된다. 이 작품에서 실은 다섯 살 아이가 어떤 아이인지뿐만 아니라 화자에 대한 반응까지가 이야기되는 내용이기 때문에 화자에 대한 비평적 시각을 갖는 것은 내용에 대한 자연스러운 감상의 일부라고 할 수도 있다.

어린이 화자를 비평적으로 바라보는 것은 어른 독자에게서만 일어나는 것으로 한정할 일은 아니다. 어른 독자는 어린이 화자를 비평적으로 인식할 수밖에 없기 때문에 궁극적으로 어른은 동시의 참다운 독자가 될 수 없다는 가설도 일리가 있을 것이다. 동시가 어린이 독자의 눈과 합치되기를 추구하는지는 사실 모호하다고 할 것인데, 어린이 독자는 어른 독자보다 관념적으로도 훨씬 더 균질화해 파악하기 어렵다. 즉 어떤 동시가 들려주는 목소리에 정확히 동조(同調)할 수 있는 어린이의 층은 아주 얇을 수밖에 없다. 달리 말해 어린이 독자는 자신의 감수성에 딱 맞는 동시를 발견하기 어렵다는 것이다. 어린이 독자는 대부분 자신이 감상하는 동시의 어린이 화자보다 연령상 어리거나 나이 들었으며 정신적으로도 더

미숙하거나 성숙하다. 따라서 어린이 독자는 동시의 어린이 화자와 합치된 자리에서 어린이 화자가 보는 것을 그대로 보거나 화자의 목소리가 전하는 내용만을 순조로이 수용하게 되는 것이 아니라 어린이 화자의 존재를 의식해야 하는 부담을 지게 된다.

어린이 화자만이 동시의 화자를 비평적으로 보게 하는 것이 아니고 구체성을 띤 화자는 일반적으로 독자에게 의식되게 마련인데, 동시가 동시로 감상되면 장르에 대한 학습 효과로 어린이 화자를 예상하게 된다.

어제까지
없었는데
오늘
있다

눈도 있고
코도 있고
손톱도
작다

—강정규 「갓난아기」 전문

이 작품의 화자는 시집 앞에 나온 시인의 말에 의지해서는 "첫 손녀를 본" 할아버지 또는 할머니로 파악되지만[10] 작품 자체에는 화자에 대한 구체적인 정보가 없다. 동시집에 실린 작품이니만큼 '동시'로 의식하고 읽을 때 화자는 아이의 탄생을 경이롭게 느낄 수 있는 인식 수준 이상의 어린이로 간주되기가 쉽다. 독자는 갓난 아기를 주목하면서 때로는 그 아기를 바라보는 어린이 화자까지 살피게 된다.

꽃밭에서 넘어져 정강이에 묻은 꽃잎을 피로 착각해 우는 아이의 모습을 그린 윤석중의 「꽃밭」(1946)처럼 화자보다 아주 어린 존재의 천진함을 그린 동시가 꾸준히 창작되어 왔으며, 상황이나 어조에 어른 화자라는 뚜렷한 표지가 없으면 화자는 당연히 어린이라고 보는 게 자연스러운 감상법이 되었다. 화자가 어린이로 뚜렷하게 설정되어 있든 그렇지 않든 동시의 목소리는 어린이를 의식하게 한다. 동시의 감상은 기본적으로 화자에 대한 의식을 포함하기 때문에 원리적으로는 어른시를 감상하는 것보다 중층적이어서 감상의 부담이 크다고 할 수 있다. 물론 개개 작품을 감상하는 데 실제적인 부담을 늘 느끼는 것은 아니다.

이지호는 "어린이를 화자로 내세우지 않으면 동시가 안 된다"고 생각하는 강박 관념을 지적하며 어린이를 대변하기 위한 것이 아니라면 어린이 화자 동시를 쓰지 말 것을 역설한 바 있다. 어린이 화자 동시가 현실의 어린이를 모방하고 동시를 읽는 어린이가 이를 다시 모방하게 된다고도 하였다.[11] 어린이 또는 어린이 같은 화

---

10) 『목욕탕에서 선생님을 만났다』, 5면 참조.
11) 이지호 「동시를 버려야 동시가 산다」, 앞의 책 99면 이하.

자여야 한다는 강박 관념은 부자연스러운 목소리를 낳고, 손쉽게 어린이 화자를 선택하는 고정 관념은 재미없고 상투적인 동시를 낳는다. 그리하여 어린이 독자가 동시를 유치한 것을 노래하는 장르로 알게 되기도 한다. 이러한 사태의 뿌리는 굳어진 어린이관을 답습하는 데 있으니, 어린이 화자의 선택은 장르 관습에 따라서가 아니라 오로지 내용과 형식의 통일성을 위해 이뤄져야 한다. 또한 어린이를 향해 목소리를 조율한다고 해서 그것이 어린이의 감성과 인식 수준을 한정하는 차원에서 이뤄질 일은 아니다.

동시를 읽으며 아이는 넓은 세상을 보고, 다른 아이와 대화하며 감성과 사유를 확장한다. 손가락이 가리키는 달이 어두운가 흐릿한가 밝은가만이 아니라 달을 가리키는 손가락이 여린가 힘찬가 뜨거운가를 느껴 보는 것도 묘미이다. 어린이 독자는 손가락보다는 달에 집중할 것이다. 아니다, 달보다 손가락에 집중할 것이다. 그것도 아니다. 달이 어디 있고 손가락이 어디 있나. 손가락이 달이고 달이 손가락인 것이 동시 아닌가.

서사동시와 다큐동시의 성과

현대문학에서 시 형식은 기본적으로 서사가 중심인 양식이 아님에도 서사를 위주로 작품을 쓰는 경우가 있다. 동시에서도 간간이 '서사동시'가 씌어졌는데, 운문을 통해 사건과 그 의미의 효과적인 전달을 추구하거나 이야기 서술을 바탕으로 한 정서적 감흥을 추구한다. 서사시는 특성상 그 길이가 길어지게 마련이어서 대개는 장시(長詩)가 된다.[12] 서사가 중심이 되었다 해도 짧은 시는 대체로 서사시라 하지 않는데, 서사 자체가 아니라 서사를 통해 불러일으키는 정서가 목표가 되고 있기 때문이다.

'서사동시집'으로 출간된 전병호 시인의 『아, 명량대첩!』은 2부 36장으로 구성된 장시이자 서사시이다. 본문 분량만 80면에 가까운 이 작품은 그 규모와 성격으로 보아 서사시나 장시 창작이 희귀한 동시 작단에서 매우 이례적인 작품이라 하겠다. 기본적으로 이순신 장군이 왜군과의 전쟁에서 대승을 거둔 명량대첩의 경과를 전하는 서사를 뼈대로 하고 운문으로 리듬을 타며 정서적 감흥을 불러일으키고 있다는 점에서 전형적인 서사시를 구현했다고 할 만하다.

1597년 정유년, 이순신이 삼도 수군통제사에서 해임되어 옥살이를 하였다가 복귀해 조선 수군을 챙겨 보았을 때 그에게 "남은 것은 낡은 배 열두 척과/죄 아닌 죄로 옥고를 치르느라/병든 몸뿐"이었고, 전황은 "수평선 너머에는/언제 몰려올지 모를 왜적이/파도처럼 가득하니" 위급한 상황이었다(22~23면).[13] 이러한 최악의 조건에서 이순신은 고뇌하며 왜적과 울돌목에서 맞부딪쳐 싸울 전략을 세

---

12) 길이가 길더라도 서사시를 장시와 구별하여, 장시는 별도의 형식으로 보기도 한다.
13) 『아, 명량대첩!』에서의 인용은 본문에 책의 면수만 밝힌다.

운다. "하늘이여, 하늘이여/이 계책이면/왜적을 이길 수 있겠습니까?"(43면) 하고 잠결에도 묻고 또 묻는 이순신의 간절한 심경과 왜적의 대함대의 기세, 이순신을 신뢰하는 백성들의 호응이 번갈아 서술되면서 작품의 흐름은 점차 명량해전의 복판으로 나아간다.

조선 백성 모여라
울돌목을 가로질러
숨겨 놓은 쇠밧줄을
모두 와서 감아라.

올라온다 올라온다
쇠밧줄이 올라온다
쇠밧줄에 걸린 왜선
영문 몰라 허둥댄다.

암초 사이 숨겨 박은
쇠사슬 꿴 말뚝에도
왜선이 걸렸다
오도 가도 못 한다.

조선 수군 포위하려
날개 펴던 왜선들이

가운데로 다시 모여
줄을 지어 내려온다.

쇠밧줄을 당겨라
팽팽하게 당겨라
손에 피가 맺혀도
막게를 놓으면 안 된다.

— '19—쇠밧줄 전법' 부분(52~53면)

19장부터 31장까지는 포탄이 날아가고 육박전이 펼쳐지고 백성들이 지원하는 치열한 전투 상황을 그린다. 왜장이 죽고 울돌목의 급해진 물살에 뒤엉킨 왜선들이 퇴각하는 전황 묘사는 34장까지 이어진다. 화자는 사건과 상황을 전달하기 위한 묘사에 "아아, 안위의 배가 곧 무너지겠구나."(61면)와 같은 주관적 발화를 섞고 있으며, 이순신의 각 상황에서의 심경과 수군에 내리는 추상같은 명령, 백성들의 호응하는 목소리를 직접적으로 전달하기도 한다. 이와 같이 『아, 명량대첩!』은 싸움의 준비 단계부터 왜군이 결정적인 패전으로 조선에서 철수를 결정하게 되기까지를 그려 낸다. 각 장을 제목을 붙여서 어느 정도 독립된 한 편의 시로 구성해 연쇄적으로 놓음으로써 세계 해전사에서도 주목된다는 명량해전을 입체적으로 조명하였다. 이러한 방식은 이야기의 줄거리를 단단하게 하지는 못하지만 장면 장면에서 사건이나 정서를 뚜렷하게 드러내는 데는 효과적이다.

『아, 명량대첩!』은 전력상 이기기 어려웠던 해전을 승리로 이끈 이순신의 전략과 그의 인간됨을 중심으로 왜적의 침략에서 나라를 지켜 낸 전쟁의 면모를 진실하게 그려 보이고자 한 작품이기 때문에 인물의 풍모나 해전의 전개에 대해서 논평을 가하지는 않는다. 또한 비운의 영웅을 낳은 시대 환경에 대한 직접적인 비판도 시도하지 않으며 화려한 수사와 찬사로 구국의 영웅을 미화하지도 않는다. 이러한 점은 이 작품이 동시로서 감당할 수 있는 수준을 넘어서지 않으려는 균형 감각을 유지한 결과라고 본다. 따라서 찬찬히 감상한다면 어린이 독자가 명량해전이 어떤 의미가 있는 전쟁이었는지 역사적 지식 이상의 감흥을 느낄 것이라 기대할 수 있다. 그러나 어린이 독자의 마음을 사로잡을 만한 창의적인 서사 기획과 언어 구사가 없어서 서사시를 읽는 재미를 일깨우기는 어려울 것 같다. 가락을 타면서 흥취를 돋워 주는 '19—쇠밧줄 전법'과 '26—녹진 언덕의 강강술래' 같은 노래로 된 시구가 부족한 것도 아쉬운 점이다.

전병호의 『아, 명량대첩!』이 단시 위주로 흐르는 동시 창작 경향을 거슬러서 굵직한 역사적 사건을 형상화한 서사동시로 무게감을 갖는다면 남호섭의 '다큐동시'는 날카로운 현실 인식으로 조직한 서사성이 단단한 돌멩이 같은 질감을 빚어낸다. 다큐동시는 '다큐멘터리 동시'를 줄인 말로 내가 남호섭이 시도한 일련의 동시들에 그 특징을 잡아 붙여 본 이름이다. 다큐멘터리는 사건이나 사실을 실제 그대로 기록하는 것이지만 그 기록자는 자료를 무색무취하게 나열하는 것이 아니고 엄밀한 주제 의식에 따라 취사선택한다.

남호섭 동시집 『벌에 쏘였다』에는 다큐동시로 분류할 만한 동시들이 여러 편 있는데, 「폭격 구경하는 이스라엘 사람들」 「똑같네요」 같은 작품이 전형적이다. 「폭격 구경하는 이스라엘 사람들」은 먼 곳을 바라보는 여섯 명의 사람들을 찍은 흑백 사진을 먼저 제시하는데, 사진 아래에는 "2009년 1월 1일, (…) 이스라엘 사람들이 팔레스타인 가자 지구가 공습당하는 광경을 망원경 등으로 구경하고 있다."라는 설명 글이 붙어 있다. 사진 옆에 있는 저작권 표시를 잘 살펴보면 로이터통신 사진임을 알 수 있다. "도시락까지 준비해 온 구경꾼들로 북적"댄 그날, "폭격으로 검은 연기가 치솟으면/브라보, 브라보!/그 사람들은 소리쳤다."고 시행은 사진의 상황을 좀 더 부연해서 전한다. 이어지는 "그날은/새해 첫날이었다./팔레스타인 사람들에게도"라는 마지막 연 역시 기사문처럼 건조한 문장이지만, 평화로워야 할 새해 첫날에 폭격으로 죽어 가는 사람들과 이를 구경하며 환호하는 사람들을 대비하는 극적 효과를 불러일으킨다. 따라서 독자는 일차적으로는 이스라엘의 팔레스타인 가자 지구 공습과 이를 구경하는 이스라엘 사람들의 비인간적인 면모를 전율하며 느끼고 분노하게 되는데, 거기서 그치지 않고 이러한 사태가 왜 일어났는지, 그리고 나 자신은 과연 이 사태와 무관하다 할 것인지와 같은 더 넓고 깊은 성찰을 하도록 자극한다. 「똑같네요」도 미국의 오바마 대통령이 허리를 기역 자로 굽혀서 아이가 대통령의 머리를 만져 보게 하고 있는 사진을 먼저 제시한 다음, 이어진 시행에서 이 사진에 대해 마치 소설의 한 장면처럼 대화와 지문으로 묘사하고 있다. 이와 같이 다큐동시의 방법은 정서적 사상적 메시지를 직접적으로 표출해 공감을 요구하는 것이 아니라 긴밀하게 조직된 자료와 텍스트를 제시함으로써 독자의 주체적인 반응을 더 많이 요구한다. 「2011년 7월 27일」「축구」「455년」은 기사나 취재 보고서 형식으로 씌어진 작품인데, 건조한 문체로 보고하는 형식이지만 뚜렷한 시각으로 사실을 간추리고 조직해 메시지를 전하고 있다.

동시집 5부에 실린 다섯 편의 '인물시'도 압축된 인물 다큐멘터리 형식으로 씌어진 다큐동시다.

하늘에서 내려온 작은 선녀라고
아버지가 지어 주신 이름 '소선'

네 살 때 아버지는 일본 순사에게 끌려가 죽었다. 고향에서 살 수 없게 된 엄마 따라 새아버지 밑에서 자랐다. 열일곱에 근로 정신대로 방직 공장에 끌려갔다. 거기를 도망쳐 나와 산밭에서 숨어 지내다 해방을 맞았다. 한 번도 울지 않았다.

열아홉에 시집가서 네 남매, 태일이 태삼이 순옥이 순덕이를 낳았다. 대구로 부산으로 서울로 가난 때문에 여기저기 떠돌았다. 식구들이 함께 모여 살지도 못했다. 어느 날 죽어 가던 거지 소년을 살려 주고 어린 거지들의 '거지 엄마'로도 살았다.

큰아들이 죽었다. 엄마를 끔찍이 사랑하고 동생들 잘 보살폈던 태일이. 가난하고 차별받는 사람들 살리려고 자기 온몸에 불을 놓았다. 태일이는 스물세 살, 영원한 청년이 되었다.

"내가 죽으면 캄캄한 세상에 좁쌀만 한 구멍이라도 뚫리겠지요. 그걸 보고 학생이랑 노동자랑 함께 싸워서 구멍을 조금씩 넓혀 나가요. 내 말 알았지요? 꼭 그렇게 할 거지요?"

온몸에 화상을 입고 죽어 가며 말하는 아들 앞에서 엄마는 대답했다. 큰 소리로 대답했다. 울 사이도 없었다.

"내 몸, 가루가 돼도, 네가 원하는 거, 끝까지 할 거다."

소선은 이날부터 아들의 길을 따라나섰다. 차별받는 사람들과 손을 잡고 맨 앞에 서서 싸웠다. 그들이 한목소리로 어머니, 우리 어머니라고 불렀다. 세상에서 가장 아들을 많이 둔 어머니가 되었다.

아니, 이 땅에 살아 있는 '작은 선녀'가 되었다.

—「작은 선녀 — 이소선」 전문

인물의 삶을 짧은 시, 그것도 어린이가 읽는 동시에 담아야 할 이유는 무엇일까. 가치 있게 산 인물의 삶의 고갱이를 짧은 시간에 가슴으로 진하게 느끼는 것, 그것임을 남호섭의 인물 동시는 역설한다. 일제 강점기에 시를 쓰고 독립운동을 하다 옥사한 동갑내기 사촌 윤동주와 송몽규의 일대기를 그린 「하나처럼—동주와 몽규」, 쇠찌르레기 다리에 가락지를 끼워 소식을 주고받은 남과 북의 새 박사 아버지와 아들의 사연을 담은 「새는 자유롭게—원홍구와 원병오」, 일제에 항거해 감옥에 간 아들 안중근과 김구 앞에서 의연했던 어머니를 그린 「두 어머니—조마리아와 곽낙원」, 다른 삶을 살다 다른 죽음을 맞이한 한국 현대사의 거물 정치인들을 대비한 「두 청년—장준하와 박정희」, 노동자의 권리를 외치다 산화한 아들의 뜻을 따라 민중의 어머니로 살아간 이의 삶을 그린 「작은 선녀—이소선」은 모두 역사 속의 삶과 삶의 자세에 대해 날카롭고 깊은 성찰로 이끄는 작품들이다. 어린이 독자가 이 작품들을 읽으면서 인물의 삶을 충분히 이해하고 속속들이 가슴으로 느낄 것이라고 보기는 어렵다. 그렇다고 이는 인물 이야기 장르나 역사 수업이 담당할 몫이라고 넘겨 놓을 일은 아니다. 일반적으로 아이들이 흥미를 느끼기 어렵다고 할 때 이런 동시를 읽을 적절한 계기를 마련해 주어야 하겠고, 정확하고 풍부한 감상을 할 수 있도록 설명과 보충 자료를 제시하면서 대화하는 것도 좋을 것이다. 이 작품들은 대의명분을 위해 살라는 교훈을 내세우는 것이 아니다. 진지하고 치열한 삶의 모습이 살갑지는 않지만 어린이 독자의 진심에 가 닿을 수 있을 것이다.

2000년대 이후 동시에 말놀이 동시, 한자 동시, 파자(破字) 동시, 수학 동시, 도형의 활용 등 형식 실험이 적잖이 있었고 이는 동시에 활력을 보태는 요인이 되었다. 남호섭의 다큐동시는 형식 실험에 치중한 것은 아니지만 치열한 시정신과 방법적 모색이 만났다는 점에서 매우 의의 있는 성과이다. 좋은 의미에서 동시의 가벼움에 기여하는 작품도 소중하지만 동시의 무거움에 기여하는 작품도 꼭 필요하다. 과작인 남호섭은 다큐동시를 많이 내놓지 못하고 있다. 긴장감 없이 틀에 박아 낸 것 같은 작품이라면 내보이지 않겠다는 것인가. 선 굵고 간절한 마음이 구구절절이 묻어 있는 작품을 더 많이 보고 싶어진다.

동시는 어린이 독자와 얼마나 가까이 있을까. 아이들이 성장하는 시기에 맑고 깊은 동시를 읽고 가슴에 품어서 어른이 되어서도 청아하고 견결한 마음을 유지하며 여전히 동시를 읽고 즐길 수 있다면 그런 인생은 축복일 것이다. 그런데 다양하고 자극적인 매체들이 어린이의 이목을 사로잡는 시대이니만큼 동시를 일상적으로 읽고 노래 부르는 수용 문화를 기대하기는 매우 어렵다. 어린이 독자가 보통 40~70편에 이르는 작품이 수록된 동시집을 제대로 읽는 것은 상당히 예외적인 경우일 듯하고, 동시가 여러 매체와 결합하여 어린이와 만날 수 있게 하는 것이 오히려 자연스러운 일이다.

더구나 어린이가 신작 동시 위주로 작품을 읽어야 할 이유도 없다.

동시를 주제로 해서는 상업적인 기획이 어렵고 그래서인지 동시와 관련된 기획을 적극적으로 시도한 사례를 찾아보기 어렵다. 그런 가운데 어린이들이 읽을 시를 그림책으로 풀어낸 기획 시 그림책이 여러 권 출간된 것은 반가운 일이다.[14] 백창우는 동시가 점점 노래와 멀어지는 추세를 거슬러서 동시와 어린이시에 곡을 붙여 순발력 있게 노래로 만들고 있는데, 이렇게 새롭게 태어난 노래는 '굴렁쇠 아이들'이 불러서 어린이 곁으로 다가간다. 고승하도 동시에 곡을 붙여 노래를 만들고 '아름나라' 어린이 예술단과 함께 동요 부르기 운동을 펼쳐 왔다. 이삼십 년의 기간을 꾸준히 어린이 노래를 만들고 불러 온 이들의 열정은 여전히 뜨겁다. 도서관과 학교에서 '동시 따 먹기' 수업을 하는 김미혜 시인의 활동도 아이들을 동시와 친해지게 한다. '권태응어린이시인학교'가 해마다 여름에 충주에서 아이들의 참여와 열기 속에 열리고 있는 것은 놀라운 일이다. 지난해(2013년) 5월 연희문학창작촌에서 '연희목요낭독극장' 행사로 열린 '여름밤, 어린이를 노래하다'는 어른과 어린이가 동시와 노래와 토크 등으로 함께 어우러지는 흥겨운 경험을 선사했다. 『어린이시』 회보에서 '어린이시노래' 꼭지를 두어 어린이시에 곡을 붙인 노래를 꾸준히 소개하고 있는 것도 가벼이 보이지 않

---

14) 도종환 시, 김슬기 그림 『도종환 시인의 자장가』, 바우솔 2012; 공광규 시, 김재홍 그림 『구름』, 바우솔 2013; 신경림 시, 김슬기 그림 『아기 다람쥐의 모험』, 바우솔 2013.

는다.

동시의 생태계에서 일어나는 이런 일들은 동시를 어린이와 가깝게 하는 데 소중하고 큰 힘이 된다. 내가 알고 있는 것들 외에도 더 많은 의미 있는 활동들이 있겠지만, 그러나 이런 모습들은 '겨우 존재하는 것들'로서 아슬하게 동시를 떠받치고 있는 것 같다. 2010년대 이후 동시 창작이 활성화되는 추세가 희망의 씨앗이 되어 싹을 틔우고 잎을 피우려면 무엇보다도 생태계의 여러 국면에서 어린이들 속으로 파고들려는 구체적인 노력들이 더 진행돼야겠다. 동시가 좋아 동시를 쓰는 어른들도 발 벗고 나서서 서로 생각과 마음을 나누고, 자그마한 움직임에도 함께하며 뜨거운 응원을 보낼 일이다.

오늘의 동시, 어디까지 왔나

새로운 동시가 숨 쉴 수 있는 토양

오늘의 동시, 어디까지 왔나? 이런 질문을 나 자신에게 던져 볼 때 먼저 떠오르는 것은 '문학동네 동시집' 시리즈와 격월간 동시 전문 잡지 『동시마중』이다. 믿음직한 동시집 시리즈가 있고 작지만 단단한 전문 잡지가 있다는 것은 동시를 좋아하는 독자들에게는 매우 다행스러운 일이거니와 좋은 동시의 생산과 유통의 기본적인 바탕이 된다는 점에서 의미가 깊다.

나는 2007년 「해묵은 동시를 던져 버리자」라는 자극적인 제목으로 평론을 쓰면서 낡은 어린이 인식을 끌어안고 관습적인 작법을 되풀이하는 동시단을 비판한 적이 있는데, 지난 5년여의 동시 창작 상황을 돌아보았을 때 대략적인 감상은 새로운 경향의 작품과 개성적인 작품, 단단한 작품 들이 꾸준히 나와서 이제 그러한 구호성 발언을 할 필요는 없을 것 같아 보인다는 것이다. 여기에는 몇몇 출판사의 새로운 동시집 시리즈를 비롯한 꾸준한 동시집 출판과 『동시마중』지의 창간, 기존의 계간 『오늘의 동시문학』과 월간 『어린이와 문학』 같은 잡지의 착실한 매진이 기름진 토양이 되었다고 생각되는데, 그렇다고 '해묵은 동시'가 대부분 사라진 것은 아니다. '해묵은 동시'는 해묵은 만큼이나 단단하게 뿌리를 내리고 있으니 몇 년 사이에 근본적인 전환이 이루어질 수는 없고 오랜 기간 새로운 경향들과 공존해 나갈 것 같다.

최근의 동시, 즉 최근 2, 3년간의 동시의 흐름 또는 좀 더 넓혀서 최근 5년 안팎 기간의 동시의 흐름을 총체적으로 살펴본다는 것은 나의 능력으로 감당하기가 어렵고 지면 사정으로도 꼼꼼히 다룰 수 있는 여유가 없다. 따라서 들길을 갈 때 눈에 띄는 꽃들 중에서 마음에 드는 꽃에 눈길을 오래 주듯이 내가 주목하는 지점과 사항들을 중심으로 네댓 가지 정도 맥을 짚어 보는 방식으로 최근 5년 동안의 우리 동시의 흐름에 접근해 보고자 한다.

이안 시인이 밝힌 것을 참조하면 동시집을 냈거나 내는 출판사로는 문학동네, 창비, 실천문학사, 사계절, 푸른책들, 비룡소, 우리교육, 보리, 푸른사상, 문학과지성사, 상상의힘, 미세기, 산하, 현암사, 지식산업사, 샘터, 이가서, 시로여는세상, 아동문학평론(아평), 아동문예, 청개구리, 섬아이, 만인사 등이 있는데,[1] 그동안 동시집

시리즈로는 '문학동네 동시집' 시리즈와 비룡소의 '동시야 놀자' 시리즈가 새로 시작되면서 신선한 바람을 일으켰다. 2007년 3월 신현림 시인의 『초코파이 자전거』로 첫출발한 '동시야 놀자' 시리즈는 이기철, 최승호, 김기택, 안도현, 함민복 등 어른시인[2]들의 작품을 중심으로 간행되었다. 초기의 의욕과 독자 및 매스컴의 주목에 비해 지금까지 출간된 시집은 총 11권으로, 활발하게 신작 동시집을 이어 가지는 못했다고 하겠다.

'문학동네 동시집' 시리즈는 2008년 3월 나온 김은영 동시집 『선생님을 이긴 날』을 시작으로 올(2012년) 6월 나온 김륭의 『삐뽀삐뽀 눈물이 달려온다』까지 모두 23권이 나왔다. 4년 반 동안 23권의 출간 성적을 거뒀으니 매년 5권 안팎으로 왕성하게 간행된 셈이다. 선집 한 권을 빼면 이안, 박성우 등 젊은 시인의 첫 동시집에서부터 정완영, 신현득, 권오삼 등 원로들의 동시집까지 두루 망라되어 있다.

---

1) 장영복·이안 「장영복 시인에게 듣는다」, 『동시마중』 2012년 7·8월호, 124면 참조.

2) 이 글에서는 어린이 독자를 기본 독자로 하는 시(동시)를 쓰는 시인(동시인)과 구별하여 어른(성인) 독자를 기본 독자로 하는 시를 쓰는 시인을 말할 필요가 있을 때는 '어른시인'으로 지칭한다. '동시인'이 '아이인 시인'을 가리키는 말이 아니듯이 '어른시인'도 '어른인 시인'을 가리키는 말이 아니다. 동시/일반시로 구별하여 '일반시인'이라는 말을 쓰기도 하나, '일반시'의 상대어는 '특수시'이기 때문에 동시/어른시로 구별하여 '어른시인'으로 일컫는 것이 더 적절하다고 생각한다. 동시가 어린이만 읽는 시가 아니듯이 '어른시'가 어른만이 읽는 시인 것은 아니다.

『동시마중』은 2010년 봄, 동시를 좋아하는 몇몇 사람이 의기투합하여 내놓은 동시 전문 잡지이다. 금년 7·8월호로 통권 14호에 이르는 동안 신인과 기성 시인들의 발표 지면이 되어 왔고, 동시인들의 산문도 꾸준히 소개해 왔다. 무엇보다도 상투적인 유형의 동시들이 실리지 않은 점, 어른시인들의 동시를 꾸준히 찾아 차별 없이 실은 점, 동시인들의 동시에 대한 성찰과 창작에 얽힌 고민이 담긴 산문을 꾸준히 실은 점이 특징이자 잡지의 자기 역할을 말해 주고 있다.

이 시대에는 웹진, 블로그, 트위터, 페이스북 등 다양한 디지털 매체가 우리의 일상을 점령하고 있지만 문학작품의 발표 매체로서의 권위와 안정성 면에서는 아직도 잡지와 단행본이 중심적인 자리를 내주지 않고 있다. 그런 면에서 동시의 산실로서 새롭게 시작된 문학동네 출판사의 '문학동네 동시집' 시리즈와 『동시마중』지의 존재는 새로운 동시가 자라고 숨 쉬는 토양이 되고 있는바 그러한 자기 자리를 탄탄하게 지켜 가야 할 것이다.

어른시인들의 동시 창작 붐과 그 성과

「해묵은 동시를 던져 버리자」라는 글에서 나는 동시단의 '4무(無)'를 지적한 바 있는데, '시적 모험이 없다' '자기 작품을 보는 눈이 없다' '비평다운 비평이 없다' '타자와의 소통이 없다'가 그

것이었다.[3] 이러한 '4무' 풍토에 젖은 기존 동시단의 정체(停滯)를 깨뜨리는 가능성으로 나는 '외부 세력' '제3세력'의 도전을 의미 있는 것으로 주목했었다. 즉 최승호, 신현림, 최명란, 안도현의 동시집을 눈여겨보았는데, 이들은 동시로 먼저 등단한 뒤 어른시로 등단한 최명란을 빼면 모두 어른시인으로서 주목받거나 유명해진 인물들이다. 어른시에서 자기 세계를 이룬 이들은, 각기 편차는 있지만, 기존 동시단의 영향에서 자유로운 상태에서 동시에서도 자기 세계를 개척해 눈길을 끌었다.

어른시인으로서 동시를 써서 동시의 한 경지를 보여 주었을 뿐 아니라 독자와 문단의 주목을 받은 사례로는 일찍이 『콩, 너는 죽었다』(실천문학사 1998)를 낸 김용택 시인이 있다. 어른시인이 동시를 쓰는 경우는 ① 어른시인으로 있으면서 동시집을 낸 경우(신경림, 도종환, 문인수, 장옥관, 함민복, 함기석, 김기택, 이정록 등) ② 지속적인 동시 창작 활동 등으로 어른시인이면서 동시인이 된 경우(김명수, 김용택, 이안, 안도현 등) ③ 어른시로도 등단하고 동시로도 등단해 두루 활동하는 경우(정호승, 박성우, 최명란 등)로 나눠 볼 수 있겠다. 이러한 구별은 시인의 활동 양상에 따라 유동적일 수밖에 없는데, 가령 김기택 같은 시인은 『방귀』(비룡소 2007) 한 권으로 동시인이 되었다고 보기는 어렵지만, 간간이 동시를 발표해 오다가 작품집을 낸 『엄마는 아무것도 모르면서』(실천문학사

---

3) 김이구 「해묵은 동시를 던져 버리자」, 『창비어린이』 2007년 여름호, 50~52면 참조.

2012)의 신경림 시인이나 『콧구멍만 바쁘다』(창비 2009)의 이정록 시인 같은 경우는 ②로 분류해도 무방할 것이다. 많은 동시인들이 동시인이자 어른시인인 것처럼[4] 어른시인이 동시를 쓰는 것이 별난 일은 아니다. 다만 무게 있는 어른시인이 동시를 쓸 경우 그동안 동시단에 일으키는 파장이 작지 않았던 것이 부인할 수 없는 현실이다.

가장 화제가 되었던 최승호의 '말놀이 동시집'(2005~2010)은 5권으로 완간되었다. 말놀이는 옛 아이들 노래에서 거의 필수적이었는데, 최승호의 말놀이는 이러한 구전요(口傳謠)나 기존 창작 동시·동요의 말놀이를 잇기보다는 독자적으로 음운 요소와 이미지, 의미 연관을 활용한 것이었다. 최승호의 '말놀이 동시집'이 주목받으면서 동시인들의 말놀이에 대한 관심도도 높아졌는데, 그 직접적인 영향 관계를 확인할 수는 없으나 한동안 대화체 도입, 유머 구사, 의미나 상황 전복, 기호와 도형의 도입 등 다양한 창작 기법과 수사법의 사용이 증가하는 경향을 보였다. 이러한 시도들은 동시의 재미를 높이기도 했지만 별 내용 없는 말장난이나 말재주에 치우쳐 정서적 울림을 주지 못하는 등 동시의 본령에서 멀어진 경우도 있었다.

어른시인의 동시집 출간에 먼저 공을 들인 것은 비룡소의 '동시야 놀자' 시리즈로 신현림, 김기택의 동시집 외에 이기철의 『나무

---

4) 유경환, 신현득, 박경용, 이준관 같은 동시인들은 어른시인으로 등단도 하고 어른시집도 여러 권씩 냈다.

는 즐거워』, 최승호의『펭귄』(이상 2007), 이근화의『안녕, 외계인』(2008), 함민복의『바닷물 에고, 짜다』(2009), 함기석의『숫자 벌레』(2011) 등이 나왔다. 동시인의 동시집을 주로 낸 문학동네의 '문학동네 동시집' 시리즈에도 문인수의『염소 똥은 똥그랗다』, 장옥관의『내 배꼽을 만져 보았다』, 유강희의『오리 발에 불났다』(이상 2010), 송찬호의『저녁별』(2011) 등이 나왔는데, 이들 동시집을 살펴보면 대체로 어른시인으로서 지닌 역량을 동시에서도 보여 주었으나 실망스러운 수준의 작품집도 없지 않았다. '수학 동시'로 홍보된 함기석의『숫자 벌레』는 시도는 흥미로우나「도형반 아이들」등 몇 작품을 빼면 '수학 동시'로서의 특색이 약해서 어정쩡한 작품집이 되었다. 송찬호의『저녁별』은 표제작 등 따스한 서정과 산뜻한 상상력을 발휘한 작품이 몇 편 돋보였고, 유강희의『오리 발에 불났다』의 시편들은 '동시'로서 자기 세계를 갖고 있어 앞으로 기대를 걸게 했다.

두 시리즈 외에도 이정록의『콧구멍만 바쁘다』는 아이들의 심리를 잘 잡아내 재치 있게 형상화한 고른 수준의 작품을 보여 주었고, 김명수의 두 번째 세 번째 동시집『마지막 전철』(바보새 2008), 『상어에게 말했어요』(이가서 2010)에는 동시 창작의 열정이 스며들어 있다. 어른시인의 동시집은 아니지만『마당을 나온 암탉』(사계절 2000)의 화가 김환영이 내놓은『깜장 꽃』(창비 2010)은 사물을 명징하게 관찰하면서 인생의 연륜이 담긴 깊이 있는 성찰을 동시의 단순성에 구현해서 단단한 시세계를 이루어 낸 음미할 만한 동시집이다.

함민복은 『바닷물 에고, 짜다』에서 바다를 주제로 삼아 바다 생물들을 관찰하고 그 속성을 붙잡아 드러내는 데 집중하였다. 바다 생물의 특징을 인간적인 관점에서 발견하고 보여 줌으로써 학습적인 효과도 있고 재미난 비유로 바다 세계에 대한 관심을 유도한다.

물 빠진
갯골에서

저어새가 젓가락 같은 다리로 서서
주걱 같은 부리로 뻘탕을 휘젓고 있다

어미 저어새가 그만 먹으라고 해도
새끼 저어새는 아직 더 먹어야 한다고
고개를 젓다가 깜짝, 멈춰 서서

턱 턱 턱, 칠게를 먹고
꿀꺼덕, 갯지렁이를 삼킨다

국물은 안 먹고 건더기만 골라 먹어도
혼나지 않는 저어새가 부럽다

― 함민복 「저어새」 전문

이 시에서 저어새가 다리가 가늘고 길며("젓가락 같은 다리") 부리가 넓적한("주걱 같은 부리") 바닷새라는 것을 알 수 있으며, 저어새의 먹이는 칠게와 갯지렁이라는 것도 알 수 있다. 마지막 연에 이르러서는 이 저어새를 관찰하는 눈이 아이의 것임이 드러난다. 바다와 갯벌이라는 특수한 환경, 바닷속과 갯벌에 사는 다양한 생물들을 먼눈으로 보지 않고 밀착해서 그려 내고 노래하는 『바닷물에고, 짜다』는 한 가지 주제에 집중하면서도 세심한 관찰과 생동감 있는 언어, 풍부한 변주로써 갇혀 있지 않고 그 나름의 활달한 세계를 이루어 냈다.

신경림의 『엄마는 아무것도 모르면서』는 민중의 삶과 시대 현실에 치열하게 대응하는 시를 써 온 시단의 거목이 내놓은 동시집이라는 점에서 기대가 된다. 동심의 세계로 향한 시인의 시선이 잡아 올린 세계는 그 특징이 강렬하지는 않지만 신경림의 시세계의 어린이판이라 할 만한 것이다.

내 짝꿍은 나와
피부 색깔이 다르다
나는 그 애 커다란 눈이 좋다

내 짝꿍 엄마는 우리 엄마와
말소리가 다르다

나는 그 애 엄마 서투른 우리말이 좋다

내 외가는 서울이지만
내 짝꿍 외가는 먼 베트남이다
마당에서 남십자성이 보인다는

나는 그 애 외가가 부럽다
고기를 잘 잡는다는 그 애 외삼촌이 부럽고
놓아기른다는 물소가 보고 싶다

그 애 이모는 우리 이모와
입는 옷이 다르다
나는 그 애 이모의 하얀 아오자이가 좋다

—신경림 「달라서 좋은 내 짝꿍」 전문

　사회의 여러 부면에서 차이와 차별에 대한 의식, 즉 차이를 이유로 차별을 해서는 안 된다는 계몽이 진행되고 있는 시대인데, 이른바 다문화 가정에 대해서도 차별과 갈등 문제를 풀어 가는 것이 중요한 사회적 과제가 되고 있다. 이 시는 이러한 상황을 의식하고 씌어진 작품으로 보이는데, 시의 화자인 어린이는 베트남인 엄마를 둔 짝꿍 아이에 대해 그 아이와 관계된 모든 것을 좋다고 한다. 어떻게 이렇게 다른 아이의 모든 면이 좋을 수가 있을까? 그 아이를 좋아하면 그 아이에 관계된 모든 것을 좋아할 수는 있겠지만 1연을 보면 화자가 그런 정도로 짝꿍 아이를 좋아하는 것은 아니다. 좋아하는 이유는 '나'와는 한 가지 한 가지가 다 다르다는 데 있고 이는 연마다 반복적으로 표현되고 있다. 그래서 이 시의 제목이 '달라서 좋은 내 짝꿍'인 것이다. '달라서 좋다'는 것은 시인이 내세우는 메시지이고 교훈이지만, 그것이 실감으로 다가오는 것은 "커다란 눈", "서투른 우리말", "마당에서 남십자성이 보인다는" 외가, "고기를 잘 잡는다는" 외삼촌, "놓아기른다는 물소", "하얀 아오자이"와 같은 다름의 구체적인 실체들 때문이다. 이런 차이 아니 이런 존재의 특질들을 순수하게 마주했을 때 그것이 신선하고 매력적인 존재로 다가온다고 해서 이상한 일은 아닐 것이다. 이처럼 다름의 실체를 피상적으로가 아니라 구체로 내면에 받아들이는 것을 하나하나 보여 줌으로써 이 시는 '달라서 좋다'는 것을 논리로서가 아니라 실제로서 인식하도록 만든다.

신경림 시의 본령은 이와 같이 뚜렷한 주제 의식을 갖고 이를 직접적으로 개진하거나 상황을 통해 환기하는 데 있다고 할 것인데, 어울리는 삶의 재미를 이야기한 「친구들끼리 둘러앉아」나 직장 다니는 부모를 둔 아이의 외로움을 드러낸 「엄마는 아무것도 모르면서」, 일상을 탈출하고픈 아이의 욕망을 노래한 「자전거를 타고」 같은 작품들이 그러한 특징을 잘 보여 준다.

어른시인들의 동시 쓰기는 기성 동시의 상투성에 물들지 않았고 대체로 시적 역량이 뛰어난 시인들이 자신의 역량을 동시에서도 발휘하고 있다는 것이 강점이다. 하지만 어린이의 현실과 어린이의 마음을 읽어 내려는 시도가 의도에 머물러 충분히 숙성되지 못하였거나 어린이와 동시에 대한 인식이 기본 바탕에서는 동심주의, 교훈주의 동시의 그것과 멀지 않은 지점에 있어서 그 다채로움에 비해 당대 어린이 현실에 육박해 들어가는 박진감은 약한 경우가 많다.

어른시인들의 꾸준한 동시 창작은 기성 동시단에는 엄연한 '외부 세력'의 침투인데, 앞에서 본 것처럼 이 '외부 세력'은 동시단의 '4무' 풍토를 일부 깨뜨리면서 의미 있는 실험과 모험, 그에 따른 성취를 내놓았고 동시의 소재와 주제, 언어를 확장했다고 하겠다. 이 '외부 세력'은 동시를 써서 내놓는 순간 동시단의 '내부 세력'이 된다고 할 것인데, 동시에 대한 동경과 일정한 창작 역량을 보여 주는 것을 넘어서서 어린이 현실과 어린이 독자에 밀착한 진정한 동시의 주체로 뿌리내리는 시인이 많이 나오기를 기대한다.

청소년시의 대두

박성우의 『난 빨강』(창비 2010)은 '청소년시'[5]의 탄생을 알린 시집이다. 청소년이 쓴 시가 아닌, 전문 작가가 쓴 청소년이 읽을 시

5) 청소년시는 아직 초기 형성 단계이고 어린이문학과 청소년문학처럼 동시와 청소년시를 연계해서 볼 점이 있으므로 여기서는 청소년시를 함께 다룬다.

는 그동안 존재하지 않았는데 박성우는 이 한 권의 시집으로 그런 시가 가능하고 그런 시의 장르적 성격은 어떠해야 하는지 명쾌하게 증명하였다.

이러다 지각하겠다 싶을 때, 있는 힘껏 길을 잡아당기면 출렁출렁, 학교가 우리 집 앞으로 온다

춥고 배고파 죽겠다 싶을 때, 있는 힘껏 길을 잡아당기면 출렁출렁, 저녁을 차린 우리 집이 버스 정류장 앞으로 온다

갑자기 니가 보고 싶을 때, 있는 힘껏 길을 잡아당기면 출렁출렁, 그리운 니가 내게 안겨 온다

—박성우 「출렁출렁」 전문

『난 빨강』의 시들은 청소년 화자가 학업 스트레스나 친구 관계 등 학교생활의 애환, 가족 관계에서 발생하는 갈등 심리와 교감 상태, 사춘기의 몽정과 연애 감정 같은 성장통 등을 토로하는 작품이 대부분이다. 즉 청소년의 삶의 체험에서 우러나오는 생각과 정서를 청소년 화자를 내세워 형상화한 시들이다. 이러한 '청소년시'는 청소년이 자신의 체험과 정서를 중심으로 창작한 시와 내용과 분위기가 유사하지만, 시의 화자가 시인이 창조한 화자라는 점에서 청소년이 창작한 시와는 그 진폭이 달라진다. 즉 청소년이 쓴 시들

의 정제된 집합 같은 성격을 띠거나 청소년기의 전형적인 삶과 정서를 형상화하게 되는 것이다. 또한 시의 밀도와 형식적 완성도 면에서 청소년이 쓴 시 일반과는 차이가 있다.

누구나 통과해 온 청소년기이지만 청소년이 부딪치는 현실의 모습과 청소년의 심성을 정확하게 포착하고 생생하게 그려 내기란 쉽지 않다. 박성우는 추상적이고 관념적인, 상상적인 접근을 배제하고 적나라하달 정도로 직설적으로 표현한다. "이 년 사귄 오빠한테 차였다"(「두고 보자」), "무단결석을 했어/학교에서는 나를 퇴학시킬 거래"(「그깟 학교」). 그렇지만 자기 생각이 익어 가고 있고 뾰족한 감정이 다듬어지기도 한다. "난 연두가 좋아 연두색 타월로 박박 밀면/내 막막한 꿈도 연둣빛이 될 것 같은 연두"(「아직은 연두」), "알짱알짱 시시껄렁하게 담배를 피우는 일도 점점 싱거워져 갔다"(「공원 담배」).

이장근의 『악어에게 물린 날』(푸른책들 2011)도 청소년의 삶에 밀착해 씌어진 청소년시집으로 흥미롭다.

물이 빠르게 내려오는
바위 위로
연어가 점프를 하고 있다
알을 낳으러 가는 거다
나도 지금
알을 낳으러 가는 중이다

부모님과 선생님의 말을

거슬러 거슬러

나는 누구인가의 알
왜 살아야 하는가의 알
무엇을 해야 하는가의 알
어떻게 살아야 하는가의 알

———이장근 「연어」 전문

    이장근은 청소년기의 불안정하고 방황하는 심리를 잘 포착한다. 대체로 격렬하거나 첨예한 감정이 아니라 부모와 교사와의 관계, 학교 주변 등 일상에서 겪게 되는 소소한 감정의 파문과 정서적 긴장을 다룬다. 상황이나 사건을 순차적으로 그려 가면서 거기에 따른 청소년 화자의 심리 상태와 변화를 드러낸다. 이는 대개 청소년의 자존감의 확인, 자기 증명의 과정이고 시인이 전하고 싶은 메시지도 이 지점에 있는 듯하다. "세영중학교/3학년 7반 11번/카메라 렌즈로부터 3미터/나 여기 있어요, 여기!"(「투명 인간」), "어디다 턱을 걸어 본 적 있어요?/그럼, 알겠네요/이게 내 마지막 자존심이라는 거"(「턱걸이」).

    박성우와 이장근 시의 청소년은 억압 속에서도 자기 마음을 견지하고 있다는 점에서 공통적으로 건강한 모습이나, 이장근의 청소년은 그 마음 상태가 조금 더 여려 보인다. 그렇지만 깨지거나 주눅 들거나 굳어지지 않고 "숨이 꼴딱꼴딱 넘어갈 때까지//발목에 걸린 일들을/넘어요, 넘어 버려요"(「줄넘기」)라고 외치며, "나는 누구인가의 알/(…)/어떻게 살아야 하는가의 알"(「연어」)을 낳으러 가는 생산과 성숙의 존재로서 싱싱하기만 하다.

두 시인이 전담하고 있는 청소년시 창작이 앞으로 얼마나 더 확산될지는 미지수이다. 청소년시의 주 독자인 중고등학생들이 수험서와 문제집 풀이에 매달리는 시간을 대폭 줄여 주지 않는 한 청소년시가 청소년의 자아에 감응할 기회는 미미할 수밖에 없다.

김륭 동시와 상상력의 확장

가장 새롭고 인상적인 동시를 내놓은 이는 단연 김륭이다. 『프라이팬을 타고 가는 도둑고양이』(문학동네 2009)라는 첫 동시집의 제목부터가 심상치 않으니, 프라이팬과 도둑고양이라는 이질적인 사물들을 병치한 색다른 상상력을 발휘하고 있다.

우리 동네 구멍가게와 약국 사이를 어슬렁거리던 고양이, 쥐약을 먹었대요 쥐가 아니라 쥐약을 먹었대요 우리 아빠 구두약 먼저 먹고 뚜벅뚜벅 발소리나 내었으면 야단이라도 쳤을 텐데……

구멍가게 빵을 훔쳐 먹던 놈은 쥐인데 억울한 누명 둘러쓰고 쫓겨 다니던 고양이, 집도 없이 떠돌다 많이 아팠나 보아요 약국에서 팔던 감기몸살약이거나 약삭빠른 쥐가 먹다 남긴 두통약인 줄 알았나 보아요

쓰레기통 속에 버려진 고양이, 구멍가게 꼬부랑 할머니랑 내가 헌 프라이팬에 담았어요 죽어서는 배고프지 말라고, 프라이팬을 비행접시처럼 타고 가라고 토닥토닥 이팝나무 밑에 묻어 주고 왔어요

— 김륭 「프라이팬을 타고 가는 도둑고양이」 전문

산문적으로 내용을 풀어 보면 죽어서 버려진 고양이를 가게 할머니와 함께 거두어 나무 밑에 묻어 주었다는 이야기다. 통상적인 동시라면 죽은 고양이에 대한 불쌍한 느낌, 묻어 주는 행위가 착하고 잘한 일이라는 느낌을 표현하는 데 주력했을 것이다. 그러나 이 작품에서는 프라이팬을 '타고 날아가는' 이미지가 중심이 된다. 도둑고양이와 죽음이라는 어둡고 느린 이미지와는 달리 환하고 빠른 이미지이다. 발랄한 어조와 속도감 있는 가락, 관습을 뛰어넘는 상상력으로 자칫 가볍고 명랑한 내용으로 여겨질 정도이다.

높은 파도로 항구에 배가 묶여 있는 모습을 '파란 대문 신발 가게'라고 한 「파란 대문 신발 가게」, 코를 훌쩍이며 엄마를 기다리는 아이를 코끼리라고 한 「코끼리가 사는 아파트」 등을 보면 비유 자체가 참신하며 이 비유를 중심으로 상상력을 확장해서 풍경이나

사건을 매우 낯선 이미지의 다채로운 연쇄로 그려 내고 있다.

아파트 단지로 쳐들어온 트럭에서 군인들이 통통 뛰어내렸어요.
꾸벅꾸벅 졸고 있던 경비 아저씨 허겁지겁 뒤를 쫓지만 꼼짝 마, 움
직이면 쏜다! 얼룩무늬 군복을 입은 용감한 군인들의 포로가 되었
어요. 번쩍 두 손을 머리 위로 들어 올렸어요. 화단에 핀 해바라기와
나팔꽃도 파르르 겁에 질렸어요. 눈 깜빡할 새 아파트를 점령한 군
인들이 807동 504호 우리 집까지 쳐들어왔어요. 투항하라, 투항하
라, 너희들은 독 안에 든 쥐다! 베란다에서 빨래를 널던 엄마 얼굴
이 새파랗게 질렸어요. 피—웅 피—웅 하늘에서 불화살 쏘아 대
던 태양마저 백기를 들었어요. 수박이 왔어요! 달고 시원한 수박이
왔어요! 아파트 단지 구석구석 생쥐처럼 숨어 있던 여름이 몽땅, 잡
혀가요.

— 김륭 「수박」 전문

최근에 나온 두 번째 동시집 『삐뽀삐뽀 눈물이 달려온다』(문학동
네 2012)에 실린 「수박」 역시 김륭의 상상력의 특징이 잘 드러난 작
품이다. 수박의 푸른 줄무늬와 군복의 얼룩무늬의 유사성을 알아
채는 것은 어렵지 않지만, "트럭에서 군인들이 통통 뛰어내렸"다
는 구절은 수박이 통통 뛰어내렸음을 뜻하는 표현인지 아닌지 독
자가 그 의미를 파악하기가 쉽지 않다. 시의 뒷부분에 가서야 "달
고 시원한 수박이 왔어요!"라는 수박 장수의 목소리가 아파트 단

지에 울려 퍼지며 한순간 무더운 여름이 냉각된 것을 호들갑스럽게 비유한 시라는 것을 알 수 있다. 하지만 트럭에서 내린 군인들이 경비원을 포로로 잡고 "눈 깜빡할 새 아파트를 점령"하여 '우리집'까지 쳐들어오는 상황이 너무나 사실적인 사건으로 박력 넘치게 묘사되고 있어 이를 통상의 수사적 표현으로 받아들이기가 쉽지 않다.

이처럼 김륭 동시는 비유의 참신성과 과감함, 단발적인 비유의 구사가 아닌 비유의 전개와 확장을 통해 새로운 경지를 개척하는데, 사물에 대한 관습적 태도와 통념을 거부하는 그의 상상력을 따라잡기는 만만치 않다. 나는 이런 특징들 때문에 난해해진 김륭 동시가 "다른 시인들의 동시집 독해를 통해 익숙해진 동시 독법을 배반"하고 있으며, "동시 읽기의 새로운 훈련을 요구하고 있"고, 모든 어린이가 아닌 '동시 독자로서의 어린이'를 불러낸다고 보았다.[6] 좋은 시집으로 평가받는 어른시집의 독자는 훈련된 독자인만큼 좋은 동시집의 독자도 훈련된 독자여야 하지 않을까? 그의 동시는 상상력의 확장과 참신한 비유로 사물의 새로운 발견을 이루어 낸다. 사물의 다양한 속성에서 그동안 통념이 보지 못하던 유사성과 인접성을 지각하여 낯선 은유나 환유로 표현하는 것은 시의 새로움을 구축하는 데는 가장 효과적인 전략이나 그것이 사물의 본질과 인간성의 깊이를 천착하여 드러내는 데에는 약점이 될 수도 있다.

---

6) 김이구 「'동시 독자' 어린이를 기다리는 시」, 『동시마중』 2010년 9·10월호, 76~83면 참조.

'삶의 동시'를 복원하는 시인들

우리 동시의 흐름은 전반적으로 '삶의 동시'를 지향해 왔지만 상투적인 동심주의나 교훈주의 시의 답습, 상상력의 강조나 유희성의 강조, '시'에 대한 추구 등으로 '삶의 동시'와 의식적으로 거리를 두거나 '삶의 동시'로서의 생명력을 잃어버린 사례도 많았다. 문학이 기본적으로 삶의 표현인 만큼 '삶의 동시'라는 표현은 동어반복일 수도 있으나, 삶의 실제적 체험을 중심으로 삶의 진실을 형상화하는 데 중점을 두는 동시를 그와는 다른 경향의 동시와 구별해 주기 위해서 필요한 개념이라 할 수 있다.

우리 반 한길이
선생님한테 한글 이야기 듣더니
눈물을 글썽인다.

세종대왕과 집현전 학자
한글 만드느라 고생한 대목에서
그냥 눈물이 나왔단다.

우리 반에서
받아쓰기 가장 못하는 한길이가

한글 만든 이야기에

눈물을 흘리고 있다.

─최종득 「한글」 전문

이 시는 '우리 반 한길이'가 선생님의 한글 창제 이야기를 듣다
가 눈물을 흘린 것을 담담하게 묘사했다. 받아쓰기를 잘 못해 어려
움을 겪는 한길이가 한글을 만드느라 세종대왕과 학자들이 고생한
데 공감하여 눈물을 흘린 것인데, 그 공감의 이유는 밝혀져 있지
않다. 한글을 받아쓰기도 어려운데 그 어려운 한글을 만들어 내기
는 얼마나 더 어려웠을까 공감했을 것으로 짐작할 수 있을 따름이
다. 이러한 담담한 서술이 짠하게 감동을 주는 것은 화자가 아이와
공감하는 자리에서 아이의 처지와 마음을 적확하게 집어내고 있기
때문이다. 임길택 시의 맥을 잇는다고 볼 수 있는 시풍으로, 아이의
보이는 표면에서 안 보이는 내면으로 들어가 진실의 속알맹이만을
밝혀 주겠다는 태도다.

바닷가의 삶, 아이와 선생님이 함께 어울린 학교생활 등을 주로
그린 최종득의 동시집 『쫀드기 쌤 찐드기 쌤』(문학동네 2009)에서 이
시인의 강점이 잘 살아난 작품은 위와 같이 아이를 곁에서 찬찬히
바라보고 쓴 시들이다. 요란한 화법과 튀는 표현, 강렬한 표현들로
눈길을 끌려는 동시들이 오히려 삶의 진정한 모습을 감춘다면, 최
종득의 잔잔함은 화장이 덧씌워지기 이전의 삶의 민얼굴을 뽀송하
게 드러내고 있다고 하겠다.

순무씨 사다 심으면 될 걸
씨앗을 받느라 애를 쓰느냐
혁철 할머니 우리 할머니보고
쯧쯧쯧,
그러면서 씨 얻으러 온다.

배추 모종 사다 심으면 될 걸
뭐하러 모종을 내고 있느냐
경희 할머니 우리 할머니보고
쯧쯧쯧,
그래 놓고 모종 얻으러 온다.

고추 모종 사다 심으면 될 걸
귀찮게 싹을 내고 그러느냐
상규 할머니 우리 할머니보고
쯧쯧쯧,
그래 놓고 모종 얻으러 온다.

우리 할머니는
"이런 할망구들. 사다 심지 뭘 얻으러 와?"
쯧쯧쯧,

그러면서 씨앗을 나눠 주고 모종을 갈라 주고.

— 민경정 「쫏쫏쫏」 전문

　민경정 시인은 아이들을 주목하고 아이의 시선으로 바라보기도 하지만 아이들의 존재나 아이의 시선을 특권화하지 않는다. 「쫏쫏쫏」에서 아이의 시선은 한동네 할머니들이 필요 없는 것처럼, 안 나눠 줄 것처럼 말하면서 씨앗과 모종을 서로 나누는 행위와 관계를 생생하게 보고하는 역할을 할 뿐이다. 이 시선은 꼭 아이의 것이어야 할 필요는 없으므로 어린이 독자와의 친화성을 위해서 시인이 빌린 것이라 볼 수도 있다.

　민경정의 『엄마 계시냐』(창비 2012)는 삶의 다양한 국면들이 매우 풍요롭게 반영되어 있는 동시집이다. 가족과 마을 사람들이 일하고 쉬고 정을 나누는 생활의 국면들을 생생하게 그려 낸 「쫏쫏쫏」 「엄마 계시냐」 「파마한 날」 「감자」 「만보기」 「할머니와 휴대폰」 같은 작품들이 있는가 하면, 다양한 처지의 아이들이 서로 만나고 어울리고 헤어지는 모습을 절실하게 담은 「내복 팬티」 「앵두나무」 「재현이」 같은 작품들이 있고, 개발과 경쟁, 물질주의가 침투하는 세태도 포착되어 있다. 학교와 마을, 아이와 어른, 자연과 문명을 두루 아우르며 사람 사는 모습을 한가득 담아낸 이 동시집은 따뜻한 해학과 언어의 생동성으로 재미있게 읽히고 감동을 준다.

　동시라면 아이의 삶과 정서, 동심을 그려 내는 것이 당연한 과제인데, 이를 중시하다 보면 아이의 삶, 아이의 시선, 아이의 화법이 특권화될 수 있다. 민경정의 동시는 아이의 존재를 특권화하지 않으면서 가족과 이웃, 마을 사람들, 들고 나는 사람들이 만들어 내는 삶의 무늬를 반영하는 데 주력한다. 따라서 아이도 그 관계 속에 있으며 관계를 맺는 한 구성원으로서 존재할 뿐이다. 공동체와 공동체 의식이 사라진 시대이지만 민경정이 그려 낸 삶의 무늬들은 그러한 관계 맺기가 공동체가 될 수 있음을 보여 준다. 다른 동시들에서는 찾아보기 어려운, 마을의 삶이 빚어내는 다양한 관계들을 추체험할 수 있다는 점에서 자기중심적인 아이의 자아를 확장해 주는 교육적인 효과도 발휘될 수 있다.

　두 동시집 외에도 '삶의 동시'를 지향하여 어린이의 현실과 이를 둘러싼 사회를 탐구해 형상화한 작품들을 찾아볼 수 있는 동시집은 꾸준히 출간되어 왔다. 삶의 고달픔과 보람을 갯가 생물들의 생태에 실어 드러내는 것이 장기인 안학수는 『부슬비 내리던 장날』(문학동네 2010)에서 건재함을 확인시켜 주었고, 곽해룡의 『맛의 거리』(문학동네 2008), 정연철의 『딱 하루만 더 아프고 싶다』(문학동네 2011), 오인태의 『돌멩이가 따뜻해졌다』(문학동네 2012)에서는 각각의 자리에서 현실을 사는 아이의 체험과 정서를 간곡하면서도 치열하게 드러낸 시편들이 감동적으로 다가온다.

　『동시마중』에 발표됐던 동시 중 100인의 시인의 100편 작품을 뽑아 실은 『동시마중』 13호(2012년 5·6월호)를 보면 여전히 이름이 낯선 신인들이 여럿이다. 동시의 새 기운은 이런 신인들에게서 더욱 기대하게 되는데, 새로운 세대의 화법을 보여 주는 신민규를 비롯해 박억규, 김개미, 김하루, 송선미, 장동이, 김선희, 임복순, 강삼영, 김희정, 문현식, 안진영, 주미경, 윤일호, 진현정, 최진수 등의 이름을 보면 그 이름만으로도 새롭고 개성적인 시세계를 펼칠 것 같은 느낌이 든다. 이들 시인이 묶어 낼 동시집이 하나하나 자기 자리를 만들어 어린이 독자에게 당당한 걸음으로 다가가는 멋진 풍경을 상상해 본다.

세대에 따라 동시에 대한 감각이 달라지는 것은 당연한 일이지만, 대체로 감각적이고 발랄하나 좁고 작은 세계에 갇혀 있는 신인들이 존재 가치가 있는 동시집을 내기는 실은 쉽지 않은 일이다. 그런 점에서 신인들은 인물의 삶을 건조하게 약술한 아주 짧은 전기 형태인 인물 동시 「이소선」 「동주와 몽규」 등 남호섭의 '다큐 동시' 시도에 담긴 선 굵은 시정신과 형식에 대한 탐색을 정직하게 대면해 볼 필요가 있다. 이에 맞서 자신은 어떤 정신을 어떤 형식에 담을 것인가, 그리하여 자신의 길을 찾아갈 수 있는 신인이라면 한국 동시사에 의미 있는 자기 목소리를 보탤 수 있을 것이다.

동시의 화자 문제와 동시의 미학

이지호 「어린이 화자 동시 비판」을 읽고

이지호 교수의 역작 논문 「어린이 화자 동시 비판」을 흥미롭게 읽었다. 초등 국어 교과서에 실린 동시에 대한 검토를 바탕으로, 어린이들의 동시 이해와 감상의 실제를 통해 어린이 화자 동시가 지닌 문제점을 신랄하게 지적하면서 동시 교육과 동시 창작의 바람직한 길을 제안하고 있는 논문이다.

서론에서 요약하고 있는 바와 같이, 이 논문은 어린이 화자 동시의 문제점을 세 단계로 비판하고 정리한다. "어린이 화자에 대한

---

* 이 글은 2012년 1월 27~28일 대구교육대학교 제1강의동에서 열린 한국아동청소년문학학회 겨울 학술대회에서 28일 주제인 '한국 아동문학의 현안 살피기' 중 이지호의 논문에 대한 토론문으로 발표한 것이다. 이지호의 논문은 학술대회 자료집에 토론문과 함께 실려 있고, 『아동청소년문학연구』 11호(2012. 12.)에도 실렸다.

강박 관념으로 인해서 작가의 발상과 표현이 왜곡된다는 것, 화자와 작가를 동일시하는 특성 때문에 어린이 화자 동시에 대한 어린이 독자의 이해와 감상이 제약을 받는다는 것, 그리고 어린이의 생각과 느낌을 어린이의 말로 쓴다는 공통점 때문에 어린이 화자 동시는 어린이시와 장르 중첩을 피할 수 없다는 것", 그리고 "어린이 화자 동시의 대안으로 어른 화자 동시를 제안"하고 있다.

개별적인 작품 검토에서는 어린이 화자의 부자연스러움 같은 작품의 완성도의 문제가 종종 지적되기는 했지만, 장르적 성격 차원에서 어린이 화자 동시의 문제점을 본격적으로 제기한 것은 이지호 교수가 처음이 아닌가 싶다. 어린이시(동시) 교육의 문제와 어린이의 감상의 실제에서 출발해 동시 장르의 성격에 대한 근본적 질문까지 던지는 이 논문은 충분히 문제적이다. 어린이 화자 동시의 문제점에 대해서 이 교수의 문제제기를 이어 다각도의 토론이 필요하다고 생각하며, 초등 시(동시) 교육과 교육과정, 교과서 개발과 관련된 사안들에 대해서도 이 교수의 앞으로의 작업을 기대하며 학계와 현장의 활발한 연구와 토론이 이어지길 소망한다. 이런 기대와 소망에서, 이 교수의 논문을 읽으며 떠오른 나의 단상들을 적어 보고자 한다.

① 어린이 화자 동시의 '발상과 표현의 왜곡'이 과연 논문의 지적처럼 "어린이를 화자로 내세우는 장르적 관습에서 야기되"는 것인가 의문이다. 그것은 시 자체의 완성도의 문제이거나, 감상의 주

관적 차이에서 오는 것이 아닌가? 논문은 김용택의 「우리 아빠 시골 갔다 오시면」에 대해, "이 동시는 시적 대상을 노래하는 관점은 어른의 그것인데, 독자한테 전달하는 말투는 어린이의 그것이라고 말할 수 있다."고 하였다. 최명란의 「수박씨」에 대해서는 "입안이 수박 속 같고, 충치가 잘 익은 수박씨 같다는 것을 어린이는 '발견'을 할 수도 없고 그래서 '경이'를 느낄 수도 없"다고 하면서 「수박씨」의 비유는 작가가 "어설프게 조작한 억지 비유"라 하였다. 이 작품들에 대한 논문의 이와 같은 평가에 동의한다면, 이는 시의 완성도의 문제라고 보아야 하지 않는가. 이러한 평가에 동의하지 않는다면(교과서에 이 작품을 수록한 교과서 집필진의 판단은 이러한 부정적 평가와는 다를 것이라 짐작된다), 시를 감상하고 평가하는 준거나 감식안의 차이의 문제이므로 화자를 어린이로 설정한 데서 오는 문제라고 할 수 없지 않은가.

② 논문은 "어른은 천지가 개벽해도 어린이가 될 수 없다"고 하였다. 또 "설사 어른이 어린이가 되어서 시를 쓰는 것이 가능하다 하더라도 그렇게 시를 써서는 안 된다", "어른이 아니면 쓸 수 없는 시, 그것이 동시이어야 한다"고 하였다. "어른은 천지가 개벽해도 어린이가 될 수 없다"는 말은 일면적 진실을 말하고 있다. 문학 작품은 자연인이 자기 주장을 펴는 발언이 아니고, 작가—서술자가 서술하는 형식의 예술 장르이다. 따라서 각 장르적 관습에 따라 사상과 감정을 펴는 것이고, 화자는 노인도 되고 어린이도 되고 얼마

든지 다른 인물이 될 수 있다. 나는 "어른이 아니면 쓸 수 없는 시, 그것이 동시이어야 한다"는 데는 동의하지만, "설사 어른이 어린 이가 되어서 시를 쓰는 것이 가능하다 하더라도 그렇게 시를 써서 는 안 된다"는 데에는 동의하지 않는다. 어린이 화자를 내세워 동 시를 쓰더라도 "어른이 아니면 쓸 수 없는 시"를 써야 하고, 뛰어난 시인은 단지 어린이가 되어서 시를 쓰는 것이 아니라, 어린이가 됨 으로써 어린이와 소통할 사상과 감정을 좀 더 훌륭히 표현해 내야 한다고 생각한다.

③ 논문에서 영어에는 '동시'라는 말이 없다고 하였다. 정확한 지적인지는 모르겠으나, 보통 서양에는 '동시'라는 용어가 없고 '어린이를 위한 시'(poetry for children)라는 표현을 쓴다고 한다. '동시'뿐만 아니라 '아동문학(어린이문학)'에 대한 용어도 마찬가 지라고 알고 있다. 나는 그렇다고 해서 우리가 '동시'를 버리고 '어 린이를 위한 시'(의 개념)로 갈 필요는 없다고 생각한다. '동시' 장 르는 우리 어린이문학의 역사에서 뚜렷이 그 개념과 미학적 특성 이 형성된 장르이다. 이는 식민지 시대 소년운동, 어린이문화운동 과 긴밀히 관련을 맺고 있다. 우리 문학사의 값진 자산이고, 오늘의 문학에서도 유지하고 발전시켜 나가야 할 우리 어린이문학의 특징 적인 성격이다.

동시나 동화, 동극 등을 보면 대부분 어린이가 화자이거나 주인 공이다. 이는 어린이문학의 미학적 성격을 규정하는 부분이다. 이론적으로 그리고 실제로도 어린이문학 작품이지만 어린이가 주인공이나 화자가 아닐 수 있고, 어른문학 작품이지만 어린이가 주인공이거나 화자일 수 있다. 어린이문학에는 어린이와 소통하기 위한 장치가 필수적이기 때문에, 대개 어린이를 주인공으로 삼거나 화자를 선택하는 것이다.

우리 동시사에는 윤석중과 이원수라는 걸출한 동시인이 배출되어 어린이(소년) 화자 동시를 썼다. 윤석중은 명랑성, 유희성이 두드러진 유아 내지 저학년 연령의 어린이 화자 동시를 썼고, 이원수는 어려운 환경에도 꿋꿋하고 건강한 심성을 지켜 나가는 소년의 정서가 특징적인 어린이(소년) 화자 동시를 썼다. 따라서 내가 보기에는 어린이 화자 동시를 제대로 쓰는 것이 관건이지, '발상과 표현의 왜곡' '이해와 감상의 제약' '어린이시와의 중첩'은 '어린이 화자 동시' 자체의 본질적인 문제는 아니다.

④ 논문은 초등 교과서 수록 시 분석에서 출발하고 있고, 시 교육의 실제 경험을 토대로 문제제기를 하였다. 교육과정—교과서—시(동시) 교육의 현황과 문제점에 대한 날카로운 관찰과 분석을 담고 있다.

논문이 제기하고 있는 문제들의 발생 원인은 교육과정과 교과서의 성격에서도 찾을 수 있다. 논문이 분석하고 있는 시(동시) 작품은 초등 1, 2학년의 경우 다음과 같은 교육과정의 내용과 관련이 있을 것이다.

'2007 개정 교육과정' 초등 국어 교과의 '성취 기준'과 '내용 요소의 예' 보기

성취 기준	내용 요소의 예
〔초등 1학년 '듣기' 영역〕	
(3) 말의 재미를 느끼면서 시, 노래를 듣는다.	• 재미있는 말 찾기 • 소리의 운율 느끼기 • 운율을 살려 시, 노래 따라 하기
〔초등 1학년 '문학' 영역〕	
(1) 반복적으로 나타나는 말의 재미를 느낀다.	• 반복되는 말의 재미 느끼기 • 일상생활의 말에서 반복되는 말 찾기 • 단순한 운율 유형 접하기
〔초등 2학년 '문학' 영역〕	
(1) 느낌을 살려 노래를 부르거나 시를 낭송한다.	• 운율에 맞추어 표현하고 그 효과 느끼기 • 시에 담긴 의미나 느낌이 잘 살아나도록 낭송하기 • 운율에 맞게 읽을 때와 그렇지 않을 때의 차이 이해하기

교과서에 동시 「우리 아빠 시골 갔다 오시면」 「수박씨」 같은 작품이 실렸다고 해도 이 동시들 자체를 감상하고 가르치라는 것이 아니다. 교과서의 이런 제재들은, 예를 들어 "말의 재미를 느끼면서 시, 노래를 듣는다."라는 성취 기준에 도달하기 위해 "소리의 운율 느끼기"를 학습하는 재료로 선택된 것이다. 따라서 동시를 전체적으로 감상하면서 발생하는, 논문이 지적하고 있는 문제들은 교과서가 목표하고 있는 것과는 다른 차원의 문제이다. 그러나 교과

서가 논문이 지적하고 있는 것과 같은 '발상과 표현' '감상과 이해'에서 문제가 있는(그렇다고 비판받을 소지가 있는) 작품보다는 그렇지 않은 작품을 싣는 것이 바람직하다는 데에는 이견이 없다. 교과서에 실을 본보기 시로 동시인의 작품과 어린이의 글 사이에 위계를 정할 필요는 없을 것이다.

⑤ 논문의 '독자 측면: 이해와 감상의 제약'에서 제시된 어린이 화자 동시의 문제점은 일반화하기 어려운 사례로 여겨진다. 「걱정」 「엄마」라는 작품을 통해 소개된 내용은 감상자인 어린이들이 「걱정」이라는 작품을 '담임 선생님' '우리 어머니'의 발화로서만 받아들인다는 점인데, 과연 어린이들의 일반적인 감상 방식인지 의심스럽다. 4, 5학년 어린이라면 다양한 작품 감상 경험이 있을 것이고, 다른 반응도 충분히 가능하다고 본다.

작가와 작품의 분리가 잘 안 되는 것은 어린이뿐 아니라 어른 독자에게도 있는 현상이다. 박철 시인은 얼마 전 내게 「영진설비 돈 갖다 주기」(『영진설비 돈 갖다 주기』, 문학동네 2001)의 '나'와 시인 자신을 동일시하는 독자들 때문에 곤란하다는 하소연을 하였다. 하수도 뚫은 노임을 갖다 주러 가다가 슈퍼에서 맥주만 사 마시고 오는 시 속의 '나'를 시인 자신으로 본다는 것이다. 이는 시를 그만큼 실감 나게 썼기 때문일 것이다. 아이들이 어린이 화자 동시를 감상하며 느끼는 혼란이나 오독은 이와 비슷하게 문학 작품을 감상하는 훈련이 안 되어 있기 때문일 수도 있고, 시를 감상하게 된 맥락(상황)에 기인할 수도 있고, 동시 자체에 내재한 문제일 수도 있다.

그러나 비단 시 교육만이 아니라 어린이 교육 전반에서 이런 혼란이 발생할 여지가 적은 좋은 어린이시 — 어린이 자신이 화자인 어린이가 쓴 시 — 를 적극적으로 수용하자는 제안에는 전적으로 동의한다. 교과서에도 어린이시가 좀 더 풍부하게 실려야겠고, 보조적인 수업 자료로도 더 적극적으로 어린이시를 활용했으면 한다.

⑥ 어린이 화자 동시의 문제점을 극복할 주요한 대안이 어른 화자 동시인지는 더 토론이 필요한 과제이다. 어른 화자 동시의 가능성에 대해서는 이론적인 탐색과 함께 동시인들의 과감한 실험과 모색이 있었으면 한다. 그러나 어른 화자 동시 역시 자연인이 발화하는 것이 아니라 '다른 어른'의 목소리를 내는 것이므로, 자연인이 아니라 '다른 사람(어린이)'의 목소리를 내는 어린이 화자 동시의 경우에 못지않은 어려움(또는 즐거움)이 있다고 본다. 그것은 문학 또는 동시 장르의 본원적 성격일 것이고 좋은 작품은 이를 충분히 구현할 때 산출될 것이다.

논문은 초등 국어 교과서의 동시 89편 중 60편은 "화자가 어른인지 어린이인지 판단할 수 있는 언어적 표지가 없는 동시"라고 하였다. 「우리 아빠 시골 갔다 오시면」과 같이 구체적인 상황 속의 인물이 말하는 방식의 작품도 동시로서 많이 씌어지고 있지만 이는 서정시의 본령이라기보다 소설이나 극의 성격과 닮았고, 좀 더 일반적인 동시의 모습은 60편의 성격처럼 뚜렷한 언어적 표지로 화자가 구별되지 않는 작품들일 것이다.

얼마 전 나는 어느 원로 동시인의 신간 동시집에 해설을 쓴 적이 있다. 몇몇 작품을 예로 들면서 시인이 아이의 마음을 잘 읽어 내고 아이의 눈으로 세상을 본다고 하였더니, 담당 편집자가 내가 적시한 어떤 작품은 시인이 상상한 것이지 아이의 발상이라 할 수 없지 않으냐고 지적하였다. 아이가 느낄 만한 것인지 아닌지에 대한 판단은 주관적인 감상의 차이일 수 있지만, '아이의 마음' '아이의 눈'이란 본질적으로 시인이 상상한 그것이므로 나는 '아이의 눈'을 '(시인) 자신의 속에 사는 아이의 눈'으로 고쳐 썼다.

까만 밤 • 정유경

빨강, 노랑, 파랑이
폭 껴안아
검정이 되었대.

깜깜한
밤
오늘 이 밤엔

무엇, 무엇, 무엇이
꼬옥

껴안고 있을까?

──『동시마중』2012년 1·2월호

　정유경의 이 시는 화자가 어린이인지 어른인지 알 수 없다. 어른 시집 속에도 이런 시가 들어 있을 수 있다. 김환영의 동시들은 굳이 동시로 분류하지 않아도 좋을 작품이 많다. 그러나 일반 시의 관습에서는 이런 성격의 작품을 주로 추구하지는 않는다. 이런 작품들이 '아이의 눈' '동심'을 지향하는 가운데 산출된 것임은 분명하다.

　동시는 실제적인 어린이 독자와 소통하기 위한 미학으로 어린이─동심을 지향하며, 실제적인 어린이 독자에 대한 호소와는 무관하게 '동심의 미학'을 지향할 수도 있다. 어떤 경우라도 좋은 작품은 당대 어린이 현실과 어린이의 본질을 통찰한 바탕에서 성립할 것이다. 동시는 시인 자신 속의 어린이의 눈으로 쓰는 것이고, 그 중에서 어떤 작품을 어떻게 아이들에게 교육할지는 또 다른 차원의 문제라 할 것이다.

동시의 상투성, 바로보기와 넘어서기

『창비어린이』 창간 8주년 기념 세미나를 말한다

1

'이 작품은 상투적이다'라고 했을 때 '상투적'이라는 말은 부정적인 의미로 쓰인 것이다. 문학 작품을 이야기하는 자리에서 '상투적'이라는 말이 긍정적이거나 중립적인 의미로 쓰인 경우를 나는 본 적이 없다. 이를 '상투성'으로 개념화해도 사정은 마찬가지가 아닐까. 이러한 '상투성'을 극복하거나 넘어서기 위해 '상투성'을 주제로 함께 이야기해 보는 것은 분명 뜻있는 일일 것이다. 그런데 우리는 '상투성'을 놓고 어떻게 이야기를 풀어 갈 수 있을까? 나로서는 매우 난감한 상황이 예상된다. 왜냐하면 그동안 상투성에 대한 연구나 비평이 무엇이 있었는지 전혀 떠오르지 않기 때문이다.

소도 언덕이 있어야 가려운 등을 비비는데, 앞선 연구와 논의가 없으니 비빌 데를 찾을 수 없다. 게다가 상투성에 대한 지적은 대부분 자신의 감각이나 주관에 따른 것이니 거기서 이론적 기반이나 객관성을 찾아내기 어렵다. 신인 작품 공모의 심사평 자리 같은 데서나 '상투적'이라는 표현을 사용하지 본격 평론이나 작품 연구에서는 '상투적'이라는 표현을 쓰는 일이 거의 없다. 따라서 객관성을 살피기 어려운 감각이나 주관의 상태에서 출발해야 하니 막막하고 갈 길이 멀지 않을 수 없다.

이러한 난관을 돌파하는 방법으로 무엇이 있을까. 누구든 자기 식으로 이야기하는 방법밖에는 없을 것이다. 『창비어린이』 2011년 여름호 특집 '아동문학, 상투성의 문턱을 넘자' 중 동시 분야 주제발표를 맡은 김찬곤은 「동시, 그 상투성의 뿌리」에서 자기 나름으로 동시의 상투성의 뿌리를 찾고, 자신이 판단한 상투적인 시들을 제시하고 비판한다. 자신의 동시관을 '상투성'에 걸어 펼친 것일 터이다. 김찬곤은 상투성의 극복은 '참신한 발상'과 '독창적인 비유'로 가능한 것이 아니라 대상과 상황의 본질에 가닿는 것이 관건이라고 본다. "시인의 가슴이 대상의 본질에 가닿고, 어떤 상황의 극한치까지 밀고 올라갔을 때는 '참신한' 발상과 비유가 끼어들 틈이 없다"(29면), "시인이 시의 대상과 어떤 상황의 본질, 그 밑바닥까지 내려갔을 때, 저도 모르게 튀어나온 말(비유)이 아니었을까 싶다"(31면). 이러한 김찬곤의 관점에 대해 김륭은 토론문에서 부분적으로 동의를 표명하면서도 "지극히 원론적이란 느낌을 지울 수 없"다고 비판한다.(「원론과 현실, 종교와 문학 사이에서」, 51면) 김륭은 비유와 관련해서는 김찬곤의 견해에 동의하지만 발상과 관련해서는 "대상의 본질에 다가가기 위한 전제 조건이 참신한 발상일 수 있다"(같은 곳)고 본다.

　김찬곤의 위와 같은 관점에는 김륭이 예민하게 지적했듯이 "전반적으로 종교적이고 철학적인 분위기가 감지되"(52면)는 면이 상당하다. "시에 관한 근본적인 물음이 '도를 아십니까?'라는 물음으로 고착화될 우려가 있"(53면)다는 지적이 다소 과장된 표현인 듯하지만, 나로서도 김찬곤의 '본질'론에서는 비슷한 우려를 느낀다. 대상의 본질이나 상황의 극한에까지 도달하고자 하는 것은 창작자들에게 공통적인 목표일 수 있지만, 그것이 언어를 통해 구현되는 것은 "저절로" 되거나 "저도 모르게 튀어나온"(31면) 것은 아니다. 그림을 그리는 화가에게 형상과 채색이 대상의 본질을 잡아내는 수단인 것처럼, 동시인에게는 언어적 발상과 비유가 대상의 본질에 도달하는 수단이자 그 표현인 것이다. 물론 김찬곤이 주요하게 비판하는 지점은 '참신한 발상'과 '독창적인 비유' 그 자체라기보다 상투적인 시로 떨어져 버리게 하는, 기교를 중시하고 추구하는 태도이다. 그러한 기교주의 뿌리를 김찬곤은 박목월의 『동시 교실』(1957)과 『동시의 세계』(1963)라고 판단한다. 박목월에 와 '맑고 아름다운 시'라는 동시의 관념이 더 굳어지고, 이후 오늘날까지 '기교시' '착한 시' '머리로 쓴 감각시' '고만고만한 상상시' 등의 상투적인 시가 확고하게 자리 잡게 되었다는 것이다. 여기서, 박목월 동시론의 영향력이 실제로 그만큼 대단한 것인지에 대해서는 좀 의심이 든다. 동시인들이 자기가 영향받은 창작방법론을 명시적으로 언급하지 않는 경우가 일반적이라 해도, 박목월 동시론을 바탕 삼아 자기 작품을 말하거나 다른 사람 작품을 비평한 뚜렷한 예를 거의 만나지 못한바 그 영향력은 크지 않았을 것 같기도 하다. 상투적인 시의 특성과 그 이론적 뿌리를 밝히고자 김찬곤이 박목월 동시론을 주목한 점은 설득력이 있어 보이지만, 동시인들의 창작 방향과 '초등 교과서 시 교육' 등에 박목월 동시론이 끼친 영향력이 과연 어느 정도였는지는 앞으로 더 규명할 문제이다. 또한 1980년대 이후 한 흐름을 이룬 현실주의 동시와 2000년대 이후 다기화한 경향들에 와서는 1970년대 이전 동시론의 영향력이 대부분 소멸했다고 보는 것이 타당할 듯싶다. 아울러 영향력만으로 본다면 동시론보다 윤석중, 이원수, 박경용 등 주요 동시인의 작품의 위력이 훨씬 더 컸다고 할 것이다.

2

「동시, 그 상투성의 뿌리」에서 김찬곤은 상투적인 시의 유형으로 다섯 가지를 든다. '엉뚱하고 별난 시' '성장이 멈춰 버린 아이, 바보시' '현실을 희화화한 시' '아이들이 쓰는 동시 같은 시' '절실함이 없는 시'가 그것이다. 이러한 경향들을 '상투시'로 규정하려면 얼마나 관습적이고 반복적으로 창작되는지 살펴야 할 텐데, 그에 대해서는 별로 유의하지 않는다. 아마도 이런 다섯 가지 유형의 시가 상당히 되풀이 생산되고 있다고 보는 것 같다. 김찬곤이 지적한 내용들은 매우 날카롭고 동시단이 되돌아봐야 할 지점들이지만, 한편으로는 자신이 비판적으로 보는 경향들을 모두 상투시로 묶어 버린 측면이 있다고 보인다. 또한 '절실함이 없는 시' 같은 유형은 사실상 모든 유형에 적용해도 무방할 터이니, 다섯 가지 유형이 일정한 기준에 따라 분류된 것이 아님을 알 수 있다.

이 다섯 가지 유형의 상투시는 김찬곤이 상투성의 뿌리로 살펴본 박목월 동시론과는 상당히 거리가 있는 것으로 보인다. 오히려 다루기를 생략했다고 한 "잔소리시(교훈시)"와 "동시를 쓰기 위해 삶과 자연을 잠깐 빌려 온 시(동시를 위한 동시)"(47면)를 주요하게 검토했다면, 박목월 동시론의 영향력이나 일반적인 유형의 상투시를 중점적으로 짚어 볼 수 있었을 것 같다. 그러나 그런 방향은 현 동시단의 흐름에 유효한 발언을 하는 데는 생동감이 떨어지는 전략이었을 것이다.

다섯 가지 유형으로 지적한 상투시들은 내가 보기에는 기존의 동시 작법과 상상력을 답습하는 경향에서 나온 것이라기보다 오히려 그러한 상투적인 동시에서 벗어나려는 창작 의도 속에서 산출된 것이다. 이러한 경향들은 2000년대 이후 우리 동시를 새롭게 하고 풍요롭게 한 성과를 낸 점이 분명히 있다. 신형건의 시「걱정거리」는 세상 모든 것을 "엉뚱하고 별나게 보려 한"(37면) 것으로, 관점에 따라 비판받을 수 있겠지만 기존의 상투적인 시의 틀을 깨려는 의도에서 상상력의 확장과 시 형태의 갱신을 함께 시도한 작품으로 여겨진다. 이러한 시도가 관습적이고 일상적인 상상력을 깨뜨리는 데는 성공했지만, 새로운 발견이나 감동을 이끌어 내는 데는 미흡했다고 보아야 하지 않을까. 예로 든 신현득, 박방희, 최명란, 유강희, 박신식 등의 작품도 기존의 교훈주의나 동심천사주의 경향에서는 대부분 벗어나 있는 것이 사실이다. 그러나 이런 경향들은 김찬곤의 지적대로 '참신한 발상'과 '독창적인 비유'에 몰두하면서 참신하고 독창적인 성과를 꾸준히 내지 못하고 상호 모방 등으로 점점 상투시를 빚어내는 양상을 보여 주고 있다. 즉 본말이 뒤바뀌어 대상에 대한 탐구, 어린이의 삶과 현실에 대한 탐구가 피상적인 데서 그치고 마는 것이다.

이러한 상투시들을 '동심' 또는 '어린이관'과 긴밀하게 관련시켜 논의를 진전시키지는 않지만, 상투성의 뿌리를 탐색했던 김찬곤이 '동심'의 문제로 거슬러 올라간 것은 어느 정도 필연적인 귀결이다. 이원수와 이오덕의 동시론을 돌아보면서 "'아이의 마음'이 아닌 '어른의 마음'으로 쓰더라도 그 안에 동심이 있다"(45면), "'아동의 감정과 생각'을 쓴다고 하면서 동심을 막연하게 '아이들 마음'으로만 여기고 쓰고 있지는 않나 한번 되돌아봐야 한다"(47면)고 환기한 것은 핵심을 잘 짚은 것이다. 이 지점은 2000년대 이후 김제곤, 김권호, 이안, 김환영 등의 동시론에서 적지 않게 언급되었으므로 새삼스러운 감이 있지만, 원론적인 탐구로 뻗어 갈 경우 늘

다시 짚어 볼 수밖에 없는 어린이문학 원점의 논의이기도 하다.

이와 관련해 김륭이 '동시의 주인은 어린이가 아니라 어른이다' 라는 파격적인 명제를 내세운 것은 매우 흥미롭다. 동시의 주인이 어른이라니, 웬 망발! 하고 자칫 그 함의를 오해할 수 있는 명제이다. 철저히 창작자의 자리에서 동시를 규정하는 이러한 시각은 동시가 '아이들은 쓸 수 없는 시'여야만 한다는 주장 즉 "어린이의 인식으로서는 도저히 다가갈 수 없는 삶의 세계를 포착해서 아이들에게 세계에 대한 인식을 확대해 줘야"(54면) 한다는 주장으로 구체화된다. 김찬곤의 동시론을 "시 창작의 형상화 단계를 배제한 지극히 원론적인 수사에 가깝다"(같은 곳)고 비판하면서 김륭은 김찬곤이 환기한 이원수, 이오덕의 관점을 실현하는 방법론을 그 나름으로 찾아낸 것이다. 이는 다분히 창작자에 초점을 맞춘 시각이지만, 아이들 독자에 대한 고려가 빠진 것은 아니다. 즉 아이들 자신이 충분히 상상하고 포착할 수 있는 세계를 뛰어넘어 그 이상을 아이들 독자에게 제공해야 한다는 그 나름의 뚜렷한 독자관이 바탕에 깔려 있다. 하지만 '어린이의 인식으로서 다가갈 수 없는 삶의 세계'를 어떻게 어린이가 인식할 수 있게 표현할 수 있는가 하는 의문이 곧바로 떠오르는바, 그의 '동시 어른 주인론'은 아직 발상의 단계에서 많이 나아가지 못했다고 보인다.

어린이의 마음이든 어른 속의 어린이이든 동심에 대한 고려는 필연적으로 상투적인 동시로 떨어질 위험을 안고 있다. 그런 점에서 김륭이 과감하게 동시의 주인은 어린이가 아니라 어른(창작자)

이라고 선언한 것은 "상투성을 극복하기 위한 최소한의 방법론"(김룡 발언, 「종합토론」, 92면)으로서 그의 주장처럼 효과를 발휘할 수 있을 것이다. 이러한 동시론이 어떤 방식으로 동시의 본질을 찾아갈지, 새로운 동시 미학을 어떤 형태로 구현할지 자못 궁금해진다.

'아동문학, 상투성의 문턱을 넘자'는 특집의 제목은 꽤 경쾌하다. 상투성에 갇혀 있지 말고, 상투성의 문턱을 살짝 또는 훌쩍 넘어서 저 밖으로 나가자는 청유(請誘)가 읽힌다. 이러한 경쾌함에 비해 동시의 김찬곤과 동화의 조은숙, 두 발표자의 주제발표가 모두 묵직하다. 기초적이고 근본적인 탐구를 피하지 않고 파고들었기 때문이다. 김룡과 김서정의 토론문 역시 묵직하고, 청중이 참여한 종합토론도 본원적이며 상당히 진지하다. 이러한 분위기 또한 '창비어린이 세미나'의 상투성이 아닐까. 이번 특집 세미나가 상투성과 관련된 개념들을 정립하고 논의의 이정표를 세우는 데에는 뚜렷한 성과를 거두지 못했지만, 현 단계 어린이문학을 깊이 있게 진단하고 비판할 지점들을 상투성에 엮어 드러냈다는 점에서는 정체된 국면을 갱신하고자 하는 욕망이 만만치 않게 작동하고 있다. 이러한 시선들이 상투성을 넘어서는 징후와 변화의 모습들을 읽어내는 방향으로 더욱 예민해지길 바란다.

무서워하는 기차는 바보인가

동시의 시선과 인간중심주의의 문제

　시인이자 교사인 최은숙 선생님이 얼마 전 낸 '교육산문집'『성깔 있는 나무들』(살림터 2011)을 보내왔다. 교사로서 아이들과 부대끼며 느낀 희로애락이 곡진하게 표현된, 가식 없는 글들이 내 마음에 와 닿는다. 여기저기 펼쳐 읽으며 글맛에 취하다가, 인용되어 있는 안도현 시인의 시에 눈길이 머물렀다. 이 글은 「애기똥풀」과 몇몇 동시 작품을 읽으며 떠오른 이런저런 생각들을 적어 나간 것이다.

　　나 서른다섯 될 때까지
　　애기똥풀 모르고 살았지요
　　해마다 어김없이 봄날 돌아올 때마다

그들은 내 얼굴 쳐다보았을 텐데요

코딱지 같은 어여쁜 꽃
다닥다닥 달고 있는 애기똥풀
얼마나 서운했을까요

애기똥풀도 모르는 것이 저기 걸어간다고
저런 것들이 인간의 마을에서 시를 쓴다고

— 안도현 「애기똥풀」 전문

　화자인 시인은 봄날이면 마을 길에서 어김없이 보았을 애기똥
풀을 서른다섯 살 되도록 모르고 지나쳐 왔음을 자책하고 있다. 그
자책을 애기똥풀의 심사를 짐작하여 말하는 것으로 표현하였다.
'애기똥풀은 서른다섯 살이나 된 내가 자신을 몰라보는 것이 매우
서운했을 것이다.' '애기똥풀은 "애기똥풀도 모르는 것이 저기 걸
어가네. 저런 것들이 시를 쓰네."라고 생각했을 것이다.' 이런 식으
로 시인은 애기똥풀의 심사를 읽어 내고 있다.
　그런데 과연 애기똥풀이 서운했을까? 애기똥풀도 모르는 시인
이 저기 걸어간다고 흉을 보았을까? 그것은 시인의 일방적인 생각
일 뿐이다. 시인이라는 '사람이 하고 있는' 일방적인 생각이다. 식
물이 자신의 주위를 지나다니는 동물이나 사람의 자취에 위협을
느낄 수는 있을 것이다. 나비나 벌 같은 곤충이 다가오면 반가워할

수도 있으리라. 그러나 그 감정은 사람이 느끼는 것과 같은 위협이나 반가움은 아닐 터이고, 더구나 인간의 언어로 표현될 수 있는 성질은 아닐 터이다.

시의 표현에 이런 방식으로 반응하거나 이런 수준의 분석으로 시를 감상하는 것은 물론 부적절하다. 무릇 문학적 표현이란 개인의 사상과 감정을 드러내기 위해 그것을 여러 사물에 의탁하고 실제적이지 않은 상상을 펼치는 속성을 지닌 것이다. 그런 만큼 '애기똥풀이 서운해해? 말도 안 돼.'라고 반응하는 것은 난센스다. 그렇지만 나는 시를 읽을 때 가끔은 그런 방식의 의문을 품어 본다. 왜 저 식물을 인간이 자기 취향대로 규정해 버리는가. 저러한 비유는 저 동물을 왜곡된 이미지로 각인시키지 않는가. 왜 저 생명체에, 자연에 인간 중심으로 개입하는가.

『어린이책이야기』(2010년 겨울호)와 『창비어린이』(2011년 봄호)를 뒤적거리다가 거기 실린 동시와 인용된 동시들을 읽으면서도 나는 그런 곁가지 생각들을 하게 되었다. 동시는 어쩌면 좀 더 인간 중심적인 상상에 빠져들기 쉬운 장르일 것이다. (앞으로 인용하는 동시들은 이 두 잡지에 발표되었거나, 거기 실린 글 속에 인용되어 있는 작품이다.)

거미 한 마리
천장에서 뚝 떨어진다
대롱대롱 공중에 매달려

가슴 덜컹하게 한다

저 녀석,
모르나 보다

저처럼 줄에 매달려
빌딩 벽을 청소하는
우리 아빠를

———유희윤 「거미의 장난」 부분

동시집 서평 중에 인용된 위 작품을 읽다가, 거미가 당연히 모르지 하는 생각이 들었다. '우리 아빠'가 위험하게 줄에 매달려 빌딩 벽을 청소하는 것을 거미가 알 리 있나. 당연히 모른다. 거미에겐 자신을 바라보고 있는 아이가 관심사가 아니고, 아이의 아버지의 직업이 무엇인지는 더더구나 관심 밖이다. 거미가 당연히 모를 것을 모르는데, 아이는 섭섭해한다.

산 헤매던 반달곰
막 겨울잠 들었는데
눈치 없이
바사삭 바사삭 바스대는 낙엽들

그 바람에 반달곰 잠깰까 봐
──쉿 조용해
다독다독
낙엽들 다독이느라
함박눈 소리 없이 쌓인대.

──정진숙 「겨울잠 자라고」 전문

　함박눈이 내리는 것이 반달곰이 겨울잠을 깨지 않도록 낙엽들을
다독거리기 위해서일까? 낙엽이 바스대는 것은 바람이 불어서이
고, 눈이 내리는 것은 추운 날씨 때문이다. 그런데 겨울잠 자는 곰
과 눈 내리는 풍경을 연결짓는 '사람'의 상상력은 낙엽이 눈치 없
이 바스댄다고 하고, 함박눈이 그런 낙엽을 다독여 반달곰이 깨지
않도록 한다고 한다.

나비랑 벌은 안 걸어 다닌다
발에 흙 묻으면 꽃이 더러워지니까
팔랑팔랑 윙윙 날아다닌다.

──박성우 「나비랑 벌」 전문

　나비와 벌은 날개가 달린 곤충이고 이동할 때 날아가는 것이 걷
거나 기어가는 것보다 훨씬 유리하다. 발에 흙을 묻히지 않으려고
날아다니는 것은 아니다. '사람의 눈'으로 보니까, 나비나 벌이 땅

바닥을 걸어 다니다 꽃에 앉으면 꽃에 흙이 묻겠다는 생각을 하게 된다. 그래서 나비나 벌이 날아다니는 까닭은 꽃을 더럽히지 않기 위해서라고 상상하고 규정한다.

떼떼굴 굴러 나왔다.
떼떼굴 굴러 나왔다.

무엇이 굴러 나왔나.
밤 한 톨 굴러 나왔네.
(…)

무엇 할까?
구워 먹지.

— 윤석중 「밤 한 톨이 떼떼굴」 부분

개나리꽃 들여다보면 눈이 부시네.
노란빛이 햇볕처럼 눈이 부시네.

잔등이 후끈후끈, 땀이 밴다.
아가 아가 내려라, 꽃 따 줄게.

아빠가 가실 적엔 눈이 왔는데

보국대, 보국대, 언제 마치나.

오늘은 오시는가 기다리면서
정거장 울타리의 꽃만 꺾었다.

—이원수 「개나리꽃」 전문

아이가 사물을 대할 때는 즉각적으로 사물의 사용가치에 반응한
다. 할아버지 주머니에서 밤이 굴러 나오는 것을 보고 "구워 먹"겠
다고 한다. 노란 개나리꽃은 환해서 눈이 부실 정도이고, 겨울에 보
국대 간 아빠가 오시는가 기다리는 초조함에 아이는 울타리의 개
나리꽃을 꺾어 주며 아기를 달랜다. 여기엔 효용가치보다 정서적
반응이 두드러진다. 사물에 대한 이러한 반응은 사람이 사물을 인
식하는 가장 기본적인 방식이며, 사람살이의 실제적인 모습이다.

연못에 꽁꽁, 얼음 얼어서
썰매 타기 좋구나, 재미있구나.

바람 속을 달려가면 씽 씽 씽
얼음이면 어디라도 씽 씽 씽.

연못에 고기들아 얼음장 밑에
추워서 웅크리고 잠이 들었나.

—이원수 「썰매」 부분

연못이 꽁꽁 얼었으니 아이는 썰매를 타며 재미있게, 씩씩하게 놀고 있다. 그러면서 고기들을 부르며 추워서 웅크리고 잠들었느냐고 말을 건넨다. '고기들이 정말 사람처럼 웅크리고 잠을 자겠어?' 하는 의문은 별로 들지 않는다. 사물에 대한 이와 같은 즉자적인 정서 반응이나 감정이입은 나는 대체로 자연스러운 것이라고 본다. 앞에서 읽어 본 「거미의 장난」「겨울잠 자라고」「나비랑 벌」과는 달리 다가온다. 그것은 위 작품들에서 밤을 구워 먹거나 꽃을 꺾거나 물고기를 불러 보는 사물에 대한 반응이 주체＝화자의 삶의 실제적인 모습을 직접적으로 담고 있기 때문일 것이다.

길을 잃어버릴까 봐
철로 위로만 다니지요.
기차는 기차는 바아보.

강을 건널 땐 무서워서
소릴 삑삑 지르지요.
기차는 기차는 바아보.

—윤석중 「기차는 바보」 부분

문학적 상상력의 주요한 기능은 사물의 감춰진 면을 알아보거나 사물을 새롭게 보는 데에도 있다. 철길 위를 달리는 기계에 불과한 기차를 두려움이 많은 인격적 존재로 인식하는 「기차는 바보」는 아이의 시선으로 아이 독자에게 '기차'라는 존재를 처음 또는 새롭게 인식시킨다. 이 시의 정당한 화자와 독자는 기차가 '철길 위를 달리는 기계'라는 지식을 갖고 있지 않은 아이이다. 또한 그런 지식을 습득하였다 하더라도 그것을 이 시의 인식과 대비하거나 충돌시키지 않는 아이이다. 그런 만큼 '나의 방식대로' 사물을 인식한다. '나'에게는 기차가 길을 잃을까 봐 철길 위로만 다니는 것으로 보이므로 기차는 바보인 것이다. 기차가 강을 건널 때 내는 기적 소리는 강을 건너기가 무서워 그런 것이다. 사실 길을 잃을까 봐 두려워 같은 길로만 다니고 강을 건너는 것이 무서운 것은 화자인 '나' 또는 나이 어린 아이의 속성일 것이다.

여기서 다시 안도현의 「애기똥풀」로 돌아가 보자. 애기똥풀은 '나'에게 "애기똥풀도 모르는 것"이라고 힐책한다('나'가 그렇게 생각한다). 이때 애기똥풀의 무얼 모른다는 것일까. '애기똥풀'이라는 이름? 어여쁜 꽃이 달린다는 것? 아니면 애기똥풀의 존재 그 자체? 애기똥풀은 시인이 자신을 몰라주는 것이 전혀 서운하지 않았을 것이다. 애기똥풀이라는 이름부터가 사람이 필요해서 붙인 이름이다. 애기똥풀로서는 자신이 '애기똥풀이 아니다'. 꽃이 어여쁘다는 것도 사람의 감각적 반응일 뿐이다. 애기똥풀은 애기똥풀이 아닐뿐더러, 도대체 시인에게 자신을 몰라준다고 힐책할 이유가 없다. 모든 것이 시인의 자가발전일 뿐이다.

동시는 대개 아이의 시선으로 사물을 본다. 따라서 사물에 대한 해석이나 정서적 반응에서 사물의 일반적 속성에 얽매이지 않는다. 이것은 동시가 가져도 좋은 특권이다. 아이의 시선에 기댄 동시의 발랄한 상상력은 독자에게 풍부한 인식의 지평과 감각의 지평을 열어 놓는다. 그렇지만 이런 동시의 상상력 또는 특권이 보여 주는 자기중심주의 내지 인간중심주의에 대해서도 성찰해 볼 필요가 있지 않을까.

「기차는 바보」의 시선에는 사물을 자기중심적으로 해석하는 관점이 작동하고 있다. 「거미의 장난」과 「겨울잠 자라고」「나비랑 벌」에도 역시 동시의 특권으로 사물을 자기중심적으로 해석하는 관점이 작동한다. 이러한 지점은 일반적으로는 동시다운 뛰어난 상상력의 발휘로 인식되고 평가될 것이다. 그러나 이러한 독법만으로 동시를 읽어야 할까? 기차는 바보가 아니라는 것(「기차는 바보」), 거미는 당연히 사람 일을 모른다는 것(「거미의 장난」), 함박눈은 반달곰이 잠을 깨든 말든 상관 않는다는 것(「겨울잠 자라고」), 나비와 벌은 걷기보다 나는 데 적합한 몸이라 날아다닌다는 것(「나비랑 벌」)을 때로는 지적해야 한다고 본다. 아이들과 함께 동시를 읽을 때에도 경우에 따라서는 이런 점을 환기하거나 설명해야 한다. 이는 물론 각각의 작품에서 이미 전제하고 있는 것이지만, 사물을 새롭게 지각하려는 의도가 인간의 자기중심주의를 밀고 나가는 것으로 기우는 것은 날카롭게 경계해야 할 것이다.

최근에 구제역 감염으로 수십만 마리의 소와 돼지를 이른바 살처분으로 도살하거나 생매장하는 사태를 보면서 누구나 착잡하고 비통한 마음이 들었을 것이다. 여러 대처 방법 가운데 살처분으로 대응을 하는 것은 인간중심주의의 극치가 아닌가 싶다. 물론 어떠한 대응도 근본적으로는 인간 위주를 벗어날 수 없겠지만, 인간에서 동물, 생태계로 관점을 조금씩 이동하고 겹쳐 본다면 집단 사육과 대량 살처분이라는 거대한 폭력을 줄여 나갈 수 있는 방법을 찾아내지 못할 리 없다.

문학 작품에서 발견하는 인간중심주의는 직접적 폭력이 되지도 않고 또 기본적으로는 평화와 상생의 이념을 바탕으로 하고 있다고 믿는다. 그러나 사물을 자체의 속성대로 자유롭게 풀어 놓지 않고 장악하고자 할 때 그것 역시 폭력의 한 형태임을 부정할 수 없다. 특히 동시에서 인간중심주의적 지각과 인식이 두드러질 경우 아이들에게 그것이 어떻게 각인될 것인지에 대해서는 앞으로 깊이 있는 성찰과 연구가 필요하다고 생각한다. 앞에서 거친 독법으로 인간중심적 지각과 상상력에 대해 문제를 제기해 보았는데, 작품 한 편 한 편을 살필 때에는 그 내용뿐 아니라 각각의 화법과 어조, 태도 등을 섬세하게 고려해야 할 것이다.

장르 용어 사용, 과감하고 풍부하게

김제곤의 아동문학 '운문 장르' 용어 연구를 읽고

1 원론에서 생각해 보자. 아동문학 즉 어린이문학의 '운문 장르'를 개념적으로 분류한다면, 기본적으로 일반의 운문 장르 분류와 다를 바 없을 것이다. 여기에 어린이를 가리키는 말 즉 '동-' '아동-' 등을 붙이느냐 마느냐는 어찌 보면 실제적인 선택이나 관습의 문제일 뿐이다. 이런 차원에서 볼 때 일반적인 분류 용어를 이탈한 아동문학의 장르 명칭은 '동요'이다. 일반의 운문 장르에는

---

* 이 글은 2009년 8월 29일 국립어린이청소년도서관 강당에서 열린 한국아동청소년문학학회 여름 학술대회 '아동문학의 장르와 용어의 재검토 (2) ── 해방 이후'에서 김제곤의 논문「해방 후 아동문학 '운문 장르' 용어에 대한 사적 고찰」에 대한 토론문으로 발표한 것이다. 김제곤의 논문은 학술대회 자료집에 토론문과 함께 실려 있고,『아동청소년문학연구』5호(2009. 12.)에는「해방 후 아동문학 '운문 장르' 명칭에 대한 사적 고찰」이란 제목으로 실렸다.

'요(謠)' 또는 '노래'가 없다. '노래'는 문학의 범주 바깥이기 때문이다. 그런 점에서 대부분 '동요'와 '동시'로 대분류하고 있는 것은 아동문학의 역사성과 특수성을 반영하고 있다고 해석된다.

그러나 이런 방식의 분류 또는 장르 개념이 되풀이될 필요가 있는지 의문이 든다. 이재철의 동요 즉 전래동요(구전동요, 기재記載동요)와 창작동요(『아동문학개론』, 1967) 개념 이후 이의 변주로 보이는 유창근(『현대아동문학론』, 1989), 석용원(『아동문학원론』, 1989) 등의 분류에 나타나는 전래동요(구전동요, 기재동요), 전승동요 등을 비롯한 '동요' 개념은 동시 또는 아동 운문 장르의 역사적 서술에 필요한 개념이지 일반 분류 개념으로 넣을 것이 아니다. 박민수(『아동문학의 시학』, 1993)처럼 '동시' '동요'의 대분류를 하지 않고 '정형동시'의 하위 장르로 '동요시'를 설정한 것은 창작의 실제를 반영한 하나의 해결책이 될 수 있다. 그런데 여기에다 '전승동요시'를 '창작동요시'와 구별해서 나란하게 둔 것은 역시 위와 같은 앞선 분류 체계의 영향을 제대로 탈피하지 못한 타협으로 보인다. 이런 방식의 분류법은 역사적으로 과거에 존재한 '경기체가' '민요' 등을 시장르에, '판소리계 소설' '신소설'을 소설 장르에 넣어 다루는 것과 다르지 않은 일이다.

② 문학 현장의 작품 생산, 수용과 조응하는 장르 용어 분류라는 차원에서 살펴보자. 과연 '동요'의 개념이 현재에도 유지될 수 있을까. '(아동이 부르는) 노래'라는 차원에서 '동요'는 문학 바깥에

있다. 김제곤과 박영기의 지난 발표 논문에서 보았듯이 1920년대 이후 어느 시점까지 '동요'는 아동문학의 역사 속에 중요하게 등장했던 장르이다. 그때에는 문자로 기록되거나 창작하여도 그것이 '노래'와 분리되어 있지 않았다. 따라서 이때에 동요는 문학 내부에 있거나, 대부분 문학 내부와 외부에 걸쳐 있었다. 이번 김제곤의 발표에서는 1960년을 기점으로 창작집의 장르 명칭이 '동요집'에서 주로 '동시집'으로 전환되었음을 보고하고 있다. 아동문학에도 근대의 문자 위주, 독서 위주의 문학 제도가 정착하면서 노래를 전제한 '동요'는 점차 사라져 갔다. 문학 장르로서의 동요 개념을 특징짓는 필수 요건이었던 '정형성' 역시 이제는 '동요'의 필수 조건이 될 수 없다. 동요＝정형시 또는 정형시의 한 형태(이원수『아동문학입문』, 1965)로 오랫동안 인식되어 온 것은 동요의 역사적 실체를 반영한 것이다. 이제 대중가요에도 예전과 같은 정형적 가사와 곡조는 대부분 해체되었다. 더 이상 정형성을 '노래'의 요건으로 내세울 수 없게 되었다. '노래＝요(謠)'는 문학의 바깥이고, 노래와 밀접했던 '정형성'이 더 이상 노래의 요건이 될 수 없다면, 문학으로서의 동요는 더 이상 지속될 이유가 없거나 죽은 장르가 된다. 그렇다면 석용원이 1960년대의 조지훈을 따라 '가사동요' '시적동요' '요적동시' '시적동시'로 분류하거나(『아동문학개설』, 1974), 박민수처럼 '동요시'의 개념을 설정하는 것은 일종의 절충이거나 잔영(殘影)에 해당하는 것으로 보인다.

③ 그렇다면 '동요'는 음악에 내주어야 하고, '정형동시'는 일반적인 정형시와 같은 범주에서 창작, 수용되어야 하는 것일까. 아동문학의 역사성과 특수성을 오늘의 문학 현장에서 적극적으로 끌어안음으로써 동요의 의의를 살려 낼 수는 없는 것일까. 이에 대한 해답이 내게 마련되어 있는 것은 아니다. 그러나 노래운동가 백창우의 활동에서 하나의 힌트를 발견할 수는 있을 것이다. 기존의 노래 가사 형태의 정형시가 동요로 불리는 것이 아니고, 그의 손에서는 자유분방하게 씌어진 많은 동시와 어린이시에서 '어린이 노래'가 탄생하였다. 그리고 그 노래는 시도로 끝난 것이 아니라, 꾸준히 유통되었을뿐더러 어린이 대중에게서도 호응을 얻었다. 이런 사례에서 동요의 음악성과 문학성을 재정립하기 위한 시도를 해 볼 수 있을 것이다. 그것은 종래의 동시, 동요의 이분법과는 다른 차원에서 동시의 '재발견'이나 동시의 '확장' 또는 '동요의 재발견'과 같은 개념이 될 수 있을 것이다.

④ 아동시, 어린이시라는 용어를 재검토해 보자. 아동문학계에서 이 용어는 대체로 '어린이가 쓴 시'를 가리키는 개념으로 사용되고 있고, 그 사용하는 맥락도 정립되어 있다 할 만하다. 특히 이오덕이 이 용어를 제기한 맥락은 동시/어린이시의 구분을 통해 왜곡된 '글짓기' 교육을 개혁하고자 한 것이고, 그러한 노력은 역사적으로는 상당한 결실을 거두었다. 그러나 지금의 시점에서 이러한 동시/어린이시(아동시)의 대립이 여전히 유효하고 의미 있는

것인가를 짚어 볼 필요가 있다. 아울러 용어의 체계성이란 면에서 볼 때, 용어 구성이 적절한지도 짚어 볼 필요가 있다.

요즘에는 학술 연구를 제외하면 어린이문학이라는 용어가 아동문학이라는 용어보다 좀 더 우세하게 쓰인다. 그렇다면 어린이시─어린이소설─어린이극─어린이(문학)평론이라는 용어도 성립해야 계열성이 갖춰진다. 아동문학이라는 용어가 주로 사용되던 시기에는 동시(아동시)─아동소설(소년소설)─동극(아동극)─아동문학평론이라는 용어가 계열성을 이루고 있었다. 동시는 아동시의 축약형이라 할 것이며, 아동소설을 축약해 '동소설'로 쓰는 사례도 있었다. 이런 계열성을 이탈한 용어 사용은 일정한 집단 내에서의 제한된 소통에서는 혼란을 일으키지 않더라도, 그 범위를 넘어서면 혼란을 일으키기 십상이다. 따라서 동시와 아동시(어린이시)를 서로 다른 개념으로 구별해 사용하는 것은 일반적으로 매우 어려운 일일 터이다. 어린이문학이란 용어 사용이 상당히 일반화한 상황에서 '어린이문학'은 성인 전문작가가 쓰는 문학이고, '어린이시'는 어린이가 쓴 시라는 용어 규정을 절대화하려 한다면 비논리적일뿐더러 통용되기가 어렵다.

따라서 아동문학의 대체 용어로 어린이문학을 쓴다면, 동시의 대체 용어로 어린이시를, 아동소설의 대체 용어로 어린이소설을 쓰는 것이 무방하며 자연스러운 일이라 하겠다. 이런 차원에서 볼 때 '동화'라는 용어는 '어린이소설'의 축약형이거나, '어린이소설'을 대신해 출판이나 유통, 독자의 소통 구조에서 편리하게 사용하는 별칭으로 자리매김해 볼 수도 있을 것이다. 그렇다면 어린이가 쓴 시를 가리키는 용어로는 무엇을 써야 할까. 어린이가 쓴 시도 어린이시다. 이때 '어린이'는 글 쓰는 주체를 나타내 준다. '청소년이 쓴 소설'을 가리킬 때도 '청소년소설'이란 용어가 쓰이는 것과 같은 경우이다. 다른 개념은 다른 용어를 개발해 구별하는 것이 바람직하지만, 그렇게 되기 전까지는 용어 구성이 알맞게 되어 있고 맥락에 따라 혼동되지 않게 정확한 개념으로 그 용어를 구사한다면 그다지 문제될 일이 아니다. 아동시/어린이시의 대립이 교육 현장에서 여전히 유효한지는 앞으로 더 논의할 문제이지만, 용어의 대립이 갖고 있는 본질적인 문제의식을 이어 가는 것이 중요하지 이제는 적어도 용어의 대립을 초점으로 삼지는 않아도 되는 상황이 아닌가 싶다.

⑤ 끝으로 용어 사용이 문학 현장에 어떤 작용을 끼치는가 하는 점을 생각해 본다. 한국아동청소년문학학회에서 장르 용어를 집중적인 연구 과제로 삼은 것은 이를 통해 어린이문학 내지 어린이문학 창작의 활성화를 자극하려는 의도도 있었을 것이다. 실상은 이런 방면의 발굴이 더 요긴한 대목일 터이다. 김제곤의 이번 연구를 비롯해 그동안의 연구에서 여러 장르 명칭들이 나왔다. 그에 비할 때 현재 우리 동시단에서 사용되는 장르 용어들은 가짓수가 턱없이 적고 상상력도 빈약하기 짝이 없다. 학문적 차원에서는 엄밀한 정의에 따른 개념 사용이 중요하겠지만, 일반적인 작품 생산과

수용의 맥락에서는 좀 더 과감하게 용어 사용을 시도하고 풍부한 용어를 개발할 필요가 있다. 가령 『창비어린이』 2009년 여름호에 실린 안도현의 동시 「오소리와 벼룩」은 '동화시'로 불러도 손색이 없다. 나아가서 기존의 백석의 '동화시'를 답습하는 설화적 우화적 소재보다 생활적 판타지적 소재로 새로운 동화시를 개척해 보는 것도 '동화시'라는 용어 사용으로 촉발할 수 있지 않을까. 이는 '동화시'의 개념에 대한 논의를 활성화하는 계기가 될 수 있고, '동화시'가 '시' 아닌 '동화'의 새로운 영역으로 진출해서 '시로 쓴 동화'라는 새로운 장르를 개척할 수도 있을 것이다. 이미 많이 논란이 된 최승호의 '말놀이 동시'도 김은영의 새로운 심화 작업(『ㄹ받침 한 글자』, 사계절 2008)에서 보듯 특정 작가의 전유물이 될 것이 아니다. 윤동재의 '옛이야기 동시'(『동시로 읽는 옛이야기』, 계림북스쿨 2003; 『도둑 쫓은 방귀』, 지식산업사 2008)나 서정홍, 안학수 등의 '생활동시' '소년시' 경향도 그런 명명법들을 활성화하면 좀 더 그 특징이 살아나면서 다양한 창작적 시도를 촉발할 수 있지 않을까. 이런 용어들은 그 개념이 유동적이고, 차후 더 정제된 개념의 용어로 정착되지 않을 수도 있다. 그러나 그것을 두려워할 필요는 없다.

1920년대 동요 탐색에 이은 김제곤의 이번 연구는 용어 사용의 실제와 이론서들의 장르 분류를 치밀하고도 매끄럽게 짚어 내고 있어 가히 감동적이다. 이론서든 실제 사용 맥락이든 여기 등장하는 많은 용어들이 생동감을 얻으려면 그에 해당하는 작품의 뒷받침이 있어야 한다. 한국문학에서 서사시의 개념은 『국경의 밤』(김동환)과 『금강』(신동엽)이 있어 유효하다. 이번 연구에서 드러났듯이 우리 아동문학은 그동안 서사동시, 장동시, 요적 동시, 시적 동요, 소년시 등 주목할 만한 흥미로운 개념들을 다양하게 사용해 왔다. 이에 걸맞은 성취로 어떤 작품들이 발표되었고 그 작품들의 문학적 의의는 무엇인지, 그 현장을 생생한 문학적 지도로 재구성하는 것이 다음 단계의 긴요한 과제가 아닌가 싶다.

해묵은 동시를 던져 버리자

동시를 살리는 길 1

'조용한 가족' 동시 동네 이야기

동시 동네만큼 조용한 동네가 또 있을까? 세상 시끄러울 일이 없는 곳이 동시 동네다. 작단도 그렇고 평단도 그렇고 독자도 그렇고, 참으로 일사불란한 '조용한 가족'이다.

군이 시끄러울 필요가 없어서 고요한 것이라면 탓할 문제가 아닐 수도 있다. 하지만 시끄러울 필요조차 만들고 있지 못하다면 더욱 문제일 것이다. 사실 동시 동네의 문제는 무엇이 문제인지조차 거들떠보지 않는다는 데 있다. 일반 문단에서 문학의 위기론이 몇 차례 반복되고 '근대문학의 종언'론에 눈길이 모이는 등 부산할 때에도, 어린이문학 동네에서 '사회학주의'와 판타지와 '일하는 아이들'을 둘러싼 논쟁이 뜨거울 때에도 동시단은 이를 강 건너 불로만 여겼다. 어쩌면 강 건너에 불이 났는지조차 몰랐을지도 모른다. 새로운 동화작가와 작품이 나와 화제가 되고, 몇몇 작품들에 대해서는 비평가와 독자 들의 평가가 엇갈려 논란이 일어나는 등 동화 쪽에서는 끊임없이 바람이 불고 활력이 넘쳤다면, 동시 분야는 그야말로 있는 듯 없는 듯 잔잔하기만 했다. 따라서 사람들이 동화가 어린이문학의 전부인 줄 안다고 하더라도 하등 이상할 것이 없었던 세월이었다.

동시인들의 창작활동이나 좋은 동시를 쓰기 위한 노력 자체가 없었다는 이야기가 아니다. 작년과 올해만 보아도 중견과 신인 들의 동시집이 꽤 여러 권 나오고 있고, 뛰어난 작품집도 간간이 눈에 띈다. 월간 『어린이와 문학』의 동시 응모작에 대한 평인 '응모 동시를 읽고'에는 동시 작가들의 예리한 안목과 창작론이 담긴 평이 종종 실리는 것을 볼 수 있다. 이 잡지에서 주관하는 '금요월례 토론회'에서는 동시를 주제로 진지한 이야기가 오가기도 한다. 유일한 동시 전문지임을 내세우는 계간 『오늘의 동시문학』에서는 매년 문학상 발표와 함께 우수 동시집을 소개하고 있고, 계간 『아침 햇살』 등의 기획을 보면 예쁜 이름이 붙은 동시 동인회들의 작품세계와 활동상을 엿볼 수 있다.

그럼에도 동시단의 현황은 여전히 '조용한 가족'이다. 공포영화인 「조용한 가족」(1998)이 내용적으로는 조용한 영화가 아니듯이 동시단 역시 내용적으로는 뜨겁게 들끓는, 또는 꿈틀거리는 풍경이면 좋으련만 그렇지 못한 실정이다.

2005년 이후 현재까지 출간된 주요 동시집을 대부분 읽어 보았지만, 몇몇 작품집을 빼고는 대부분 시적 긴장과 완성도가 떨어져 시를 읽는 즐거움을 얻지 못하였다. 동시도 기본적으로 시를 읽는 즐거움을 줄 수 있어야 한다. '시'를 추구하다가 '동(童, 아이)'을 놓쳤다거나, '동'시가 돼야 하는데 시에 머물렀다거나 하는 것은 형식논리로는 성립할 수 있어도 핵심을 비켜난 접근이다. 최고의 동시가 되기 위해서는 기본적으로 최고의 시가 돼야 한다. 이는 곧 최고의 동시란 최고의 시라는 뜻이다. 물론 최고의 시가 쉽게 나오는 것이 아니고, 누구나 다 쓸 수 있는 것도 아니다. 동시에 좋은 시가 많지 않다면, 시적 역량이 떨어지는 시인들이 주로 동시를 쓰기 때문일까? 그런 요인이 아주 없지는 않을 것이다. 그러나 그보다는 재능과 가능성을 가진 많은 시인들이 해묵은 관습에 얽매여 낡은 동시의 틀을 반복하고 있는 것이 근본적인 문제다. 낡고 타성에 젖은 동시의 관념을 털어 버리지 않는 한 재미없는 동시가 계속 나올 수밖에 없고, 동시단은 생동감을 잃고 자기회로를 맴도는 어리숙한 동호인들의 자기만족을 위한 마당으로만 남아 있게 될 것이다.

버리지 못한 낡은 어린이 인식

동시는 그 본질상 어린이를 의식하고 쓰는 시다. 그런데 그 어린이는 어떤 어린이인가? 흔히 '혀짤배기 동시'라고 지적되는, 어른의 유치한 아이 흉내를 패턴화한 작품은 이제 그다지 많이 나타나지 않는다. 그렇지만 여전히 동시가 의식하고 있는 어린이는 좁은 사고와 제한된 경험, 제한된 희로애락의 감정을 지닌 존재다.

> 새 달력에
> 내 생일이 들어 있다.
> 새 달력에
> 엄마 생일이 들어 있다.
> 새 달력에
> 아빠 생일이 들어 있다.
> 그리고 새 달력에
> 아우 볼 날이 들어 있다.
>
> 새 달력 앞에서 나는 바랐다.
> 눈물 닦은 손으로 떼지 않게 되기를.
>
> — 윤석중 「새 달력」(1962) 전문

김제곤은 위 작품을 소개하면서 윤석중이 뒤에 이 작품을 자신의 선집이나 전집에 실을 때 2연 두 행을 삭제하고 실었음을 밝힌다.[1] 김제곤은 윤석중의 이러한 선택을 아쉬워하면서 "그가 2연을 버림으로 해서 그 속에 들어 있던, 생활에서 얻어지는 '비애의 감각'이 함께 잘려 나갔다"고 지적하며, "그가 표방한 웃음이 현실극복이 아니라 현실도피로 인식되는 것은 바로 그런 비애의 감각을 애써 외면하려 한 태도 때문"일 것이라고 판단한다.

윤석중이 2연을 버린 까닭이 생활에서 얻어지는 '비애의 감각'을 애써 외면하고자 해서인지, 동시라는 장르에는 부적절한 내용과 표현이라고 생각해서인지는 보는 이에 따라 판단이 다를 것이다. 김제곤은 2연에 대해 "'새해'라는 제재가 지니는 보편적 이미지에 비해 지나치게 어둡고 무거워지는 감이 없지 않다", "어린이로 상정된 시적 화자를 생각해 보더라도 (…) 수염 난 이의 상념에 가까운 것으로 읽히기도 할 것"이라고 그 시적 효과를 적절히 짚어내고 있다. 윤석중이 2연을 버린 것이 "그러한 부담" 때문일 것이라는 것이다.

윤석중의 위와 같은 자기검열—어린이 인식은 1950년대 이후 주류 문단의 동시 인식과 동궤에 놓이는 것이 아닌가 짐작된다. 그리고 이런 어린이 인식, 어린이 관념은 수십 년을 경과한 21세기에도 여전히 동시 문단을 지배하고 있는 것으로 보인다. "새 달력에/내 생일이 들어 있다./새 달력에/엄마 생일이 들어 있다."와 같은 발상법은 많은 동시인들이 지금 이 순간에도 되풀이하는 것이고, 이때 이러한 발상은 재치로 끝나 버리거나 '내 생일' '엄마 생일'이 가진 유쾌한 면을 표피적으로 더듬는 데 머물기 일쑤다. 따라서 아

---

1) 「김제곤의 동시 즐겨찾기 —'새 달력'」, 『창비어린이』 2007년 봄호 130~32면.

이가 살아오는 가운데 형성된 '내 생일'이나 '엄마 생일'에 대한 온갖 느낌이 달력을 보면서 살아나 깊이 있는 정서적 경험을 끌어내는 그런 표현이 되는 것이 아니라, 관습화된 기교 아닌 기교의 구사에 머무르고 만다. 새 달력 앞에서 슬픔과 비애를 연상하는 아이의 고민을 '수염 난 이의 상념' 곧 '어른의 상념'으로 의심한다면 그것 또한 협소한 어린이 인식과 다르지 않다.

　　네 마음
　　나처럼 고요해졌니?

　　네 눈빛
　　나처럼 맑아졌니?

　　바다는
　　그렇게 물으며

　　날마다
　　창문 열고 들어온다.

　　　　　　　　　　　　　　　　　　　—오선자 「바다를 보며」 전문

　　누구도
　　바쁘지 않다.

물결은
어깨를 까딱까딱 놀고
오리는
엉덩이를 둥개둥개 놀고

유모차 끄는 엄마도
산책하는 할아버지도
느릿느릿

천천히 돌아가라고
호수는
둥그렇게 앉아 있다.

— 박소명 「호수에서」 전문

오목한
그릇마다
밥을 떠 놓았다.

마당 안 개 밥그릇에
장독대 위 시루에
두엄 옆 여물통에

누군가
소복소복
흰밥을 떠 놓았다.

추운 날
한뎃잠 자는 누렁이에게
한뎃잠 자는 새 떼에게
한뎃잠 자는 생쥐들에게

밥 한 그릇
푸짐히 먹이고 싶었나 보다.

—유미희「눈 온 날」전문

한국동시문학회 작품집 5호로 출간된 『우리 집에 코끼리가 놀러 온다면』(대교출판 2007)에 실린 위 작품들은 "우리 회원들이 갈고닦은 작품 가운데서 좋은 것들만 가려 뽑"(「머리말」)은 동시들로 대체로 시상이 깔끔하게 정리되어 표현되어 있다. 그러나 바다, 호수, 눈 등은 되풀이해서 다루어 온 소재이고, 착상의 전개도 시인의 이름을 가렸을 때 누구만의 표현이라고 생각될 만한 개성을 보여 주지 못한다. 「눈 온 날」의 경우 풍성하게 내린 눈이 개 밥그릇—시루—여물통(구유)에 쌓인 것을 누렁이—새 떼—생쥐에게 먹이려는 소복한 흰쌀밥으로 대칭적으로 그린 것이 뛰어나나, "소복소복/흰밥을 떠 놓았다"에서 이미 예견되는 대로 "푸짐히 먹이고 싶었나 보다"로 마무리하고 말아 그 이상의 시적 재미를 주지 못하였다.

이런 작품들이 요즘도 적지않이 발표되는 상투적인 동심주의 시나 유치한 교훈을 운문 형태로 담아 건네는 동시들에 비해서 약간 진일보한 면이 있기는 하지만, 작품 속의 존재로든 독자로서의 자리로든 오늘을 살아가는 어린이의 살아 있는 모습을 느낄 수가 없다.

옛날 옛날 고려의 할아버지들이
밀랍을 녹이고
쇳물을 붓고
활자를 골라 맞추고
기름먹을 칠해
찍어 낸 '직지'.

'아버지' '어머니' 소리를 찍어 냈다.

'직지' 활자가
교과서도 찍었다
'읽기'와 '쓰기'를 읽는다
'직지'를 따라 읽는다.

청주 고인쇄 박물관에 가면
아이들 글 읽는 소리가 들린다.

──신새별 「'직지' 이야기」 전문

그물에 걸린 그때
바다 학교
음악 시간이었을까?

아니 그런데
넌 뭐야?

입 꼭 다물고 있는
너!

아, 친구들 다 함께 노래 부를 때
넌 창밖 내다보며
딴생각하고 있었구나!

그러다 덜컥
그물에 걸렸구나!

──한상순 「굴비」 4연 이하

해묵은 동시를 던져 버리자 215

같은 작품집에서 골라 본 위 시들은 좀 더 구체적인 실감으로 다가오는 면이 있다. 고려시대 금속활자로 찍어 낸 '직지(直指)'라는 역사를 머금은 대상을 마주하고 있거나, 요즘도 시장이나 마트에서 사 올 수 있는 '굴비' 두름을 보고 있기 때문이다. 그렇지만 이런 소재를 보는 상상력이 발랄하지 못하다. 두 시의 발화자는 모두 어린이인데, 「'직지' 이야기」는 활자의 발달을 생각하면서 '어머니' '아버지'를 찍고 '읽기'와 '쓰기' 교과서를 찍었다는 것을 연상하고 아이들 글 읽는 소리가 들린다고 한 것이 영 재미없는 상상이 되었다. 시인이 아이 목소리를 내고 있지만, 교과서를 옆에 낀 교사나 학부모가 쓴 동시라는 느낌이 들지 않을 수 없다. 「굴비」는 굴비 두름에 꿰인 입 다문 굴비를 발견한 눈이 우선 돋보이는데, 상상력이 수업시간에 딴생각하다 걸린 데로 질주하였다. 아이들이 할 법한 상상이긴 하지만, 좋은 소재를 발견해 놓고 하필 이렇게 튀는 녀석 지적하는 투의 연상을 해야 하는지 의문이다. 결국 시인이 아이를 보는 눈이 매우 제한적인 데 머물러 있음을 보게 된다.

해묵은 동시를 쓰는 신인들

그렇다면 신인들의 시세계는 어떠한가? 문학이 시대의 흐름에 따라 단계적인 변화나 발전을 보여 주는 것은 아니지만, 사회 변동을 반영하여 문학의 새로운 경향이 나타나는 것은 어쩌면 당연한 일이다. 2000년대의 시와 소설 문학을 둘러싸고도 '미래파' 시 논란과 '2000년대 문학' 논쟁 등 새로운 경향을 짚어 보는 움직임이 벌어졌다. 그렇지만 동시단에서는 신인들이 새로운 경향을 보인다는 진단이나 시대에 따른 어린이 읽기, 어린이 현실 읽기를 고민해 보자는 이야기는 들려온 적이 없다. 동시라고 해서 시대 현실의 변화와 무관한 무풍지대에 머물러 있어야 할 까닭은 없는데 말이다.

제3, 4회 푸른문학상 수상 동시집인 『강아지 우산 나와라』(푸른책들 2006. 2.) 『방귀 한 방』(푸른책들 2006. 11.)은 신인들의 작품을 단행본으로 과감하게 출판하여 어린이 독자들을 폭넓게 만날 수 있게 해 준다는 점에서 의의가 있다. 1940년대생부터 70년대생까지 폭넓은 연령대로 분포된 신인 동시인 여덟 사람의 작품이 각기 열두세 편씩 실려 있어 관심을 끈다.

강아지 우산 나와라.
학교에도 없고
신발장에도 없고
어디에 숨어 있는 거니?

나와 함께 비 맞고
학교 가던 생각 잊었니?

엄마 심부름으로 두부 사러 갔다
널 잠깐 두고 왔다고 삐친 거니?

오락실 컴컴한 구석에서
오래 기다려서 화난 거니?

비 맞기가 싫어 도망간 거니?

강아지 우산 나와라 오버.
장마 오기 전에 나와라.
학교도 심부름도 같이 가자 응?

—— 김영 「강아지 우산」 전문

캄캄해졌어요.
얼른 가요, 엄마.
아무도 없어요.

호미질하던 엄마
내 말 끝나기 무섭게
뿌~앙!
방귀 한 방
힘차게 날리신다.

화들짝 몸 뒤집는

상추잎, 들깻잎아

방금 그 엄청난 소리

지렁이무당벌레호랑거미……

다 들었을 텐데

어쩌지, 어쩌지?

— 유은경 「방귀 한 방」 전문

　표제작에 해당하는 두 작품은 각기 '강아지 우산'이 어떤 우산일
까, '방귀'를 소재로 어떤 이야기를 하고 있을까, 일단 제목에서 궁
금증을 자아낸다. 잃어버린 우산을 이리저리 찾는 아이의 목소리
로 쓰인 「강아지 우산」은 '강아지 우산'이라는 귀염성 있는 표현으
로 인해 새로운 맛이 난다. 그런데 우산을 찾는 아이가 진지하게,
여러 번 반복해서 토라진 아이에게 말을 걸듯이 우산에게 묻고 있
는 것이 오히려 작품의 재미를 떨어뜨린다. "학교도 심부름도 같이
가자 응?" 하는 대목에 이르러서는 결국 착한 어린이표로 흘러 버
리고 말았다. 대화체, 독백체는 요즘 신인과 기성 들의 작품에서 두
루 볼 수 있는데, 이는 동시에 생동감을 부여하기에 좋은 기법이긴
하지만 서사나 극 양식이 아닌 서정시에서는 그 활용에 신중해야
한다. '강아지 우산'은 삽화에 나타난 것처럼 우산 천에 강아지가

그려진 우산일 수도 있겠으나, 여러 번 강아지 우산을 호출하고 있음에도 아이가 왜 그렇게 부르는지 시에서는 힌트를 주지 않는다.

「방귀 한 방」은 호기심을 끄는 생리현상을 소재로 택한 점에서 일단 눈길을 받을 수 있다. 그런데 오줌, 똥, 방귀 같은 생리현상을 다루는 것이 동화와 어린이책, 그리고 방송매체에서 이미 유행이 돼 버린 요즘에는 오히려 이런 소재는 경계해서 다루어야 할 대상이다. 몸이나 생리현상을 주목하는 것은 과거의 동시들이 꺼려 왔다는 점에서 이를 잘 소화해 낸다면 동시의 영역을 확장하는 의미를 얻을 수 있다. 그런데 「방귀 한 방」에서 포착한 '엄마의 방귀'는 재밋거리로 잡아낸 소재에 불과하다. "화들짝 몸 뒤집는/상추잎, 들깻잎"에서는 표현의 묘미를 얻었지만, 아이가 엄마의 방귀를 지렁이와 무당벌레가 들었을까 봐 애태운다는 게 우스꽝스러울 뿐와 닿지 않는다. 하필 어두워지도록 밭매는 어머니의 방귀를 민망하게 조롱해야 했는지? 폼 잡는 동시나 교훈주의 동시는 깨야 하지만, 사물에 대한 희화적인 접근이 그런 몫을 맡아 낼 수는 없다. 이 작품에서 호미질, 엄마, 방귀, 자연의 동식물, 나의 존재가 각기 본질적인 연관을 맺지 못하고 겉도는 채 인위적으로 관계 지어진 것은 그런 희화적인 접근이 갖는 한계를 잘 보여 준다.

「강아지 우산」의 김영과 「방귀 한 방」의 유은경의 전체 작품을 보면 좀 더 가능성을 엿볼 수 있는 동시들이 없지 않다. 김영의 시 가운데 형처럼 머리를 기르고 싶은 아이의 심리를 다룬 「미용실에서」, 햄스터를 빌려 간 친구가 햄스터가 죽었다는 것을 말하지 못

한 사태를 과장 없이 잔잔하게 그려 낸 「햄스터 제사 지내기」, 풍겨
오는 음식 냄새에 쏠리는 마음을 담은 「수학 시간」 같은 작품은 관
념의 아이가 아닌 현실의 아이를 그리고 있다. 유은경도 돌의자 위
에 떨어진 연두색 벌레를 관찰한 「봄 길」, 차 수리로 종일 기름 먹
은 아빠 작업복을 눈여겨본 「아빠의 꿈」 등에서 섬세한 관찰력과
생활에 대한 주목으로 좋은 동시를 빚어내고 있다. 그러나 낡아 빠
지고 감동 없는 교훈성 구절과 착한 어린이표, 아름다움표 표현을
구사한 작품도 여러 편 같이 실려 있어서 이 신인들이 동시에 대한
자의식을 갖지 못하고 해묵은 동시 관념에 젖어 있음을 드러내 준
다. 또한 거의 모든 작품이 압축적인 표현을 찾는 데 소홀해서 언
어의 경제성을 보여 주지 못한 것도 커다란 약점이다. 이런 상황은
두 권의 작품집에 실린 여덟 명의 시인에게 별 차이 없이 공통으로
드러난다.

　"화분에 심겨진 화초는/꿈이 없어 말라 죽고/화초보다 큰 꿈을
가진 풀씨는/푸르게 푸르게 자라지."(이묘신 「풀씨의 꿈」, 『강아지 우산
나와라』 68면)와 같은 시구를 보면 시인이 사물의 본질을 발견하는
것이 아니라, 대상에 주체의 관념을 투사해 버린다. 시인이 그려
내는 사물은 궁극적으로는 시인의 주관으로 해석한 대상일 수밖
에 없다 할지라도, 그것은 대상의 본질에 도달하기 위해 몇 번이고
두드려 보기를 반복한 결과로서의 해석이어야 한다. 이때의 본질
은 물론 자연과학적 또는 사회학적 사실과는 다른 시적 진실의 추
구 과정에서 얻어지는 것이다. 그러나 동시의 관습은 사물의 본질

을 발견하기에 앞서서 서둘러 주관을 투사하기 일쑤이다. 「풀씨의 꿈」처럼 그것을 직접적으로 노출하고 있는 작품만이 그런 범주에 드는 것이 아니고, 「강아지 우산」처럼 그것을 감추고 있는 작품들 역시 그러한 관습을 되풀이하고 있다.

어린이는 어린이가 아니다

동시가 어린이를 의식하고 씌어져야 하는 것은 밥을 지으려면 쌀을 구해 와야 하는 것처럼 자연스러운 일이다. 이때 의식되는 어린이가 기존의 동시들이 그려 내던 어린이상이거나 사회 통념으로 퍼져 있는 어떤 어린이상이라면 그 동시가 가질 수 있는 시적 매력은 반감된다. 뛰어난 시인은 주어진 어린이상을 받아들여 가공하지 않고 매번 새롭게 어린이를 발견해 한 편 한 편에 살아 있는 어린이의 모습을 담아내려 한다.

으르렁 드르렁
드르르르 푸우—

아버지 콧속에서
사자 한 마리
울부짖고 있다.

생쥐처럼 살금살금

양말을 벗겨 드렸다.

— 김은영 「잠자는 사자」 전문

기름이 자르르 흐르는 까만 살갗

까만 살갗 아래 하얀 살덩이처럼 뭉쳐진

하얀 밥덩이

하얀 밥덩이 속에 뼈처럼 박혀 있는

단무지, 오이, 햄, 어묵, 달걀부침

모두 한 덩어리로 뭉쳐진 고소한 맛 덩어리

그 맛 덩어리 하나 날름 집어 입에 쏙 넣는다.

— 권오삼 「김밥 먹기」 전문

최근에 나온 권오삼 동시집 『아낌없이 주는 나무들』(지식산업사 2007)과 김은영 동시집 『아니, 방귀 뽕나무』(사계절 2006)를 보면 어린이의 마음에 다가가려는 시인의 노력이 두드러진다. 아이의 눈으로 보고 아이의 마음을 담고 아이에게 즐거움을 주려는 시인의 시도가 편편이 배어 있다. 위 시들을 읽다 보면 김밥을 너무나 맛있게 "날름" 집어 먹는 아이와, 코를 골며 곤하게 잠든 아버지의 양말을 "살금살금" 벗기는 아이의 모습이 손에 그대로 잡혀 온다. 종종 무거운 메시지를 동시에 담아 오던 두 시인의 이러한 변모는 주목할 만하다.

　김은영은「코감기 걸린 날」「장맛비에게」「외할머니」「번데기와 달팽이」등에서 아이의 일상을 잡아내면서 아이의 삶을 그 자체로 유쾌하게 드러낸다. 이번 시집의 작품들을 가리켜 "어떡하면 어린이들이 좋아할까 고민하면서 몇 년 동안 공들여 싼 김밥"(「시인의 말」)이라고 한 시인의 창작 의도가 그대로 반영된 작품들로, 우울하거나 불쾌할 만한 상황도 장난스럽고 명랑하게 그려 내고 있다. 그러다 보니「변비」「방귀와 자전거」와 같이 방귀나 오줌을 소재로 상황의 묘미만을 추구한 작품들도 눈에 띈다.

　권오삼 시인도 어린이에게 좀 더 재미있게 가닿을 수 있는 동시를 추구해서 독특한 연상과 비유를 선보인 작품을 여럿 싣고 있는데,「독재자가 나타났다」「벚꽃 잔치」와 같은 성공적인 작품에서도 아쉬움이 없지 않다. 예쁜 동생의 탄생이 무엇이든 제멋대로 하는 독재자의 탄생으로 비친「독재자가 태어났다」에서 "아, 어제 우리 집에/무서운 독재자가 태어났다! 독재자가!/그런데 모두 기뻐 야단이다"라는 아이러니의 표현이 위트이기보다는 강요적인 어투로 다가오고, 벚꽃의 만개를 터지는 팝콘으로 참신하게 비유한「벚꽃 잔치」도 시적인 전환이 없이 "뒤늦게/우리 동네 벚나무들도/팝콘을 터뜨리며/팝콘이요! 팝콘!"이라고 비유의 되풀이로 마감하여 충분한 재미를 주지 못한다.

　김은영의 동시들은 언어 구사와 짜임이 더 단단해진 듯하지만, 이전의 두 동시집에서 맛볼 수 있었던 넉넉한 시의 품과 깊이 있는 주제 의식을 그대로 유지하고 있지는 못하다. 권오삼의 동시들은 입에서 항문까지의 신체기관을 지하철에 빗댄「지하철」과 같이 상상의 재미를 추구한 작품들이 오히려 경직성을 띠고 있어 부담스런 비유를 동원한 것으로 읽힌다. 5부의 '시간과 시계'로 묶인 시편들은 시인이 집중적인 공력을 기울인 것으로 보이는데, "시계한테는/건전지가 밥통이고/그 속에 든 전기는/따끈한 밥이다"(「시계와 밥」)와 같이 유치하거나 "알고 보면 이 세상에/시간만큼 무서운 게 없다"(「못된 시간」)와 같이 추상적인 관념의 제시로 떨어진 작품이 많다.

이미 뛰어난 시적 성과를 보여 준 역량 있는 시인들이 살아 있는 어린이를 담아내고 어린이 마음에 더 가까이 다가가고자 치열하게 정진한 결과가 이렇게 제한적인 결실에 다다르게 된 까닭은 무엇일까? 이는 동시에 대한 이해나 체득이 미비해서 그런 것이 아니라, 어린이 존재를 제한적인 인격으로 인식하고 있기 때문이 아닌가 한다. 어린이는 유한하다. 어린이는 그 존재의 조건으로 인해 지식도 경험도 감정도 유한하다. 이를 개념적으로는 부정하더라도, 두 시인에게는 이런 어린이상이 내면화되어 있어 어린이에 집중할수록 더욱 이러한 어린이상을 구현한 동시를 창작하게 된 것으로 보인다. 따라서 창작 과정을 통해 시인의 역량이 극대화되고 시의 파장이 무한히 넓어지거나 깊어지는 결과를 얻어 내지 못하였다.

『고양이 학교』의 작가 김진경은 최근 어떤 문학잡지의 좌담에서 "지금은 근대가 만들어 낸 아동이라는 개념 자체가 무너지는 과정이 아닌가 싶"다고 발언하였다.[2] 이는 좀 더 본격적으로 검토해 볼 만한 논제인데, 김진경은 '작은 어른'으로 간주되던 아동의 개념이 근대 산업사회로 넘어오면서 "일하는 어른들과는 구분되는, 근대 학교 시스템에 수용되어 국가가 요구하는 교육을 받는 일정 연령까지의 아이들을 가리키는 개념"으로 바뀌었고, 따라서 아이들에게 지식 정보를 연령대별로 통제할 수 있다는 전제를 가지고 그렇게 해 왔다고 지적한다. 이런 맥락에서, 지금의 어린이책 시장에서는 아동문학을 "철저하게 근대 아동 개념에 입각해서 보고 있"고 "이렇게 보면 아동문학의 지위가 정말 낮아져 버린다"고 진단한다. 그의 문제의식은 지식 정보에 대한 무차별적인 접근성, 핵가족의 해체, 소비사회 진입 등으로 인해 근대의 아동 개념이 붕괴될 정도로 아이들의 모습이 달라지고 있고, 따라서 어린이문학은 "아이들이 가장 첨예하게 변하고 있는 지점을 정확하게 포착해서 그것들의 사회적 의미를 자꾸 작품화해"야 한다는 것이다.

이는 탈근대의 아동의 출현을 보면서 탈근대에 걸맞은 아동관이 필요함을 지적한 것인데, 매우 논쟁적인 문제제기다. 어린이를 미성숙한 존재이면서 독자적인 인격체로 보는 근대 어린이문학의 아동관은 지금도 여전히 어린이문학을 지배하는 관념인데, 여기서는 일단 20세기 후반 이후 IT산업의 발달과 더불어 어린이가 과거와는 비교할 수 없게 많은 지식 정보를 접하고 다루게 되었다는 사실

---

2) 김진경 안도현 이금이 유영진 「고요한 수면을 깨는 상상력의 출현을 기다리며」(좌담), 『문학동네』 2007년 봄호 61면 이하 참조.

은 동시를 쓰는 사람도 예민하게 의식해야 한다는 점을 지적하고 싶다. 이런 맥락에서 오늘의 어린이는 이미 어제의 어린이가 아니다.

그런데 '어린이'라는 개념 자체가 어린이/어른의 상대적 인식을 형성케 해 어린이를 어른에 못 미치는 존재, 어른이 가진 것 중 아직은 일부만 갖고 있는 존재로 바라보게 만든다. 어린이를 어른이 잃어버린 감수성과 순진무구한 눈을 가진 존재로 보는 경우도 역시 어린이라는 존재를 제한된 울타리에 가두어 버리는 결과를 가져온다. 하지만 어린이는 어린이가 아니다. 어린이인 동시에 어린이가 아니다. 마찬가지로 어른은 어른이고 또 어른이 아니다. 우연히 발견한 페터 한트케의 시에서 그런 존재를 만난다.

아이가 아이였을 때 질문의 연속이었다
왜 나는 나이고 네가 아닐까?
왜 난 여기에 있고
저기에는 없을까?
시간은 언제 시작되었고
우주의 끝은 어디일까?
(⋯)
옛날에는 인간이 아름답게 보였지만
지금은 그렇지가 않다
옛날에는 천국이 확실하게 보였지만
지금은 상상만 한다

허무 따위는 생각 안 했지만

지금은 허무에 눌려 있다

(…)

산에 오를 땐 더 높은 산을 동경했고

도시에 갈 때는 더 큰 도시를 동경했는데 지금도 역시 그렇다

버찌를 따러 높은 나무에 오르면 기분이 좋았는데 지금도 그렇다

어릴 땐 낯을 가렸는데 지금도 그렇다

항상 첫눈을 기다렸는데 지금도 그렇다

아이가 아이였을 때 막대기를 창 삼아서 나무에 던지곤 했는데

창은 아직도 꽂혀 있다

— 페터 한트케 「아이의 노래」 부분[3]

동시단의 4무(無)

우리 동시단에 없는 것을 이야기해 보자.

첫째, 시적 모험이 없다. 중진 이상의 시인들은 대체로 자기 세계를 답습하고, 신인들은 낡은 동시 인식의 자장 속에서 작품을 쓴다.

---

3) 원제 "Lied Vom Kindsein". 네이버 블로그(http://blog.naver.com/sienabin)에서 인용함. 페터 한트케(Peter Handke, 1942~)는 오스트리아 소설가이자 극작가로 『관객 모독』 『긴 이별에 짧은 편지』 『왼손잡이 여인』 등 여러 작품이 국내에 번역되어 있다.

대화체를 도입한다든가 전봇대에 붙인 사람 찾는 광고를 삽입한다든가 하는 것 같은 형태상의 변화를 시도한 작품은 종종 눈에 띈다. 가령 김미혜의 『아기 까치의 우산』(창비 2005) 시편들에서는 그런 기법이 긍정적 효과를 얻어 내고 있다. 그러나 이오덕이 일찍이 통념상 비시적 비동시적인 것의 충동을 수용했던 것과 같이[4] 내용상의 모험을 힘 있게 밀어붙인 경우는 요즘 찾아볼 수 없다. 나는 생활과 일치되려는 시, 삶의 시를 일관되게 쓰는 서정홍이 오히려 가장 두드러지게 시적 모험을 밀고 나가는 시인의 면모를 갖고 있다고 본다. 동시의 울타리를 확장하여 십대인 간디학교 학생들과의 만남을 핍진하게 끌어안은 남호섭의 '간디학교' 연작(『놀아요 선생님』, 창비 2007) 역시 동시인의 작업으로서는 어느 정도 모험의 의미가 있을 것이다. 그렇지만 오래전에 권정생이 보여 준바 죽은 어머니에 대한 상념을 굽이굽이 풀어낸 장시 「어머니 사시는 그 나라에는」, 1984년 북한에서 보내온 쌀을 받은 소회를 담은 「쌀」, 민중 자신의 언어로 민중의 삶을 토로한 「안동 껑껑이」 1, 2(이상 『어머니 사시는 그 나라에는』, 지식산업사 1988) 같은 작품을 능가하는 '실험시'는 아직까지도 나오지 않았다고 본다. 통념의 동시가 되지 않을지라도, 통념의 시를 배반할지라도 쓰지 않고는 배겨 낼 수 없는 내적 충동이 있어야 시의 모험이 가능해진다. 동시인들이여, 경계 밖으로 저 멀리 뛰쳐나가라.

---

4) 김이구 「저 시가 불편하다」, 『어린이문학을 보는 시각』, 창비 2005, 234~39면 참조.

둘째, 자기 작품을 보는 눈이 없다. 자기 작품은 자기가 잘 못 본다는 속설이 있지만, 자기 작품을 제대로 보는 안목이 있어야 한다. 동시인들에게는 이런 안목이 매우 희귀한 것이 되어 있다. 이상교 시인은 동시 창작 강의를 하면서, 자신의 동시집에 억지스러운 동시가 있는데 "이 한 편을 다른 사람이 알아챌까" 싶고 "다음 판 찍을 때 뺐으면 좋겠다는 생각을 했"다고 이야기했다.[5] 모름지기 시인이라면 이와 같이 자기 시의 됨됨이를 꿰뚫어야 한다. 신인의 첫 작품집으로 주목할 만한 역량을 보여 준 고광근의 『벌거벗은 아이들』(문원 2006)을 예로 들면, 「게와 아이들」 「바퀴의 힘」 같은 자기 시선이 담긴 작품과 「줄 게 없다고」 「얼굴」 등과 같은 상투적인 교훈주의가 스며든 작품이 뒤섞여 있는 것을 보게 된다. 마음에 들지 않는 작품을 일부 버리지 못할 수도 있지만, 대부분 자기 시를 보는 비평적 시야가 없기 때문에 좋은 작품도 태작과 범작 속에 함께 휩쓸려 가고 만다.

셋째, 비평다운 비평이 없다. 비평의 핵은 평가다. 풍부하지 못하나마 계간평이나 해설 등의 형태로 씌어지는 평문들에도 정작 대상에 대한 평가의 시선은 희미하기만 하다. 평자들마다 보는 눈이 다 다를 텐데, 작품을 놓고서든 이론적 쟁점이든 간에 다른 눈들이 서로 부딪히거나 대화하는 장면은 거의 찾아볼 수 없다. 돈이 안 되고 책 내기도 힘든 동시 장르를 부여잡고 꿋꿋이 창작을 하는 것

---

5) 이상교 「세상에는 많은 시가 기다리고 있다」, 『어린이와 문학』 2006년 9월호 45면.

만으로도 안쓰러운데 차마 상처를 줄 만한 쓴소리를 할 수 없어서 일까? 그렇다면 그런 풍토야말로 동시를 '그들만의 리그'에 자족하게 하여 아이들에게서 멀어지고 아이들의 사랑도 받을 수 없게 만드는 주범임을 지적하지 않을 수 없다.

넷째, 타자(他者)와의 소통이 없다. 동시단은 우물 안 개구리로, 일반시단과 소통이 없다. 노래를 잃어버려 음악과도 소통이 없다. 또한 동시단 내부의 그룹들은 다른 그룹과 대화하고 소통하지 않는다. 변화의 동력이 될 자극과 충격이 만들어질 수가 없다. 이렇게 밖으로 열린 촉수가 없고 소통이 없으니 고여 있게 마련이다. 고여서 흐르지 못하니 갱신이 되지 않는다. 무엇보다도 주독자인 어린이와 소통이 없다. 개별적으로 만남의 통로를 갖고 어린이의 감각을 받아서 살려 쓰는 동시인이 아주 없는 것은 아니지만, 어린이와 끊임없이 소통함으로써 동시를 살찌우고 갱신하는 회로를 갖고 있지 못하다.

동시단이 오늘의 정체(停滯)를 벗어나 전진하려면 이러한 4무 풍토를 과감히 깨뜨리고 의식적으로 바꿔 가는 노력을 기울여야 한다.

제3세력이 오고 있다

동시단이 몇몇 동시인들의 고투(苦鬪)에도 불구하고 해묵은 동시를 시원스럽게 던져 버리는 시적 전환을 보여 주거나 독자 대중의 관심을 끌어내지 못하고 있는 동안에, '외부 세력'의 의미 있는 도전이 잇따르고 있다. 2005년 첫 출간된 최승호 시인의 『말놀이 동시집』(비룡소)은 우선 독자들의 반응에서 2만 부가 팔리는 대성공을 거두었고, 지난해 나온 2권 역시 좋은 반응을 얻고 있다.[6] 올해 (2007년) 들어 앞서거니 뒤서거니 출간된 '유명' 시인 안도현과 신현림의 동시집도 언론 매체의 주목을 받아 독자들에게 신선한 느낌으로 소개되었다.

'말놀이'는 동시의 주요한 구성요소로 동시인들도 그동안 주목하지 않았던 것은 아니지만, 『말놀이 동시집』처럼 한가지로 말놀이에 집중한 경우는 없었던 듯하다. "왜 가/왜가리가 왜 가/물고기가 많은데 왜 가"(「왜가리」), "어쩌지 상어가 창문을 물어뜯으면/어쩌지 상어가 침대를 물어뜯으면/어쩌지 상어가 지붕을 물어뜯으면"(「상어」), "도롱뇽/레롱뇽/미롱뇽/파롱뇽"(「도롱뇽」)에서 보듯 말놀이 동시는 일반 동시의 구성원리와 달리 음운의 반복, 소리와 의미 등 다양한 차원의 연상작용을 구사해 씌어진다. 따라서 가락을 타는 단위 소리의 반복과 반복 속의 변화, 일상을 따라잡고 뒤집어 엎는 연상력과 상상의 비약, 파격적인 난센스 같은 것들이 시의 재미와 성패를 좌우하는데, 최승호의 솜씨는 매우 날렵하다. 1권은 '가'에서 '히'까지의 자모에 할애했고, 2권은 새, 물고기, 곤충, 길짐승 등 동물만을 대상으로 한 점도 집중력을 높여 주고 있다.

---

6) 「'동시 활짝 피었네' 안도현 · 도종환 · 김기택 등 동시집」, 『경향신문』 2007년 4월 2일자 참조.

신현림 동시집 『초코파이 자전거』(비룡소 2007)와 최명란[7] 동시집 『하늘天 따地』(비룡소 2007)도 기본은 말놀이 동시다. 책 뒤표지 글에 요약된 것처럼 『초코파이 자전거』는 '다양한 의성어, 의태어로 우리말의 맛을 살린' 동시집이고, 『하늘天 따地』는 '한자의 모양과 뜻을 살려 쓴' 동시집이지만, 시늉말을 배워 보고 한자를 익히게 할 목적으로 단지 동시 형식만을 빌려 쓴 것은 아니다.

초코파이 자전거를 탔더니
바람이 야금야금
다람쥐가 살금살금
까치가 조금조금
고양이가 슬금슬금 먹어서

내 초코파이 자전거
폭삭 주저앉아 버렸네

―신현림 「초코파이 자전거」 전문

자벌레 한 마리
몸을 길게 늘이고

---

7) 최명란은 2005년 조선일보 신춘문예에 동시로, 2006년 문화일보 신춘문예에 시로 당선했는데, 오랫동안 시를 써 오다 동시로 눈을 돌려서 동시로 먼저 등단한 경우이다.

달빛 길이를 재고 있다
귀뚜라미 한 마리
살금살금 다가와
소리 없이 달빛을
갉아 먹는다

—최명란「一 한 일」전문

『초코파이 자전거』에서는 어떤 작품을 뽑아 봐도 상상력이 통통 튀도록 매우 참신한데, 무엇보다도 아이의 감정을 해방시키는 활달함이 돋보인다. 초코파이 과자를 다 먹어 버렸으니 초코파이 자전거는 "폭삭 주저앉아 버렸"고(「초코파이 자전거」), 차는 "부릉부릉/배불러서 달리"고 엄마는 "부들부들/화가 나서 쓰러질" 뿐이다(「부릉 부글 부들」). "숙주나물이 쏙쏙/쑥도 쑥쑥/대나무도 썩썩 자랐어/봄비, 단비 잔뜩 먹고/다들 신 나게 자랄 때/나도 엄마 젖 먹고/씩씩하게 자랐어"(「쑥쑥 자랐어」전문) 같은 작품은 흔한 동시 같지만 어조가 다르면 전혀 다른 작품이 된다는 것을 보여 준다. 빵으로 만든 폭탄을 "마구 던지다 보면/서로 좋아하게 돼/세상의 폭탄은 전부/말랑말랑한 빵으로 만들어야 돼"(「빵폭탄」) 같은 진술도 거창한 관념으로 흐르지 않았고, "둥둥 북소리에/당당 해가 뜨고/통통배가 동동 떠가네//약속 늦은 고양이/통통대며 마악 달려가지"(「아침」전문) 같은 작품은 상상력의 진폭이 매우 큰 일품(逸品)이다.

최근의 한자 학습 열풍에 편승한 것이 아닐까 하는 의심을 언뜻 가져 볼 수 있는 '한자 풀이 동시'를 시도한 최명란의 작품들도 해묵은 동시들이 되풀이 구사하는 익숙한 상상력에서 멀찌감치 벗어나 있다. "아빠가 나를 번쩍 안아 들었다/하늘 빨랫줄에 닿을 때까지"(「天 하늘 천」 전문)에서 빨랫줄은 공중에 걸린 빨랫줄이 아니라 하늘＝빨랫줄이다. "아버지가 자리 펴고/곤하게 누웠다/나무처럼 말랐다"(「困 곤할 곤」 전문) 같은 진술은 간명하면서 삶의 페이소스가 담겼고, "못통 속의 못들 모두/끝이 갈고리처럼 굽어 있다/지난번 못을 칠 때 실패한 못들이다/운이 좋다/하마터면/평생 무거운 짐/목에 걸고 갈 뻔했다"(「亅 갈고리 궐」) 같은 진술에는 그 나름의 인생론이 전복적인 상상력과 결합해 있다. "달을 트럭에 태운다/밤이라도 어디든지/달려갈 수 있다/또/얼마나 멋진 차냐?"(「且 또 차」 전문) 같은 시는 개념과 음운, 이미지가 빈틈없이 결합한 가품(佳品)이다. 신현림이 의식적으로 시늉말 동시를 쓰면서도 시늉말의 상투성을 떨치고 생동감과 재미를 불어넣는 시어로 적절히 활용하고 있다면, 최명란은 한자 풀이라는 제약이 큰 형식을 취하면서도 한자의 형상과 뜻을 씨줄과 날줄 삼아 사물의 다양한 면을 낚아채는 그물로써 요긴하게 활용하고 있다. 재치 있는 글자 풀이를 시도한 듯하면서도, 익숙한 어린이 담론에서 자유로운 감각으로 자신이 추구하는 주제를 매우 폭넓게 다루어 냈다.

이와 같은 '기획' 동시의 성패 여부는 결국 시적 밀도에 달려 있다. 이 말놀이 동시들이 시인 자신의 착상이든 출판사의 기획에 의한 주문 생산이든 그 결과가 동시라는 장르로서 온전한 성취를 이루었다면 당연히 문학적으로 의미 있는 작업이 된다. 그런 시각에서 볼 때 세 시인의 작품세계는, 작품들 간에 편차가 없는 것은 아니지만, 기획에 갇히지 않은 개성적인 시적 성취를 발랄하게 보여줌으로써 독자와 새로운 방식으로 만날 뿐 아니라 시가 줄 수 있는 즐거움을 만끽하게 한다.

최승호, 신현림과 더불어 일반 시인의 동시 '외출'로 주목되는 안도현의 『나무 잎사귀 뒤쪽 마을』(실천문학사 2007)도 시인의 기량이 잘 발휘된 동시집이다. "쾅쾅쾅쾅 뛰어가면/그렇지,/일곱 살짜리일 거야//콩콩콩콩 뛰어가면/그렇지,/네 살짜리일 거야"(「위층 아기」 전문) 같은 작품은 2연 6행의 아주 단순한 반복구조로 되어 있다. 아파트의 삶이란 위아래층에 누가 사는지 소리로나 짐작하게 단절되어 있지만, 쿵쾅대는 발소리에 위층 아이를 그려 보는 아이의 마음은 각박하지 않음을 느낄 수 있다. "산골짝 산토끼/털양말 벌써 벗었는데//어쩌나, 산토끼/앞발 시릴 만큼//봄눈은 꼭/그만큼만 내리네"(「어쩌나」) 같은 표현에서는 살짝 내리는 봄눈을 보는 감수성이 동시와 잘 어울리면서, 소재로 인해 상투적으로 흐를 수 있는 위험을 말끔히 벗어났다. 또한 동시로서는 호흡이 긴 편인 「나무 잎사귀 뒤쪽 마을」과 「우리 마을 공터에 놀러 온 귀신고래」 같은 작품들은 자연의 생명활동과 공해로 인한 생명파괴 등 큰 주제를 날것으로 드러내지 않고 드라마틱하게 연출된 풍경으로 매끄럽게 소화하였다. 김용택 시인의 『콩, 너는 죽었다』(실천문학사 1998)와 같이 시인의 기질과 관심이 동시에 성공적으로 접목된 경우이다.

동시인이 아닌 일반 시인이 동시를 썼다는 사실이 중요한 것은 아니다. 누가 썼느냐가 아니라 어떤 시를 썼느냐가 중요하다. 안도현과 신현림, 최명란, 최승호의 동시를 이야기한 것은 앞으로 지향해야 할 새로운 동시의 모습이 이거다라는 맥락이 아니다. 그동안 동시단이 관습적인 창작 풍토로 말미암아 해내지 못한 작업을 보여 주고 있음을 주목한 것이다. 말놀이를 극대화하고, 시늉말을 중심에 놓아 보고, 한자를 계기로 삼아서 새로운 실험을 한 것이 참신한 데다, 각각이 시를 다루는 솜씨가 뛰어나다. 또한 좋은 시인으로서 갖고 있는 감수성과 세계관을 동시에서도 유감없이 표출하였다. 이러한 '외부 세력'의 시도들이 지닌 의미와 공과에 대해서는 더 짚어 볼 점이 있고, 늘 빼어난 성취를 기대할 수 있는 것도 아니다. 그렇지만 기존 동시단이 뿌리 깊게 갖고 있는 어린이 인식과 자기도 모르게 재생산하는 낡은 감각의 동시를 시원하게 배반하고 있는 것은 분명하다.

지금까지 동시단은 어린이를 너무 의식했다. 그 어린이는 시인의 몸 안이 아니라 바깥에 있었다. 기성 동시가 터를 두고 있는 어린이는 깡그리 잊어버려라. 몸에 배어 입만 열면 흘러나올 것 같은 해묵은 구절들도 우주로 펑펑 날려 버리자. '동시의 감옥'을 깨고 나와, 자신의 전 존재를 걸어 쓰자. 그래서 자신이 쓸 수 있는 최고의 시를 쓸 때, 동시의 새로운 지평도 파르스름한 새벽으로 밝아 올 것이다.

껍데기를 벗고 벌판으로 가자

동시를 살리는 길 2

　나는 『창비어린이』 2007년 여름호 특집 '동시와 어린이'에 '해묵은 동시를 던져 버리자'라는 제목으로 글을 썼다. 그 글은 4월 20일 진행된 심포지엄의 주제발표로 준비된 것이었다. 글을 처음 시작할 때는 '동시를 살리는 길' 정도로 가제를 달았는데, 제목을 좀 선정적으로 붙여 보자 해서 '동시를 살리는 길'을 부제로 돌리고 머리를 굴린 끝에 '해묵은 동시를 던져 버리자'라는 제목을 택했다. 선정적인 제목으로 손님을 끌어 보자는 속셈도 없지 않았지만, 무엇보다 메시지를 명쾌하게 드러내자는 의도였다.

　심포지엄 자리에서 이안 시인이 토론자로 나서서 좋은 지적을 해 주었고, 종합토론에서는 청중들의 불만 섞인 발언들이 있었다. 심포지엄에서 토론된 내용이 주제발표 글과 함께 『창비어린이』 여름호에 실리고 한 계절이 지나면서 나는 내 글의 반향이 궁금했다. 마침 『창비어린이』 가을호에 '논평'으로 김종헌 평론가의 글 「'동심'의 재발견으로 미의식의 회복을」이 나왔고, 웹진 『동화읽는가족』 가을호에는 전병호 시인이 반론 성격의 「동시는 '기획 상품'이 아니다」를 기고했다. 우선 반갑고 고마운 일이다.

비평을 신뢰할 수 있는가?

두 글은 서두에서 내 글 「해묵은 동시를 던져 버리자」에 대해 "전적으로 공감" "부분적으로 공감" 등의 표현을 쓰긴 했지만, 공감하는 논지를 더 발전시키기보다는 반박과 반론에 중점을 두었다. 하긴 공감하는 대목에는 뭐라 크게 더 덧붙일 말이 없기가 십상이니, 견해가 엇갈리는 대목을 집중 거론하는 것이 당연하고 그래야 또 독자들의 글읽기가 재미있어질 듯싶기도 하다. 그렇지만 동시단의 문제를 풀어 갈 방향은 오히려 모호해진 감이 있어 실망스럽다.

두 글의 비판은 내 글이 작품 평가의 기준이 모호하고, 공정하게 적용되고 있지 않다는 데 치중하고 있는 점에서 공통된다. 사실 작품 평가는 평자의 문학관 및 작품을 보는 눈에 직결되는 것이기 때문에, 같은 작품을 놓고 서로 다른 견해를 부딪쳐 보는 것은 흥미롭고도 유익한 일이다. 그런데 두 글에 대해 내 나름대로 응답하고

자 글을 정독하다가 몇 가지 문제점을 발견하였다. 남의 글에 대한 비평은 그 대상이 작품이든 평론이든 일차적으로 성실하고 정확한 독해에서 출발해야 한다. 성실하고 정확한 독해가 이뤄지지 않았을 때 토론은 뒤엉키고 독자는 오도되며, 비평 대상은 평자와 독자 양쪽으로부터 오해를 살 수밖에 없다.

전병호의 글은 "발제문에 전문이 제시된 이들의 작품을 옮겨 본다."라고 하여 최승호의 시 「왜가리」와 「상어」 「도롱뇽」, 신현림의 「초코파이 자전거」 「쑥쑥 자랐어」, 최명란의 「─ 한 일」을 다시 인용하고 각기 '전문'이라 해 놓고 있다. 짤막한 최승호의 시구들은 언뜻 보아도 전문 인용 같지가 않아 발제문인 내 글을 확인해 보니, '전문' 표시가 되어 있지 않은바 부분 인용이다. 그런데 왜 "발제문에 전문이 제시된"이라고 했을까? 글쓴이의 부주의가 일으킨 실수다.

김종헌의 논평 글에는 좀 더 심각한 오독이 보인다. 「해묵은 동시를 던져 버리자」에서 김은영의 「잠자는 사자」와 권오삼의 「김밥 먹기」를 인용하고 두 시인의 작품세계를 분석하고 있는 데 대해, 김종헌의 글 역시 두 작품을 다시 인용하면서 작품 해석상의 이견을 제시한다. 그 대목을 연달아 읽어 보자.

최근에 나온 권오삼 시집 『아낌없이 주는 나무들』(지식산업사 2007)과 김은영 시집 『아니, 방귀 뽕나무』(사계절 2006)를 보면 어린이의 마음에 다가가려는 시인의 노력이 두드러진다. 아이의 눈으로 보고 아이의 마음을 담고 아이에게 즐거움을 주려는 시인의 시도가 편편이 배어 있다. 위 시들을 읽다 보면 김밥을 너무나 맛있게 "날름" 집어 먹는 아이와, 코를 골며 곤하게 잠든 아버지의 양말을 "살금살금" 벗기는 아이의 모습이 손에 그대로 잡혀 온다. 종종 무거운 메시지를 동시에 담아 오던 두 시인의 이러한 변모는 주목할 만하다.

김은영은 「코감기 걸린 날」 「장맛비에게」 「외할머니」 「번데기와 달팽이」 등에서 아이의 일상을 잡아내면서 아이의 삶을 그 자체로 유쾌하게 드러낸다. 이번 시집의 작품들을 가리켜 "어떡하면 어린이들이 좋아할까 고민하면서 몇 년 동안 공들여 싼 김밥"(「시인의 말」)이라고 한 시인의 창작의도가 그대로 반영된 작품들로, 우울하거나 불쾌할 만한 상황도 장난스럽고 명랑하게 그려 내고 있다. 그러다 보니 「변비」 「방귀와 자전거」와 같이 방귀나 오줌을 소재로 상황의 묘미만을 추구한 작품들도 눈에 띈다. (김이구 「해묵은 동시를 던져 버리자」, 『창비어린이』 2007년 여름호 45~46면)

이 동시(권오삼 「김밥 먹기」—인용자)는 김밥에 대해 실감 나게 묘사하면서 김밥을 먹는 어린이의 모습을 재미있게 나타냈다. 또 앞행의 마지막 시어를 연속적으로 이어 감으로써 동시의 경쾌한 리듬감도 살려 내고 있다. 이에 대해서 김이구는 "어린이의 마음에 다가가려는 시인의 노력이 두드러진다. 아이의 눈으로 보고 아이의 마음을 담고 아이에게 즐거움을 주려는 시인의 의도가 편편이 배어 있다"며 "김밥을 너무나 맛있게 날름 집어 먹는 아이의 모습"이 손에 잡힌다고 하였다. 그러나 이는 권오삼의 말대로 "어떡하면 어린이들이 좋아할까"(「시인의 말」)만을 고민한, 즉 동심의 제한적 인식이 초래한 재미와 인기 중심의 동시일 뿐이다. (…) 따라서 "하얀 밥덩이"와 "단무지, 오이, 햄, 어묵, 달걀부침" 등이 한 덩어리로 뭉쳐지는 역동성이 없으며 다양한 정서를 함유하고 있지 못하다. 단지 "그 맛 덩어리 하나 날름 집어 입에 쏙 넣"는 즐거운 화자의 모습만 있을 뿐이다. 이처럼 시적 대상을 단순 묘사하는 데 그치고 말았는데도 이것을 "우울하거나 불쾌할 만한 상황도 장난스럽고 명랑하게 그려 내고 있다"고 평한 것은 아무래도 평자의 주관성이 지나치다고 본다. (김종헌 「'동심'의 재발견으로 미의식의 회복을」, 『창비어린이』 2007년 가을호 244면)

얼핏 읽으면 눈에 잘 안 들어오지만, 두 글을 비교해 보면 김종헌은 김은영 시인의 말을 권오삼 시인의 말로 잘못 인용했고, 김은영 시에 대한 나의 평을 권오삼 시에 대한 평으로 잘못 갖다 붙였다. 권오삼 시인의 말이라고 한 "어떡하면 어린이들이 좋아할까"는 실은 내 글에 나와 있는 대로 김은영 동시집 『아니, 방귀 뽕나무』에 실린 「시인의 말」이고, "우울하거나 불쾌할 만한 상황도 장난스럽고 명랑하게 그려 내고 있다"는 내 글의 한 대목은 권오삼의 「김밥 먹기」에 대한 평이 아니라 김은영의 「코감기 걸린 날」 등에 대한 것이다. 인용한 김은영 시인의 말에 "공들여 싼 김밥"이라는 대목이 있어 권오삼의 「김밥 먹기」와 연결하는 착오를 일으킨 듯하다. 김종헌은 또 김은영의 「잠자는 사자」를 이야기하면서 "발제자의 말처럼 '아이의 일상을 잡아내면서 아이의 삶을 그 자체로 유쾌하게 드러낸다'고 보기는 다소 무리가 있어 보인다"(앞의 글 243면)라고 지적했는데, 인용한 대목은 위에서 보듯 「잠자는 사자」가 아닌 김은영의 다른 작품들에 대해 언급한 대목이므로 적절치 않다. 역시 글쓴이의 부주의가 가져온 결과다.

무엇을 읽어 낼 것인가

김종헌은 2006년과 2007년 『오늘의 동시문학』에 실린 토론과 좌담에서도 "동시의 시적 수준에 대한 논란"이 있었고, 한결같이 나온 이야기가 "신인의 실험성 부족"과 "기성시인의 안일한 창작 태도"에 대한 지적이었다고 하였다.(앞의 글 237면) 이안은 "최근 몇 년 동안 출간된 20여 권 정도 되는 주요 동시집을 읽으면서 절감한 것은, 동시집 한 권에서 좋은 동시 한 편을 찾아내기가 참으로 어렵다는 점"이라고 하였다.(「우리 동시의 갱신을 기대하며」, 『창비어린이』 2007년 여름호 57면) 자세히는 모르지만, 발표되는 동시의 수준이 낮고 신인들의 작품이 우수한 것이 드물다는 이야기가 기존 동시단에서 나온 지는 꽤 오래된 듯하다. 그렇지만 이런 문제를 어떻게 극복할 것인지는 깊이 있게 토론되거나 추구되지 않은 채 비슷한 푸념과 넋두리만 되풀이해 온 것이 아닌가 싶다.

나는 「해묵은 동시를 던져 버리자」에서 타파해야 할 '동시단의 4무(無)' 중 하나로 "비평다운 비평이 없다"는 것을 지적하였다. 해설이나 계간평 등의 형태로 씌어지는 평문들에서도 대상에 대한 분명한 평가를 내놓기를 촉구하였고, 각기 다를 수밖에 없는 비평안(批評眼)들이 자주 부딪히고 대화하는 장면을 보여 주기를 바랐다. 서로 감싸고 추어주는 풍토로는 건설적인 긴장도 희망도 없음을 이야기하였다.

작품을 보는 시각은 사람마다 다르고, 비슷한 시각을 가진 사람들이라도 개별 작품에 대한 감상과 평가는 서로 많이 다를 수 있다. 그런 점에서 몇몇 작품들에 대해 나하고 두 논평자가 각기 다른 분석과 평가를 내놓았다는 것은 당연한 일이면서도 흥미로운 토론거리가 된다.

김종헌은 내 글을 겨냥해 "동시의 시적 완성도에 대한 객관적인 비평의 기준이 모호하다" 즉 "동일한 잣대를 다르게 적용한"다고 비판한다. 이는 전병호가 "작품 평가 기준이 모든 작품에 공정하고 정확하게 적용되고 있는가"에 의문을 표하는 것과 어느 정도 통하는 것으로 보인다. 앞서 본 대로 권오삼과 김은영의 작품에 대한 김종헌의 지적은 내 글에 대한 오독이 개입돼 있기도 하거니와, 두 시인이 기존 동시를 벗어나 새롭게 써 보려고 노력하는 점을 간과하고 있다. 그것이 비록 충분한 성공을 거두지는 못하였을지라도, 나는 일단 해묵은 동시를 되풀이하는 것보다는 진일보한 면모를 보여 준 것으로 평가하고 출발하였다. 하지만 기존 어린이상이 내면화해 있어서 제한적 결실만을 거두었다고 본 데 비해, 김종헌은 '동심'에 대한 제한적 인식의 결과라고 파악한 것은 좀 더 토론해 볼 거리이다.

그런데 나 자신은 「해묵은 동시를 던져 버리자」에서 어떤 객관적인 비평 기준을 갖고 작품을 평가했거나 일정한 '잣대'를 대어 작품을 분석 감상했다고는 생각지 않는다. 모든 작품에 공정하게 적용할 '작품 평가 기준'을 갖고 있는 것도 아니다. 물론 두 사람의 논평자가 어느 정도 간추려 주었듯이 내가 어떤 평가 기준을 적용했는지 추출해 볼 수는 있다. 그러나 나로서는 항아리를 빚으려 했으면 과연 짱짱한 항아리가 빚어졌는지, 연적을 빚으려 했으면 과연 기능도 모양도 잘 빠진 연적이 빚어졌는지를 판단하려 했고, 그러면서 내 나름대로 지금의 동시단에 수혈해야 할 새로운 기운이 담겨 있는지 가늠해 보았다.

전병호의 반론은 최승호, 신현림, 최명란의 '기획' 동시집에 대해 "어떤 비판도 없이 옹호와 칭찬으로 일관하고 있"다는 것이다. 내 글이 이 시인들의 시도가 지닌 "의미와 공과에 대해서는 더 짚어 볼 점이 있"다는 등 단서를 달기는 했지만, '옹호'와 '칭찬'에 기울어 있는 것은 분명하다. 그렇지만 "어떤 비판도 없이 옹호와 칭찬으로 일관"으로까지 받아들일 수준은 아니지 싶다. 글의 전체적인 맥락을 보자. 기존 동시단과는 다른 방향에서 동시에 진출한 최승호, 안도현, 신현림, 최명란의 작품들이 '해묵은 동시'들의 경향과는 다른 특징을 보인다는 이야기이므로 그 돋보이는 지점들을 강조하여 이야기했다. 그렇지만 이안 시인과의 토론에서도 이야기했듯이, 비판거리가 없다고 보았거나 종합적인 평가를 내린 것은 아니다.

전병호는 최승호의 작품에 대해 '말놀이 동시'라도 동시의 요건에 충실한 작품이 되어야 한다고 지적하였다. 그런데 이런 지적만 하고 있을 뿐, 동시의 요건이 무엇이고 최승호의 시가 어떤 점에서 그 요건에 충실한 작품이 아니라고 보는지 전혀 알 수가 없다. "이 책에 실린 작품들이 모두 동시로서 훌륭한 작품이라면 별 문제가 없겠지만 만약 그렇지 않다면 그것은 부실한 동시로 '기획'된 상품이라는 비판을 면하기 어렵다." 가정법 문장이다. 이 문장만으로는, 훌륭한 작품이라면 문제없고 그렇지 않으면 비판을 받아 마땅하다는 이야기니 하나 마나 한 말이다. 이런 가정법을 쓸 것이 아니라, 최승호의 작품 중 어떤 작품들이 동시의 어떤 요건을 어떤 식으로 갖추지 못하였는지 자신의 판단을 내보여야 하겠다.

신현림의 「초코파이 자전거」에 대해서도 "발제자의 작품 평가 기준을 빌려 말하면 상투적인 동심지상주의 시로서 '아름다움표'와 '착한 어린이표'가 아닌가 싶다"고 하였는데, 역시 그 근거를 말하고 있지 않아 이해가 잘 안 된다. 초코파이에서 자전거를 연상하는 상상력을 주목한 것을 '동심지상주의'의 혐의가 있다고 본 것인가? 나는 이 시에서 상투적인 동심지상주의에 물든 점은 찾을 수 없고, 다른 시편들을 보아도 시인의 정서가 날것에 가깝게 제시된 바가 많아 동심지상주의를 거론하는 것이 어울리지 않는다고 생각한다. '아름다움표'와 '착한 어린이표'의 혐의 역시 빗나갔다고 여겨지는바, 신현림의 세계는 '해묵은 동시'들이 보여 주는 어린이 미화나 교훈주의와는 멀리 떨어져 있기 때문이다.

「초코파이 자전거」를 읽는 방식에도 나와 두 평자가 다르다. 전병호는 "초코파이로 만든 자전거라는 것인지 초코파이 두 개를 바퀴로 사용한 장난감 자전거라는 것인지 연상도 잘 안 된다"고 하면서 "시를 다 읽고 나서야 어떤 것인가 보다 하고 짐작은 해 보지만 그래도 또렷한 그림이 그려지지 않"는다고 하였다. 김종헌도 "'초코파이 자전거'가 분명한 시적 상황을 그려 내지 못한 가운데 바람, 다람쥐, 까치, 고양이가 먹어서 폭삭 주저앉았다는 발상은 시적 전개에 문제가 있다"고 하였다. 이 시를 읽을 때 이렇게 초코파이 자전거가 무엇인지 직관적으로 잡히지 않는다는 것은 나도 마찬가지 경험을 하였으므로 대체로 비슷하다고 보아도 되겠다. 이 시의 약점이다. 그런데 이는 논리적 읽기에 익숙한 관점의 함정이 아닐까? 나는 명쾌한 이 시가 왜 명쾌하게 다가오지 않는지 생각해 보다가 이런 방식으로 읽어 보았다. 아이는 둥그런 초코파이를 두 개 (또는 그 이상)를 손에 들거나 바닥에 놓고 먹고 있다. 아이는 초코파이를 먹고 있지만 자기가 먹는다는 생각은 없고, 둥그런 두 개의 바퀴 모양으로부터 자전거를 연상하고 자신이 자전거를 타고 간다고 생각한다. 초코파이를 먹으니 둥그런 바퀴가 찌그러지고, 바퀴가 찌그러지니 자전거는 폭삭 주저앉아 버리고 만다. 아이는 야금야금 초코파이를 먹고 있지만, 아이의 머릿속에서는 "바람이 야금

야금/다람쥐가 살금살금/까치가 조금조금/고양이가 슬금슬금" 초코파이를 먹고 있다. 초코파이를 먹고 있는 자신이 바로 바람이고, 다람쥐고, 까치고, 고양이다. 시 읽기에 정답은 없다. 하지만 나는 두 평자가 느끼는 모호함이, '자전거'라는 물질에 집착해 텍스트 읽기를 충실하게 하지 못한 결과가 아닌가 싶다.

최명란의 '한자 풀이 동시'에 대해서 전병호는 조유로 시인의 예를 들어 '새로운 실험'이라고 하기에는 성급하다고 지적하였다. 조유로 시인의 '한자 풀이 동시' 창작이 어느 수준에서 이뤄졌는지 나로서는 잘 모르던 바라 소개된 한 편의 작품만으로도 흥미로웠다. 이런 작품을 여러 편 썼고 그 경개(梗槪)가 볼만하다면, 한자 풀이라는 방식 자체에서 최명란의 착안이 새로울 까닭은 별로 없다. 그런데 내가 '새로운 실험'이라고 말한 것은 '한자 풀이'라는 형식 외에 작품의 전반적인 추구와도 관련된다. 인용된 조유로의 「작을 소 큰 대」에는 전통적인 가족의 이미지와 역할이 표출되어 있다. "한가운데/아빠//양 가에/오누이//어디 갔다/오나요?//작을 소/小" 라는 작을 소(小)자의 풀이와 "그 글자/반겨 맞는//할머니/춤 글자"라는 큰 대(大)자의 풀이는 행과 연의 운용이 일으키는 가락도 흥겹고, 이미지도 재미있다. 그런데 최명란 시와 비교할 때 신선하지 않으니 왜일까? 이 작품이 언제 쓰였는지는 확인하지 못했는데, 가부장적인 아버지 등 전통적인 가족상을 그대로 반영하고 있다. 즉 한자 풀이와 동시를 결합시킨 점은 색다르지만, 시의 심상은 익히 보아 온 낡은 것이다. 이에 비할 때, 최명란의 동시는 한자 풀이라는 외형 설계 속에 다른 것을 결합시킨다. 그의 시는 세속의 삶에 대한 시인의 인식이 짧막한 경구와 이미지즘적인 비유로 드러날 때 빛난다.

'기획 상품'이 되어도 좋다

전병호는 반론문의 제목을 「동시는 '기획 상품'이 아니다」라고 하였다. 그러면서 글의 결론 대목에서 네 가지 '염려'를 이야기하였다.

나는 「해묵은 동시를 던져 버리자」에서 동시가 '기획 상품'이 돼야 한다거나 잘 팔리는 '기획 상품'을 만들자거나 그런 주장을 하지는 않았다. 그렇지만 결론적으로 말하면, 동시는 '기획 상품'으로 보이는 것이 바람직하지 않지만, 동시인들은 '기획 상품'을 만들기 위해 노력하고 만들어 내야 한다.

전병호는 첫째로 "'기획' 동시집의 판매량이 곧 좋은 작품의 척도라고 보고 있는 것은 아닌지 묻고 싶다"고 하였다. 당연히 나는 판매량이 '곧' 좋은 작품의 척도라고 보지 않는다. 그렇지만 동시집이 몇만 부 팔린다거나 장기간 오래 팔린다거나 하는 현상은 중요하다. 독자들이 무엇에 호응하는지 날카롭게 주목하고 소통할 필요가 있다. 동시가 독자로부터 외면당하는 일차적인 책임은 재미와 감동이 없는 동시를 쓰는 동시인들에게 있다. 전병호는 또

"필자는 어떤 경우라도 동시 발전을 위한 투철한 실험정신의 결과로 얻어진 값진 산물이어야 한다고 생각한다. 그렇지 않아도 현실의 여러 어려운 조건을 감내하고 힘들게 동시를 쓰는 신인과 후배 시인들에게 권장할 것은 그래도 투철한 문학정신을 지켜 가야 한다는 것이다."라고 하여, '기획 동시'로 일컬어진 몇 시인의 작품이 투철한 문학정신을 지키지 못한 것으로 간주하였다. 나는 최승호를 비롯한 세 시인의 추구가 문학적 열정과 의욕, 치열한 탐색의 결과를 보여 주고 있다고 생각한다. 해묵은 동시를 쓰는 시인들조차도 그들 개개인의 노력은 얼마든지 '투철한 문학정신'에 바탕을 둔 것일 수 있다. 그런데 나는 여기서 '투철한 문학정신' '문인의 바른 자세'를 거론하는 것 자체가 합당하지 않다고 본다. 스승이 제자를 사적으로 훈계하는 자리가 아니라면, 일정한 궤도에 오른 시인들에게 '투철한 문학정신'을 말하는 것은 온당치 않다.

둘째로 지적한 것은 동시인들이 상투적인 동심지상주의에서 벗어나고자 노력해 왔고 어느 정도 성과를 거두었는데, "'유명' 시인들이 쓴 동시는 오히려 과거 동시인들이 던져 버린 상투적 동심지상주의 시세계를 답습하고 있는 듯한 태도를 보이고 있"으며, 이들의 작품이 "언론 매체를 비롯하여 몇 사람의 추종자들로부터 무조건적인 '옹호와 칭찬'을 받고 있"다는 것이다. 여기 해당하는 시인을 들자면 김용택, 최승호, 안도현이 대표적인 사례이겠다 싶다. 이들의 일부 작품에서 동심주의를 엿볼 수 있고, 언론 매체들이 동시에 대한 무지와 대중적 인물에 대한 관심으로 이들의 동시집을 크게 주목한 점도 균형에 맞지 않는다고 할 만하다. 하지만 나는 기성 동시단의 '상투적인 동심지상주의'가 이들 시인에게 그다지 크게 되풀이되고 있다고 보지는 않는다. 각 시인마다 시세계가 상당히 다르기 때문에 한가지로 묶어 얘기하기도 어렵다. "추종자들로부터 무조건적인 '옹호와 칭찬'을 받는다" 할 만큼 옹호와 칭찬이 과연 있었는지 의심스러우며, 표현 자체가 지나치다는 생각이다. 그 자신의 주문대로 '냉철한 분석과 검토'가 더 있어야 하며, 동시단의 발언을 기대한다.

동시인들이 상투적인 동심지상주의 또는 해묵은 동시를 벗어나고자 오랫동안 노력해 온 점은 내 글에서도 주목한 바 있다. 문제는 그다음의 지향점이 어딘가이다. 갈 곳이 뚜렷하다면 굳이 무엇을 '벗어나기' 위해 애쓸 필요가 없다. 그때에는 두 가지가 동시에 이루어지기 때문이다. 안학수의 『낙지네 개흙 잔치』(창비 2004)나 남호섭의 『놀아요 선생님』(창비 2007) 같은 동시집이 그러하지 않은가.

셋째로, "편견을 느끼게 할 정도로 일부 작품에 대한 옹호 내지 폄하하는 듯한 평가는 과감히 탈피되고 개선되어야 한다"고 하였다. 내 글이 동시인들의 작품은 낮게 평가하고, '제3세력'의 동시 개척에 대해서는 지나치게 높이 평가했다고 보는 데서 나온 주문일 터이다. 작품을 보는 눈은 각각이 다르겠지만, 나는 평소에 동시를 쓰지 않던 시인이든 시와 동시를 함께 쓰던 동시인이든 좋은 동시를 쓰고자 하는 노력을 보인 경우 동시단이 적극적으로 끌어안고 주목해야 한다고 본다. 내가 '제3세력'이라 부른 최승호, 안도현, 신현림, 최명란 시인의 경우, 동시단이 적극적으로 소통하고 대화해야 할 시적 역량과 동시에 대한 열정을 충분히 보여 주었다고 생각한다. '조용한 가족' 동시 동네, 오늘의 동시단에는 외부의 충격파가 꼭 필요하다. 이들 '제3세력'을 기성 동시단이 끌어안았을 때 이들은 더 이상 외부가 아니라 동시단의 내부 자산이 된다. 그동안 기성 동시단에서는 자화자찬이나 제 식구 감싸 주기가 만연했다. '동시단의 4무(無)' 중 하나로 이미 지적한 적이 있거니와, 동시단에는 비평다운 비평이 없고 비평적 대화가 없다. 나의 평가에 동의하지 않는다 하더라도, 동시인들과 기성 평단은 '바깥'의 동시가 내보인 약점에 눈길을 주기보다 새로운 감각과 지향에 주목해야 한다.

마지막으로 전병호는 "오늘날 동시문학의 위기를 타개할 수 있는 여러 문학적 자산들을 발굴해 보여 주거나 새롭게 제시하는 등의 역할에 보다 더 관심을 가져 주었더라면 하는 아쉬움이 남는다"고 하였다. 나로서는 윤석중의 어린이 인식과 주류 문단의 동시 인식이 같은 줄기를 이루고 있다고 보고, 어린이/어른의 상대적 인식을 탈피할 것을 제안하였으므로 조금 빗나간 주문이 아닌가 싶다. 나의 공부 범위에서는 그만한 동시문학의 자산을 발굴할 수 없었던 터이니, 우리 동시를 역사적으로 두루 섭렵한 동학들의 탐구 성과를 기다릴 따름이다.

나는 "이와 같은 '기획' 동시의 성패 여부는 결국 시적 밀도에 달려 있다"고 하였다. 전병호가 말한 '기획 상품'이라는 개념이 정확히 어떤 것을 가리키는지는 모르겠지만, 나는 말놀이 동시와 같은 동시의 본질적인 성격과 관련된 '기획'뿐만 아니라 동시의 자질을 더욱 확장 활용한 기획도 동시인이 마다할 것은 아니라고 본다. 오호선의 『호랭이 꼬랭이 말놀이』(천둥거인 2006)나 윤동재의 『동시로 읽는 옛이야기』(계림북스쿨 2003) 같은 것은 동시의 가락과 언어 운용을 확장해 효과를 얻고 있으며, 시적인 운율과 호흡으로 출렁이는 그림책 글을 쓸 수도 있을 것이다. 다양한 방식으로 동시의 자질이 활용되고 독자에게 즐거움과 감동을 줄 수 있다면, 관심 있는 동시인들은 적극 나서라고 권하고 싶다. 흔히 하기 쉬운, 상업주의에 매몰되지 않을까 하는 염려는 나중에 해도 되겠다. 문제는 우리 동시단의 역량이 이런 기획을 충분히 감당할 만큼 동시의 자질에 달통해 있는가 하는 것이다.

동심 그리고 동시와 동요에 대하여

김종헌의 내 글에 대한 논평은 동심에 대한 자신의 인식, 동요와 동시의 구분에 대한 생각을 펼쳐 가며 진행되고 있어 논의가 풍성하다. 김종헌은 오늘날 동시의 수준의 문제가 이 두 가지 사항과 관련된다고 본다. 사실 이 두 주제는 본격적으로 멍석을 깔아 놓고 토론해야 할 중요한 사안이다. 앞으로 그런 자리를 마련할 수 있도록 논의가 진전되길 기대하며, 이 자리에서는 내가 느낀 몇 가지

의문점을 이야기하고자 한다.

김종헌은 동심을 '아동의 심리'가 아닌 '하나의 담론'이라고 하였다. 그런데 이 '담론으로서의 동심'을 "문명에 지친 인간을 끌어안고 인간과 상호관계성 속에서 상생의 기능을 하는 자연이며 순수"라고 하여 스스로 특정 담론을 내세우고 있다. 이 담론은 '아이'와 무슨 관련을 맺고 있는가? 그것이 왜 '동심'으로 불려야 하는가? 동시인들은 제각기 자신이 추구하는 동심을 갖고 있는 것이 아닌가?

김종헌은 또 동시가 독자인 어린이의 정서적 지적 수준을 고려하게 되면 "그들이 읽고 이해하고 감상할 수 있도록 일상의 현실을 일상의 언어로 표현하여 대중적으로 전달하는 것이 동시의 목표가 되고 말"아서 "시적 수준의 문제를 야기할 수밖에 없"다고 주장한다. 내가 보기에는 동시가 독자의 정서적 지적 수준을 고려하는 것은 필수적인 일이고, 이것이 시적 수준을 낮추는 원인이 된다고 한 것은 시적 수준의 문제를 잘못 인식한 때문이다. 동시가 동시인 한, 시적인 성취 역시 아이들이 읽고 감상할 수 있는 수준에서 이루어져야 하는 것이다. 그리고 그것이 시의 완성도와 우열에 본래적인 제약으로 작용하는 것도 아니다.

이어서 김종헌은 동시와 동요의 구분이 필요하다고 하면서, "동시는 아직도 동요가사(노랫말)와 동시의 구분이 모호하"다고 하였다. "동요는 형식적인 면에서 외형률에 의한 분절과 대구가 나타나는 특징이 있기 때문에 낭송하기에 적합하"며, "친숙한 가운데 쉽게 불려야 하기 때문에 동시처럼 이미지, 상징, 은유가 깊이 있게 개입될 여지가 없다."동시는 내재율을 가진 자유시로서 현실을 언어를 통해 시적 현실로 표현한다." 동시와 동요에 대한 김종헌의 이러한 인식은 일반론적인 것이라 하겠는데, 창작의 실태와 잘 들어맞는 것은 아니다. 동시는 내재율, 동요는 외형률 식의 통상적인 구분이 때로는 필요하기도 하지만, 현대 어린이문학에서는 이런 구분이 그다지 유용하지 않다. 정형시에도 내재율이 있고, 동시가 꼭 자유시여야 하는 것도 아니다. 동요라고 해서 이미지, 상징, 은유 등이 깊이 있게 사용되지 못할 이유도 없다. 동요 창작이 곧 노랫말 쓰기는 아니며, 외형률을 갖춘 '동요'가 노랫말로 채택되는 데 반드시 유리하지도 않다. 오늘날 동시를 노래와 멋지게 접목시키고 있는 백창우가 만든 여러 동요곡들을 보면, 예전처럼 자수율 같은 외형률은 노랫말로 채택되는 데 중요한 변수가 되지 않는다. 요컨대 요즘의 동시는 윤복진이나 윤석중, 권태응 등의 작품이 갖고 있던 동요적 특징을 거의 다 잃어버렸으며, 노래와 시가 분리된 시대를 반영해 대부분 읽는 시로 씌어진다. 따라서 동요는 동시라는 좀 더 큰 범주 속으로 흡수되었으며, 동시의 범주 속에서 동요에 대한 추구가 이루어지고 있거나 모색되고 있다고 볼 것이다.

아울러 한두 가지 밝혀 둘 것이 있다. 김종헌은 김용희의 글을 참조해, 윤석중의 「짝짜꿍」에 1929년 정순철이 곡을 붙이면서 1연과 4연만 가사로 채택하고 4연 내용이 바뀌었다고 했는데(앞의 글 241면 각주), 백창우가 조사한 바로는 그렇지 않다고 한다. 1929년 12

월에 나온 정순철 동요 작곡집 『갈잎 피리』를 보면, 그해 8월 27일
자 『조선일보』에 발표된 「울든 언니 웃는다」라는 작품에 곡을 붙
여 악보를 실으면서 제목이 '우리 애기 행진곡'으로 바뀌었다. 2절
과 3절이 빠지고 4연 가사가 바뀌어 요즘 우리가 알고 있는 「짝짜
꿍」 노래가 된 것은 해방 후 교과서에 실리면서부터라고 한다. 안
도현의 「호박꽃」을 이야기하면서는 4+3 음수율과 2음보의 율격은
"이미 일제강점기 말에 윤복진에 의해서 발견된 것"(246면)이라고
했는데, 이는 윤복진이 발견한 것이 아니라 그 이전부터 민요와 전
래동요 등에 등장하던 것이다.[1]

다시 '어린이는 어린이가 아니다'

이안 시인은 심포지엄 당시 발표한 토론문에서 최승호, 신현림,
최명란 동시집이 가져온 신선한 충격과 동시단에 끼칠 영향을 긍
정적으로 평가하면서도, 날카로운 비평을 아끼지 않았다. "그것
은 이들의 동시들에서 번뜩이는 재치와 발랄한 상상력, 현대적인
세련미는 듬뿍 느낄 수 있을지언정, 그에 맞먹는 따뜻한 시선과 절

---

1) 9월 28일 열린 『창비어린이』 가을호에 대한 창비 내부 합평회에서 백창우, 김
제곤 등이 동시 동요의 구분 문제와 아울러 이런 지적을 하였다. 이 자리에는 김
종헌도 참석하였다. 정순철과 「짝짜꿍」 노래에 대해서는 「백창우의 노래 엽서·
짝짜꿍」, 『창비어린이』 2007년 가을호 26~27면 참조.

박한 감동은 좀처럼 찾기가 어렵다는 점이다. 또한 이들의 동시들에서는 현실의 구체적인 모순을 사는 어린이의 모습이 잡히는 것이 아니라 무척이나 시를 잘 쓰는 어른시인의 모습이 곧잘 눈에 띈다."(「우리 동시의 갱신을 기대하며」, 『창비어린이』 2007년 여름호 60면) 이는 내게도 적실한 비판으로 다가온다. 이안 시인이 바라는 "따뜻한 시선과 절박한 감동"은 비단 이 시인들에게서만 부족한 것이 아니다. 글을 쓰면서 내가 검토했던, 최근 이삼 년간 나온 주요 동시집들을 돌아보면 이런 아쉬움은 더욱 절박하게 느껴진다.

최승호의 『말놀이 동시집』에 대해서는 이안 시인이 앞서 적절한 검토를 한 적이 있거니와,[2] 언어를 보는 시선이 꼭 그와 같으란 법은 없다. 가령 서정홍은 "자고 일어나/달리기를 하면 발목 삘까 봐/조깅을 한다./땀이 나/찬물로 씻으면 피부병 걸릴까 봐/냉수로 샤워만 한다./아침밥은 먹지 못하고/식사만 하고/달걀은 부쳐 먹지 않고/계란 후라이만 해 먹는다."(「우리말 사랑 1」, 시집 『58년 개띠』 고침판, 보리 2003, 30면)라고 그다운 언어감각을 드러낸다. 달리기/조깅, 찬물/냉수, 씻기/샤워, 달걀 부침/계란 후라이 등의 대립쌍을 제시해 언어의 계급성과 식민문화적 언어를 고발하고 비꼰다. 편해문은 "오줌싸개 똥싸개 오줌싸개 똥싸개/얼러리 껄러리 오줌싸개 나왔네/키 쓰고 나왔네 소금 꾸러 나왔네", "가랫골 집 영감이 가래를 들고/도랑골 집 영감이 도랑을 치고" 같은 '옛 아이들 노

---

2) 이안 「'말놀이' 시가 주는 즐거움」, 『창비어린이』 2005년 가을호.

래'를 찾고 다시 부름으로써 놀이와 한가지로 구사되던 '말놀이'를 되살려 냈다.(『동무 동무 씨동무』『가자 가자 감나무』, 창작과비평사 1998) 이에 비할 때 최승호의 언어감각은, 낱말의 소리와 축자적(逐字的) 의미 구사에 바탕을 두어 확장해 간 것으로 도시 중산층의 안정된 세계관에 뿌리를 두고 있다고 볼 수 있지 않을까.

신현림과 최명란의 동시들에 대해서도 내가 전적인 상찬을 보내고 있는 것은 아니다. "작품들 간에 편차가 없는 것은 아니"라고 앞선 글에서 이야기했듯, 부실한 작품도 얼마간 보인다. "개구리가 고요한 연못에 퐁당/돌고래가 푸른 바다에 펑덩/나도 아늑한 엄마 품에 푸웅덩"(「풍덩」 전문)에는 새롭다 할 만한 표현이 없고, "설설 눈을 부라리며/나는 눈뭉치를 던졌다/와장창창 유리창을 깨 먹고/아빠한테 야단맞았다//난 역시 사고뭉치"(「사고뭉치」) 같은 경우 특유의 활달함은 있지만 첫 행부터 좀 억지스러움이 느껴진다.「방귀」와 「더미」 같은 작품은 으레 나올 만한 구절들이 이어져 범상하게 읽힌다.(신현림 『초코파이 자전거』, 비룡소 2007) "엄마의 마음속에는/사랑의 우물이 하나 있어요/날마다 나는/그 물을 먹고 살지요/사랑의 물을 먹고 살지요/엄마의 우물은/마르지 않으니까요"라고 한 「井 우물 정」은 재미없는 모범생의 정답 답안지를 보는 것 같고, "내를 따라가 봐요/쉼 없이 다툼 없이/흘러가요/멀어도 괜찮아요"라고 한 「川 내 천」 역시 긴장이 없는 평범한 한자 풀이에 머물렀다.(최명란 『하늘天 따地』, 비룡소 2007) 그렇지만 나는 대체로 두 동시집이 다 작품 간의 편차가 크지 않고, 떨어지는 작품도 많지 않은 것으로 읽었다.

전병호나 김종헌은 주목하지 않았지만 사실 나로서는 과감한 주장을 한 것이, 기성 동시단이 내면화한 어린이상을 깨뜨리기 위해 '어린이는 어린이가 아니다'라는 명제를 내세운 것이다. '어린이'라고 부르는 순간 이미 주어지는 어린이/어른의 상대적 인식을 탈피할 수는 없을까? 되풀이하자면, 어린이는 "어린이인 동시에 어린이가 아니다". 이런 주장은 현대사회의 변화로 근대의 아동 개념이 붕괴되는 지점을 포착해야 한다는 문제제기와도 연결된 것이다.

이와 같은 어린이관의 문제는 이 자리에서 깊이 다룰 여유가 없고, 나 자신 그럴 만한 준비가 되어 있지 않다. 동시론 분야에서 다룰 수 있는 범위를 벗어난 과제인지도 모른다. 다만 이 주제와 관련해 흥미로운 연구가 눈에 띄어 함께 생각할 공부거리로 삼아 보겠다.

『아동기의 소멸』(*The Disappearence of Childhood*, 1982)을 쓴 닐 포스트먼(Neil Postman)은 인쇄 매체의 보급과 교육 대중화에 따라 '발명'된 아동기가 전자매체 시대에 접어들어 흔들리고 있다고 본다. 그런데 포스트먼은 이에 대한 처방으로 아이들을 새로운 매체 환경에서 격리시킬 것을 고려하자고 주장한다.[3] 어디까지 격리

---

3) 조은숙 「'아동의 발견'이라는 화두와 아동문학 연구의 새로운 지형」, 한국아동청소년문학학회 하계 학술세미나 자료집 『근대 아동문학의 형성』, 2007. 9. 1., 14~15면 참조. 번역본은 닐 포스트먼 『사라지는 어린이』, 임채정 옮김, 분도출판

보호가 가능할까? 데이비드 버킹엄(David Buckingham)의 경우는 아동기의 소멸을 보는 '어두운 절망'과 전자매체 시대의 새로운 자율성을 찬양하는 '낙관적 전망' 사이에서 그 나름대로 균형을 잡아보려고 한다. 버킹엄은 거대 글로벌 미디어 기업이 생산하는 서사와 이미지, 상품에 흠뻑 빠져든 현대사회의 아이들이 처한 상황을 '미디어 아동기'라 부르면서 현대의 아동기가 전자매체와의 상호작용을 통해 생겨나고 규정되는 점을 주목한다.[4] 근대와 탈근대가 교차하는 이 시대에 과연 어린이는 어디에 서 있는가? 우리 아이들에 대한 사회문화적 보고와 함께, 예민한 문학적 감수성으로 포착한 생생한 모습들이 풍부하게 나와 줘야겠다.

사 1987.

4) 데이비드 버킹엄 「한국의 독자들에게」, 『전자매체 시대의 아이들』, 정현선 옮김, 우리교육 2004 참조.

삶의 동시와 상상력의 동시

2005년의 동시들

　동시단의 흐름이 뚜렷이 드러나지 않는 가운데 좋은 시집이 간간이 나오고 있다. 2004년에 나온 중진 이상교의 『살아난다, 살아난다』(문학과지성사)가 발랄한 상상력, 발랄한 언어로 상큼하게 다가오는 동시집이었다면, 안학수 동시집 『낙지네 개흙 잔치』(창비)는 갯벌 생명체에 대한 관찰과 삶의 시학이 맞물려 보기 드문 밀도에 도달한 성취였다. 두 동시집이 '삶의 동시'와 '상상력의 동시'가 그다지 먼 거리에 있지 않은 친화적인 영역임을 보여 준 것은 뜻깊은 일이다.

　김용택 동시집 『내 똥 내 밥』(실천문학사)과 김미혜 동시집 『아기 까치의 우산』(창비), 그리고 연말에 나온 김명수 동시집 『산속 어린 새』(창비)를 놓고 '삶의 동시'와 '상상력의 동시'를 가르는 것은 부질없는 노고이리라. 굳이 말하자면, 나로서는 이 동시집들을 '삶의 동시'의 확장으로 여기고 있다. 아니, 오히려 '삶의 동시'의 본모습이라고 해야 하지 않을까.

　김용택의 『내 똥 내 밥』은 시인이 만나는 시골 학교 아이들의 감수성을 수용하면서, 오늘의 농촌이 처한 삶의 국면들을 탄력 있는 언어로 잘 잡아내고 있다. 도시화, 세계화의 물결 속에 변두리가 되고 쇠락해 가는 농촌이지만, 삶의 윤기와 진정성을 간직하고 있는 곳은 역시 자연 친화적인 농촌임을 환기하고 각인시킨다. 첫 시집 『섬진강』 이래 김용택은 때로는 목청을 높이기도 하고, 때로는 상투적인 반복이 있다고 비판을 받기도 하지만 꾸준하게 '이 시대의 서정시인'임을 증명해 보이고 있다.

　　　나무에서는 매미들이 맴맴 울고
　　　풀숲에서는 풀벌레들이 찌르르르 울고
　　　하늘에서는 새들이 후루루 울고
　　　교실 구석에서는 귀뚜라미가 귀뚜르르 울고
　　　마을에서는 염소가 메에에 울고
　　　나는 형한테 맞고 훌쩍훌쩍 우네

　　　오늘은 다 운다
　　　울어.

　　　　　　　　　　　　　　　　　　　　　—김용택 「다 운다」 전문

매미와 풀벌레와 염소와 아이가 합동으로 내는 '자연'의 소리는 시의 가락을 타면서, 도시의 소음, 인공의 소리 저편에서 울려온다.

김명수 시인의 『산속 어린 새』는 시력(詩歷) 30년에 여러 차례 수상 경력이 있는 중진 시인이 처음 내는 동시집이라는 점에서도 주목할 만하다. 초기 시집에서 동시적인 단아함과 절제를 보여 주었던 시인은 생활 속의 발견을 담은 작품들과 함께 약간의 공상을 담은 시편들도 선보이고 있다.

어느 나라 아이일까?
긴 속눈썹
전철에서 마주 앉은
외국인 아이.
(⋯)

첫 눈길 마주치자
부끄러운 듯
창밖으로 얼굴을
살짝 돌리더니
다시 눈이 마주치자
방긋 웃었다.

—김명수 「외국인 아이」 부분

전철에서 본 "까무잡잡한 얼굴"의 외국인 아이는 역에서 내리는 내게 손을 흔들고, 영영 못 만날지도 모르는 그 아이에게 "나도 손을 흔들어/인사를 했다." 자기와 달라 보이는 외국인 아이를 아이들은 더욱 생소하게 느끼고 배척할 수 있지만, 이 아이처럼 아무런 선입견과 경계심 없이 그 만나는 순간의 느낌대로 느끼는 것도 아이들이 지닌 특권이다. 외국인 차별을 염두에 둔 설교로 나아간다든가 외국인 노동자로 야기되는 사회적 문제를 환기하는 '의욕'을 부리지 않고, 이 시는 이런 문제들까지 함축해 비추는 생활의 작은 발견을 포착해 내고 있다.

> 우주에 떠 있는 별들끼리 이웃 되어
> 우주 컵을 열게 되면
> 어디서 제일 먼저 우주 컵을 개최할까?
>
> 은하수 저 너머 블랙홀은 안 된다.
> 공을 차 넣으면 공이 없어질 테니까.
>
> ─김명수 「우주 컵 축구 대회」 2, 3연

월드컵을 이야기하다가 '우주 컵'을 연상하고 블랙홀까지 떠올려 본 상상의 나래는 어떤 실용적인 목표가 있는 것도 아니고, 어떤 메시지를 전달하기 위한 것도 아니다. 옥수수 아기를 업고 있는 옥수수 엄마에게 "유모차를 사 주자"는 공상, 하루 종일 우는 매미

에게 젖병을 물려 주자는 공상 역시 마찬가지다(「해 주자!」). 그렇지
만 역시 시집의 중심 정조는 "숲 속 나무들의 봄날 약속은/다 같이
초록 잎을 피워 내는 것//숲 속 나무들의 겨울 약속은/다 같이 눈
보라를 견뎌 내는 것."(「나무들의 약속」)에 나타나 있듯이 전통적으로
우리 동시가 노래해 온 '인내'와 '희망'의 덕목을 환기하는 것이다.

김미혜 시인은 「콩벌레」「돼지 족발」「말이 안 통해」(『아기 까치의
우산』) 같은 작품들에서, 통통 튀는 언어로 재치를 발휘하여 '아이
들에게 재미있는 동시'로 다가가고 있다. 아이의 눈으로 관찰한 생
활의 단면이 스냅사진처럼 실감 나게 잡혀 있는 것이 특장이다.

50년 가까운 세월을 동시 창작에 매진해 온 동시단의 원로 신현
득 시인은 열아홉번째 시집 『살구 씨, 몇만 년』(문원)을 내놓아 꾸준
한 창작열을 과시하고 있다.

돌멩이가
고향 생각이 난댄다.

그럴 줄 모르고
영월 갔던 길에
청령포 나루에서 주워 온 돌.

기념이 될걸, 하고
주머니에 넣어 온

동글납작한 차돌.

처음 얼마간은
단종 임금 슬픈 역사를
눈물로 들려주더니,
"평창강 바닥을 씻으며
강이 흘러도
그 역사는 씻기지 않죠."
하더니, 이젠

고향에 가고 싶댄다.
그 냇가, 그 솔밭에 가서
또래를 만나고 싶댄다.

"작은 것일수록
그리움은 크지요."
한다.

"단단하고 예쁠수록
고향 생각이 더하죠."
한다.

─신현득 「주워 온 돌멩이」 전문

이처럼 하나의 사물을 들여다보며 사물의 연원과 역사와 의미를 상상하고, 이를 통해 민족 공동체라는 친화의 세계를 구축하고자 하는 것이 신현득 시의 주요한 특징이 아닐까.「살구 씨, 몇만 년」「가을 볕」「깻잎 김치」「고추의 역사」등의 시편들 역시 이런 발상법으로 자연의 순환을 경이롭게 발견하고, 전통 세계의 가치를 길어 올리고 있다.

한편 최승호 시인은 『말놀이 동시집』(비룡소)을 내놓아, 언어 연상에 따른 말의 재미를 실험하고 있다. 놀거리 볼거리가 지천인 세상에서 동시가 더욱 재미없어질 때, 동시 동요의 고유한 본질을 구성한다고 할 말놀이를 본격 시도한 것은 주목할 만하다. 그런데 한편 한 편이 실험적인 작품이라기보다 단단하게 축조된 언어의 탑에 가깝다. 일차적으로는 아이들 독자에게 음운과 이미지가 빚어내는 '놀이'의 재미를 제공하면서 고도의 의미작용을 배제하지 않는다. 그런데 이 시인이 시도한 말놀이가 음운─낱말─사물의 연계를 투명하게 파악하는 까닭에, 시에서 습득하는 언어─사물이 아이들의 경험 속의 언어─사물과 친숙하게 교섭할 수 있을까 하는 의문이 남는다.

동시 전문 계간지인 『오늘의 동시문학』은 2006년 봄호에서 공재동, 김숙분, 남진원, 서재환, 손동연을 선정위원으로 하여 '2005 좋은 동시집'을 뽑아 리뷰를 수록하였다. 선정된 동시집은 김미영 『불량 식품 먹은 버스』(21문학과문화), 김미혜 『아기 까치의 우산』,

노원호『e메일이 콩닥콩닥』(문원), 박혜선『텔레비전은 무죄』(푸른책들), 신새별『별꽃 찾기』(아동문예), 신현배『매미가 벗어 놓은 여름』(홍진P&M), 정현정『씨앗 마중』(21문학과문화)의 일곱 권이다.

3부

개성과
성찰의 눈

오병식과 함께 달에 가는 시인

김륭 동시집 『별에 다녀오겠습니다』

뻗어 가는 상상, 움직이는 비유

'사람 위에 사람 없고 사람 밑에 사람 없다'라는 속담이 있다. 인간은 귀천 없이 평등하다는 뜻을 비유적으로 표현한 것이다. 언제 생긴 속담인지는 모르겠지만 과연 옛날에는 사람 위에 사람이 있을 리 없었다. 목말을 태우거나 가마에 태운다면 모를까. 그런데 사람들이 도시로 몰려들고부터는 사람 위에 사람이 있어졌다. 사람 위에 사람 있고 그 위에 또 사람 있고 그 위에 또 사람 있다. 20세기에 접어들어 도시로 도시로 사람들이 몰려들면서 2층집 3층집이 생기고 아파트가 생기고 수십 층 건물이 들어서고 급기야 100층이 넘는 초고층 빌딩도 세워지고 있다.

9층에 사는 아이 발소리가 쿵쿵
우리 집으로 내려와요

9층에 사는 아이가 날개를 가졌다면
8층으로 내려오지 않고 새처럼 푸드덕
하늘로 날아올랐을지 몰라요

날개 대신 발이 달리면
소리의 몸무게가 엄청 불어나나 봐요
쿵쿵 코끼리로 변한 9층 아이가
한쪽 발을 척, 아빠 가슴 위에
올려놓았어요

—「코끼리」부분

　　사람 위에 사람이 층층이 올라앉아 살고 있는 아파트. 아파트 공화국이라는 대한민국에서 '층간 소음' 문제는 심각하다. 김륭의 「코끼리」는 위층에서 아래층으로 '쿵쿵' 전달되는 '아이 발소리'를 따라간다. 날개가 아니라 발이 달려서 '소리의 몸무게'가 엄청나게 불어나더니 육중한 코끼리로 변해서 "한쪽 발을 척, 아빠 가슴 위에" 올려놓는다.

으악, 못 살겠다!
우리 아빠 9층으로 뛰어 올라가지만
오늘도 뒷머리만 긁적긁적
코끼리는 쿵쿵 아빠를 따라 아예
우리 집으로 들어와요

어쩌겠어요 한 아파트에서
코끼리와 함께 살아간다는 게
어디 쉬운 일이겠어요

코끼리가 한쪽 발을 척, 이번엔
내 책상 위에 올려놓았어요.

—「코끼리」 부분

　가슴에 얹힌 코끼리의 무게를 어찌 견디겠는가. 그래서 화자의 아빠는 못 살겠다고 위층으로 뛰어 올라가지만 "오늘도 뒷머리만 긁적긁적" 무안을 당하고 소득 없이 내려온다. 아빠가 소심해서 큰 소리로 항의조차 못 한 것일까, 아니면 위층 사람이 간곡하게 양해를 구해서 스스로 민망해하는 걸까? 아빠가 말을 안 해 주니 알 수 없는데, 이제 "한 아파트에서/코끼리와 함께 살아가"는 힘든 일을 어쩔 수 없이 인내해야만 하는 상황이다. 이걸 어쩌나, 코끼리는 "한쪽 발을 척, 이번엔/내 책상 위에 올려놓"는다.

아이의 발소리는 소리요 진동으로 아래층에 전달된다. 코끼리의 발은 무게다. 아파트의 층간 소음으로 인한 괴로움이라는 일상의 사건을 코끼리의 무거움이라는 비일상적인 동물의 속성으로 치환했다. 「코끼리」는 이러한 비유—은유를 곧바로 제시하는 것이 아니라 거기에 이르는 과정을 담고 있어서 이해하기에 썩 어렵지는 않은 동시다. '코끼리의 발'의 무게는 실제 경험해 보지 못했으므로 독자에게 상당히 낯설게 다가온다. 그렇지만 코끼리에 대해서 상당한 정보를 갖고 있기에 상상하기에는 그다지 어렵지 않다.

이 시에서 쿵쿵하는 아이의 발소리는 코끼리가 된다. 날개가 달렸다면 하늘로 날아올랐을 텐데, 거대한 몸집의 코끼리가 되어 아래층 아이의 집에 내려와 그 육중한 발을 책상 위에 올려놓는다. 위층의 소음이 코끼리가 걸어 다니는 것 같다거나 코끼리의 발이 되어 가슴을 누른다거나 하는 정적인 비유와는 느낌이 꽤 다르다. 상승과 하강, 뻗음의 움직임이 계속해서 일어나고 있다.

이렇듯 '움직이는 상상력'은 여러 작품에서 특징적이다. 「돼지가 쳐들어왔다」에서는 삼겹살을 먹고 싶은 아이의 '식탐'이 "내 머릿속을 뛰어다니"는 돼지로 몸을 얻더니, 급기야 "꿀꿀 가슴까지 내려온 돼지가/자꾸 울"기까지 한다. 「고등어」에서는 노릇하게 구워진 고등어가 "비린내를 비누처럼 물고/바쁘다 바빠" 움직이며 퇴근하고 온 아빠 온몸에 비린내를 입히고, 비린내를 둘러쓴 세 가족이 고등어를 먹는 장면은 "죽은 고등어 두 마리가/살아 있는 고등어 세 마리를/냠냠 맛있게/낳았다"고 표현된다.

이처럼 김륭의 동시에서는 참신한 은유가 자주 등장하는데 그것은 통상의 비유와 다르게 대부분 역동적인 상상의 일부를 이룬다. 그 상상은 아이가 펼치는 것이다. 아이의 눈, 아이의 마음은 사물과 사건을 만나면 그것을 재료로 끊임없이 상상을 이어 간다는 것이 김륭의 생각이다. 그렇게 동심이 부리는 상상을 받아 적거나 동심의 상상력을 닮아 보려는 것이 김륭 동시의 방법이라 할 것이다.

오병식과 달과 고양이와

이번 동시집(『별에 다녀오겠습니다』, 창비 2014)을 넘겨 보다 보면 '오병식'이라는 이름을 자주 만나게 된다. 어떤 사연이 있는 것일까? '오병식'이란 이름에 시인이 특별한 감흥을 느껴서 작품 속 아이에게 그 이름을 붙여 준 걸까?

도회적으로 세련된 이름도 아니고 독특하거나 개성적이지도 않은, 그렇지만 약간은 고지식하고 고집스러울 듯한 이름 '오병식'. 십여 편의 작품에 등장할 정도로 집중적인 관심을 받고 있는 오병식은 어떤 아이일까.

- 수업 시간에 책상에 이마를 찧거나 쿨쿨 잠드는 아이(「별에 다녀오겠습니다」)
- 달동네 맨 꼭대기 집(「발자국과 물고기」), 반지하 셋방에 살며 엄마

가 생크림 케이크로 생일을 축하해 주는 아이(「해피 버스데이」)

- 길에서 눈을 마주친 고양이에게 2초 동안 똥폼을 잡는 아이(「길에서 눈을 딱 마주친 길고양이와 2초 동안」)
- 책만 보면 잠들고(「오병식이 책을 좋아하는 이유」), 수학 공부가 꼴찌인 데다(「국어는 참 나쁘다」), 교실을 떠들썩하게 하는 꼴통 아이(「달이 오지 않는 밤」)
- 좋아하는 여자아이가 다가오면 눈앞이 깜깜해지는 아이(「오병식은 오늘 어른이 되었다」)

알 만하다, 어떤 아이인지. 위와 같이 여러 작품에 등장하는 오병식을 같은 아이로 보아도 상관없을 것이다. 어쩌면 주목할 일이 없을 것 같은 아이를 주목하고, 어쩌면 서러울지도 모를 아이를 서럽지 않게 바라보고, 어쩌면 동정하고 싶어질 아이를 동정하지 않는다. 어쩌면 징징대야만 할 것 같은 처지이지만 오병식은 징징댈 줄 모르는 쿨한 아이다.

반지하 셋방이 하늘로 붕— 떠올라
달입니다

창문에 턱을 괸 오병식이 빙그레
지구를 내려다봅니다

—「해피 버스데이」 부분

골목길을 오르내리는 사람들의 발자국이 물고기처럼 퍼덕거리기 때문이야 그 물고기들 가운데 잠도 자지 않고 비늘을 반짝이고 꼬리를 흔드는 게 오병식의 발자국이야 곰곰 생각해 봐 어두운 밤하늘 머리 위에 뜬 달이 어항처럼 보이는 것도 그 때문이지 곰곰 생각해 봐 밤마다 달에 가는 물고기가 있는 거야

—「발자국과 물고기」 부분

자기를 만들어 준 오병식의 체온이

느껴진다는 듯 얼굴이 발그레

달아오르고, 저만치

오병식이 사는 달동네 언덕바지까지

살금살금 내려온 달이

엄마처럼 웃는다

—「오병식과 눈사람 소녀」 부분

오병식이 사는 셋방이 하늘로 올라가 달이 되기도 하고(「해피 버스데이」), 오병식의 발자국이 물고기가 되어 반짝이며 달에 올라가 빛나기도 하고(「발자국과 물고기」), 오병식이 만든 눈사람에게 달이 내려와서 엄마처럼 웃어 주기도 한다(「오병식과 눈사람 소녀」). 이처럼 오병식과 관계된 것은 상승하거나 하강하면서 달이 되거나 달과 친근하다. 달이 뜨지 않은 밤은 "오병식이 아프다니, 세상이 깜짝

놀랄 일이어서//달도 따라 아픈 모양"이라 하고(「달이 오지 않는 밤」),
꼭 오병식이 아니더라도 학원 갔다 오다가 길고양이를 만난 아이
는 "쓰레기통 뒤지는 일이나 도둑질 접고/나랑 장난질하고 싶은
길고양이랑 둘이서/우두커니 달을 올려다보"고 있다(「나도 가끔씩
나를 위로하고 싶어」).

　이처럼 달은 다양한 존재로 오병식을 대신하거나 오병식을 비추
어 준다. 달은 상승과 하강의 공간감과 운동감, 환하지만 눈부시지
않은 안온감을 주는 존재다.

　앞서 본 작품에서도 드러났듯 고양이 또한 오병식과 친근한 존
재이고, 김륭이 애착을 갖고 포착하는 존재이다.

　　목욕하기 싫어하는 고양이를 위해

　　고등어 비누를 만들 거야 뽀글뽀글

　　뽀글뽀글 고등어 샴푸도 만들 거야

　　　　　　　　　　　　　　　—「엄마가 고등어를 굽는 동안」 부분

　　길에서 눈을 딱 마주친 고양이와 2초 동안

　　고양이는 야옹, 하고 울었고 오병식은

　　그랬, 하고 고개를 끄덕끄덕 오병식답게

　　똥폼을 잡는 것이었다.

　　　　　　　　　　　　—「길에서 눈을 딱 마주친 길고양이와 2초 동안」 부분

나는 고양이와 한참을 놀아 주는데

　　아무 생각 없이 나랑 놀던 고양이
　　문득 무슨 생각이라도 난 듯
　　앞발 뒷발을 가지런히 모으고 앉아
　　나를 빤히 쳐다보는
　　고양이

　　　　　　　　　　　　　　　　—「고양이랑 알쏭달쏭」 부분

　　고등어 굽는 냄새가 풍겨 오는 동안 목욕하기 싫어하는 고양이를 달래기 위해 고등어 비누와 고등어 샴푸를 만드는 상상에 빠져 보기도 하지만(「엄마가 고등어를 굽는 동안」), 고양이와의 대면에서 아이는 '나다운 것은 무엇인가' 하고 자기 정체성을 묻고 있다(「길에서 눈을 딱 마주친 길고양이와 2초 동안」, 「고양이랑 알쏭달쏭」). 꼭 고양이가 아니더라도 어떤 사심 없는 존재와 정직하게 눈이 마주치는 순간에는 서로 자기가 누구인지 자신에게 묻게 될 듯하다.

　　김륭의 아이는 오병식이 그렇듯 수업 시간에 쿨쿨 잠이 들어 "별에 다녀오겠습니다" 하고 엉뚱한 소리를 하는 아이이다(「별에 다녀오겠습니다」). 이는 반항과도 다르고 풍자와도 다르다. 무심한 천진에서 발로된 분방 자재한 생각이다.

　　이러한 김륭의 아이도 이번 시집에서는 다소 뜻밖으로 성찰적인 모습을 종종 보여 준다. 눈사람에게 목도리를 선물하지 못해서 "미안해. 너보다 가난하고 추워서 미안해."(「화이트 크리스마스」)라고 한다거나, "말이 되지 못해 내 몸속에 갇혀 있는/벌레들은 오늘도 말이 너무 많다."(「벌레들은 말이 너무 많다」)라고 억압을 직시하고, "속속들이 다 아는 척하지만/내게도 그늘이 있다는 걸, 엄마는/알까?"(「꽃그늘」), "진짜 날개는/마음에 붙어 있는 거야"(「치킨 박사—오병식이 말했다」)와 같이 추상적인 사고에 이르기도 한다.

끊임없이 새로움을 추구하는 시인

김륭 시인은 2007년 문화일보와 강원일보 신춘문예에 각각 시와 동시가 당선되어 등단했고, 그동안 시집 한 권과 동시집 두 권을 냈다. 1961년생이니 연배로 치면 신세대가 아니지만, 2000년대 중반 이후 대두한 새로운 동시의 흐름 가운데에서도 두드러진 존재이다. 첫 동시집 『프라이팬을 타고 가는 도둑고양이』(문학동네 2009)는 동시 작법의 관습과 상투성을 멀리 벗어나 있어 상당히 '실험적'으로 받아들여졌으면서도 새로운 동시를 갈망하던 동시인들과 독자들로부터 환영을 받았다.

장옥관은 김륭 시인의 두 번째 동시집 해설에서 그에게 '구름공장 공장장'이라는 멋들어진 별명을 붙여 주었다. 김륭의 동시는 "이제껏 읽어 온 동시와는 느낌이 아주 달라요."라고 하면서, "한 시도 머무는 법 없이 끊임없이 제 모양을 바꾸는 구름처럼 김륭 선생님의 상상은 말이 말을 불러 피어오르는 것 같"다고 놀라워하였다. 그렇지만 "있는 그대로의 우리 살아가는 모습을 그려 내고 있"어서 "삶과 시가 딱 달라붙어 있"다고 보았다.[1] 김륭 동시의 특징을 잘 잡아낸 지적이다.

동시나 동화 하면 '상상력'이란 단어가 먼저 떠오르지만 요즘 동시단에도 익숙한 상상의 범위를 벗어나지 못한 작품이 많다. 김륭의 낯설고도 도전적인 동시들은 그 이미지, 비유, 정서, 메시지 들이 그동안 동시에서 흔히 보아 오던 것과 크게 달라서 감상과 독해가 만만치 않다. 이런 점 때문에 나는 김륭의 동시를 살펴보면서 '동시 독자 어린이' 또는 '김륭 동시 독자 어린이'를 기다리는 시라고 이야기한 적이 있다.[2] 생각해 보면 이는 모든 개성적인 동시에 당연히 적용될 이야기다.

기존의 동심주의 동시와 그 아류, 그리고 현실주의 동시의 흐름과는 다른 색깔과 목소리를 추구하는 새로운 동시의 흐름은 주로 신인 동시인들과 어른시를 쓰는 시인들, 몇몇 유니크한 기성 동시인들의 노력으로 형성되기 시작했다. 여기에 좀 더 활력을 불어넣은 것은 2010년 창간된 동시 전문지 『동시마중』이다. 표현의 새로움에 대한 추구와, 아이들과 사물을 관념화되지 않은 상태로 보려

---

1) 장옥관 「구름 공장 공장장이 쓴 동시」, 김륭 『삐뽀삐뽀 눈물이 달려온다』(문학동네 2012), 118면 및 113면.
2) 김이구 「'동시 독자' 어린이를 기다리는 시 — '파란 대문 신발 가게'의 신선한 충격」, 『동시마중』 2010년 9·10월호 참조.

는 태도, 성장이나 각성 등과 같은 전통적인 주제 의식에서의 일탈은 새로운 동시의 주요한 특징을 이루었다. 그러나 여러 동시인들이 산발적으로 들쑥날쑥하게 작품을 내보이고 있고, 신인들의 작업 또한 개성적인 시세계를 뚜렷하게 보여 주는 성과에 다다른 경우는 아직 소수에 불과하다. 이런 상황에서 김륭은 내달리는 기관차처럼 힘 있게 자기 인식을 밀어붙이면서 왕성한 생산력을 과시하였다.

앞에서 이야기했듯이 개성적인 새로운 동시를 감상하려면 각각에 걸맞은 독법을 발견해야 한다. 시인들이 작품을 쓸 때 상투적이고 관습적인 작법을 버려야 하듯이 독자들은 작품을 읽을 때 상투적이고 관습적인 독법을 버려야 한다. 그것은 비우면서도 채우는 과정이다. 거기에서 새로운 동시를 감상하는 쾌감을 얻는다. 오병식이 아파서 달도 따라 아프다는 데에는 서로 간에 연관성의 끈이 잘 보이지 않는다. 달에 병문안 간다는 것도 어떻게 달에 병문안을 갈 수 있는지, 그것이 오병식에게 위로가 될지 잘 상상되지 않는다. 그렇다면 「달이 오지 않는 밤」은 재미없는 동시가 된다. 따라서 그러한 관습적인 연상은 비워 내고 텍스트의 감수성과 감각에 호응해 텍스트의 공간들을 채워 가야 한다. 이런 읽기가 모든 독자에게 보편적으로 잘 이루어질 수 있는 것은 아니고 독자마다 편차가 발생할 것이다.

그렇지만 김륭 동시를 읽을 때 간간이 부딪히는 어려움이 반드시 감수성의 격차와 작품에 걸맞은 독법을 발견하지 못한 것 때문만은 아니다. 화자의 위치나 성격이 모호하거나 화자의 이동, 복합적인 표현, 심상의 비약 등이 있기 때문이기도 하다. 가령 오병식을 그린 시는 오병식을 관찰하여 보고하는 화자가 어떤 존재인지 모호한 점이 있고, 화자가 이동하거나 불분명해 보이기도 한다(「해피버스데이」「치킨 박사─오병식이 말했다」등). 화자의 위치나 성격이 불안정해 보이는 것은 여러 작품에서 그러하고 심상의 비약이 때로는 시적 모험의 대가가 되지 못하기도 한다. 그렇다고 해서 이 시인에게 새로운 동시를 추구하는 시적 모험을 중단하라고 요구할 필요는 없다. 그의 행보는 독자들의 가슴을 설레게 하고 새로운 시는 근본적으로 익숙하게 수용될 수 없는 것이기 때문이다.

세상을 보는 눈이 깊어진 동시

정유경 동시집 『까만 밤』

1

정유경 시인은 『창비어린이』 2007년 가을호에 신인으로 동시 「정신통일」과 「산뽕나무 식구들」 두 편을 발표하며 활동을 시작해 2010년 여름에 첫 동시집 『까불고 싶은 날』(창비)을 냈다. 등단 3년 만에 첫 동시집을 선보였으니 빠른 편인데, 시인은 『까불고 싶은 날』에서 뚜렷하게 자기 세계를 보여 준 바 있다.

오늘
은지라는 애가
전학을 왔네.

키가 작아
은지는
내 앞에 앉았네.

은지는
단발머리에
눈이 큰 아이.

이상하게
오늘은
까불고 싶네.

─「까불고 싶은 날」 전문

정황은 단순하다. 새로 전학 온 아이가 '나'의 앞자리에 앉았고,
3연과 4연의 행간을 읽으면 '나'는 "눈이 큰" 그 아이에게 '나'의
존재를 보여 주고 싶어서 마음이 들떠 "까불고 싶"은 것이다. 이와
같이 아이 목소리로 아이의 마음속을 말해 준다. 김제곤이 잘 짚어
주었듯 정유경의 동시에는 "구체적이고 실감 있는 모습의 아이들
이 등장하"고, "다만 아이들 모습과 속마음을 아이들 입말에 가까
운 진술로 들려줄 뿐이"다(「발랄한 언어 감각과 진실한 삶의 태도」, 『까불고
싶은 날』 해설, 106, 108면).

「정신통일」「날 좋아하나 봐」「감기」「시험을 보다가」 등의 작품을 보면 정유경의 동시에는 화자가 아이이면서도 짐짓 어린이인 척하고 말하는 시인의 모습이 비쳐 보이지 않는다. 어린이가 화자인 동시들이 많지만 대개는 어린이 화자와 함께 그 뒤에 숨어 있는 시인이 비쳐 보이거나 시인이 어린이 목소리를 흉내 내고 있는 것을 빤하게 알 수 있다. 그런데 정유경의 여러 작품들은 어린이 목소리로 말하고 있는 것이 시인이 짐짓 그런 목소리를 내는 것으로 느껴지지 않고 아주 자연스럽다.

2

이번 두 번째 동시집(『까만 밤』, 창비 2013)에도 정유경 동시의 그런 특징들은 여전히 잘 발휘되어 있다. 「초코 머핀」「길쭉이 삼총사」「지우개 똥 나라」「백 점 만세」 같은 작품들이 그러한데, 아이의 일상 즉 학교와 집에서 흔히 경험할 수 있는 일들에서 느낀 바를 생생하게 토로하고 있는 것이다.

"머핀 머핀 초코 머핀/엄마가 해 주신 초코 머핀./너하고 나하고 누가 더 까마냐?/너도 엄청 놀았구나, 개구쟁이,/초코 머핀."(「초코 머핀」 전문)처럼 사물에서 개구쟁이로서의 동질감을 느끼기도 하고,

폴——착 착

폴——착 착

시곗바늘이
왈츠처럼 지나가기 시작했다.

폴——착 착
폴——착 착

내가 좋아하는 그 애가
내 옆에 앉고부터 갑자기.

——「시곗바늘이 왈츠처럼」 전문

이렇듯 사물에 의탁해 아이의 속마음을 시청각적으로 드러내기도 한다.

직설적인 「까불고 싶은 날」에 비해 이 작품은 설레는 마음, 두근대는 가슴의 박동을 한층 세련된 비유를 통해 간접적으로 표현하고 있다. 이처럼 아이가 옆의 아이에게 품게 되는 일종의 '연정(戀情)'을 또렷하게 드러낸 시로 「달콤하니」「적당히와 많이」「-랑」「걸어」 등이 더 있는데, "하지만 너를 적당히만 좋아했다면/어떻게든 풀고 싶은 이 마음도 안 생겼을걸."(「적당히와 많이」) 하는 데서 보듯 어린 연정이면서도 그 열도가 매우 뜨겁다. 그만큼 시인은 아이들의 상대방에 대한 관심, 애정에 대해 해맑게 받아들이고 그것을 아주 티 없이 표현하는 솜씨를 지녔다.

친구랑 싸워 진 날 저녁
지는 해를 보았네.

나는 분한데
붉게
지는 해는 아름다웠네.

지는 해는 왜
아름답나?

지는 해 앞에 멈춰 서서
나는 생각했네.

지는 것에 대해서.

—「지는 해」 전문

이 작품에서 어린이 화자는 "지는 해 앞에 멈춰 서서" 생각한다. 까불고 들뜨고 설레고 하기만 하는 것이 아니라, 멈춰 서서 가만히 생각하고 그것도 이기는 것과 화려한 것이 아니라 지는 것과 쓸쓸한 것에 대해서 생각한다. 이러한 시선은 자아 성찰의 시선이다. 밖을 보던 눈길이 안으로, 자신으로 향한다. 해가 '지다'〔沒〕와 승부에서 '지다'〔負〕의 동음이의어에 따른 연상 작용으로 지는〔負〕 것이 왜 아름다울 수 있는지에까지 생각이 가닿은 것이다. 친구와 무슨 일로 싸웠는지 구체적인 정황은 드러나 있지 않지만 대단히 분할 정도로 심하게 싸워서 진 뒤 일몰을 보며 마음을 정돈하고, 모순일 수 있는 지는〔沒〕 것의 아름다움을 인식하고 성찰하며 생각이 깊어지는 것이다. 「여름밤 꿈」 같은 작품에는 주위 자연과 세상을 둘러보는 시선이 매우 차분하고 세상과 인간에 대한 애정이 스며들어 있다.

　　　뻔하지 않아 우린

　　　뻔뻔하지도 않아 우린

　　　번듯한 이름이 있어 우린

　　　번데기란 이름이 있어 우린

　　　뻔 뻔 뻔 뻔데기가 아닌

　　　번 번 번 번데기

　　　번데기야 우린

　　　번데기.

　　　　　　　　　　　　　　　　　　—「번데기」 전문

　'번데기의 항변'인 이 작품은 "우린"이 후렴으로 붙은 데서 드러나듯 아이들의 집단적인 항변을 대변한 것으로도 읽힌다. 이름으로 인해 "뻔하"고 "뻔뻔하"다고 간주되는 "뻔데기"는 뻔데기가 아니라 번듯한 "번데기"이다. 조금 비약해서 읽으면, 아이라고 불리는 어린 존재들인 '우리'는 뻔하고 뻔뻔하지도 않은 번듯한 이름을 가진, 나비로 멋지게 우화(羽化)할 존재들임을 알아 달라는 목청 높인 항변이다.

「손바닥」에도 선생님에게 '인생이 담겨 있는 손금'이 있는 손바닥을 때리지 말아 달라고 하는 직설적인 항변이 담겨 있다. 이런 작품은 메시지가 강한 반면에 아이의 목소리 뒤에 시인의 그림자가 비쳐 보인다. 아이가 할 수 있는 정당한 항변이긴 하지만, 경우에 따라서는 아이의 목소리가 시인의 메시지를 대변하는 역할에 그칠 수도 있으니 경계할 필요가 있다.

이번 동시집에는 의성어와 의태어를 활용해 리듬감을 살리고 오감에 호소하는 작품들이 여럿 있다. 동음이의어와 발음의 유사성을 활용한 말놀이 동시들도 보인다. 대체로 성공적인 작품을 빚었다고 할 수 있는데, 「더덕」이나 「포도송이」는 사물의 이름 소리와 연관된 의성어와 의태어를 찾고 만들어 써서 작품에 재미 요소를 더해 주는 예이다.

갈치를 굽자, 치—
갈치를 굽자, 치—
반짝반짝반짝 은갈치
갈치를 굽자, 치—
                                    —「갈치」 전문

4행의 짧은 이 시는 "치—"를 세 번 반복하면서 아예 "갈치를 굽자, 치—" 행 자체도 세 번 반복되는데, 빛나는 은갈치를 뜨거운 불에 굽는 모양과 소리가 날렵하게 포착되었다. 마치 은갈치가 내 옆에서 냄새를 풍기며 구워지며 '치—' '치—' 소리를 내는 듯하다. 산뜻한 작품이다.

3

이번 동시집에서 특히 신선하고도 깊이 있게 다가오는 시는 자연의 존재들에 시선을 준 작품들이다. 산수유 열매, 유채꽃밭, 졸참나무 숲, 푸른 개구리, 목련꽃, 벌, 하루살이 등 우리 삶의 갈피에서 만나는 자연이 그 주요 소재다. 특히 나비에 대한 작품은 「늦가을 흰나비」를 비롯해 여러 편이 있어서 눈길을 끈다.

노랑 노랑 나비들은 모두
어디에 가서 죽나.

안개 핀 유채꽃 들판에서 고운
날개를 접고서 잠이 드나.

—「유채꽃밭」 전문

아름답다. 얼핏 저 팔랑팔랑 노니는 나비들은 어디로 가서 죽나 하는 의문을 캐 보는 시 같기도 한데, 노랗게 펼쳐진 안개 낀 유채꽃밭을 노랑 나비들이 날개를 접고서 가득 잠이 들어 있는 것으로 바라본 시이다. "(…) 모두/어디에 가서 죽나."의 강렬한 이미지는 "(…) 고운/날개를 접고서 잠이 드나."라는 부드러운 이미지로 변환된다. 노랑 나비 떼의 죽음이 나비의 잠으로 전환되면서 드넓게 펼쳐진 유채꽃밭으로 변하는 이미지의 이동이 신선하고 매혹적일 정도로 아름답다. 동시에서 흔히 보기 어려운 경지다.

푸르스름
저녁 어스름
길을 걷는데
발 앞에 조그만 개구리가
폴짝,
나타났다 사라졌다.

아주 잠깐이라
꿈 같기도 하지만
그래도 좋았어.
푸른 저녁
푸른 개구리와 나눈

짧은 인사,

안녕.

─「안녕, 푸른 개구리」 전문

이 작품은 「유채꽃밭」과 달리 푸른 이미지로 점철되었다. 푸르스름한 저녁 어스름에 잠깐 마주친 개구리 한 마리, '푸른' 저녁에 '푸른' 개구리이다. 꿈 같기도 하게 잠시 환영처럼 만나고 작별한 개구리와 나눈 짧은 인사, "안녕." 자연 속에서 작은 동물과 조우한 경험이 푸른 수채화처럼 맑고 산뜻하게 소묘되었다. 예사롭지 않은 솜씨이다.

「까만 밤」은 첫 연에서 색의 삼원색이 합쳐져 검정색이 되는 원리를 말하고, 깜깜한 "오늘 이 밤"을 생각해 본다.

빨강, 노랑, 파랑이
폭 껴안아
검정이 되었대.

깜깜한
밤
오늘 이 밤엔

무엇, 무엇, 무엇이

꼬옥

껴안고 있을까?

—「까만 밤」 전문

　요즘의 도시는 상점의 불빛과 가로등, 자동차의 헤드라이트가
점령해 '까만 밤'이 되지 않지만, 시골의 밤은 그래도 아직 까맣다.
그리고 도시의 밤도 어느 순간 빛들이 물러가면서 까매진다. 까만
밤은 자연이 준 선물이다. 색의 삼원색이 "폭 껴안아" 검정이 되었
다는 것은 과학의 원리를 상상력으로 풀어낸 것이다. 폭 껴안아서,
폭 껴안는 사랑이 있어야 검정이 된다. 검정은 모든 것이 수렴하고
정지한 평화의 시간이다. 이 깜깜한 밤에 "꼬옥/껴안고 있"는 것은
무엇, 무엇, 무엇일까? 셋은 단순히 셋이 아니고 만물 모두를 상징
하는 숫자다. 의문으로 끝나고 있지만, 세상 만물이 서로서로 꼬옥
껴안아 평화를 이룬 세상에 대한 염원이 담겨 있다고 하면 지나친
확대 해석일까? 그렇지만 나는 그렇게 읽고 싶다.
　정유경의 이번 동시집은 첫 동시집에서처럼 아이의 눈으로 보
고 아이의 목소리로 노래하지만 한결 깊어진 세계를 보여 주는 작
품들이 많다. 주로 생활 주변, 일상 체험에서 얻어 낸 감상을 표현
하던 데에서 나아가 자기 내면으로 눈을 돌리거나 사물을 한층 더
깊이 있게 관찰하고 껴안는다.「목련나무 하얀 새」처럼 '하얀 작
은 새'가 날아가 버리고는 '떨어진 목련 꽃잎'과 '남은 향기'로 바

꾸어지는 세련된 시적 변용을 구사한 경우도 있다. 구체적인 어린이 화자의 발언에서 이처럼 서정시의 높은 경지로 나아가고자 하는 것도 정유경 동시의 한 발전 양상으로서 반가운 일이다. 아무쪼록 시인의 모습이 뒤에 비치지 않는 아이의 목소리를 탄탄히 견지하면서 이런 발전이 동시의 새로운 풍광으로 꽃피기를 바란다.

동시와 놀며 쓴 동시

권오삼 동시집 『진짜랑 깨』

동시를 쓰며/읽으며 놀기

권오삼 시인은 동시를 갖고 논다. 어떻게 하면 재미있는 동시를 쓸 수 있을까, 좋은 동시를 쓸 수 있을까 걱정하는 것이 아니라 어떻게 하면 동시를 쓰며 재미있게 놀까 궁리하는 것 같다. 좋은 동시를 써서 아이들에게 읽혀야 되겠다고 머리를 짜내는 것이 아니라 내가 동시를 쓰며 놀고 있으니 얘들아, 같이 놀아 보자 하는 것 같다.

밀가루로 만들면 국수
밀가리로 만들면 국시

하회 마을이 있는
경북 안동에 가면

국수는 없고
국시만 있다

국수 주세요, 해도
국시 준다

—「국시」 전문

　음식점에 가면 '국수'를 사투리인 '국시'로 표기한 곳이 있는데,
누가 처음 발명했는지는 몰라도 '밀가루'로 만들면 '국수'고 '밀가
리'로 만들면 '국시'라는 재치 넘치는 우스갯말이 항간에 나돈다.
밀가루—국수의 소리의 유사성에 착안하여 밀가리—국시를 떠올
린 것인바, 실제로 밀가루를 사투리로 밀가리라고도 한다.「국시」
는 이러한 말놀이—유머를 그대로 끌어들인 작품이다. 하회 마을
로 유명한 안동에서는 "국수 주세요" 해도 '국시'를 준다 하니, 그
만큼 사투리가 강하고 고집이 세다는 뜻으로도 읽힌다. 아니, 안동
지역 국수는 '국시'라고 불러야 제맛이 난다고나 할까. 그런데 이
작품은 이런 의미 또는 메시지를 군이 눌러 담으려 하지 않고 '국
수'와 '국시'의 말맛과 그 차이를 즐기고 있다.

「씨와 ~씨」「말과 말」「쏙잡이」「시래기와 쓰레기」「내가초등학교」 같은 작품도 말의 유사성과 차이에 착안하여 그 말을 갖고 노는 작품이다. 시인은 호박씨, 수박씨, 참외씨의 '씨'를 사람 이름에 붙는 존칭어 '씨'로 바꾸어 "호박 씨! 수박 씨! 참외 씨!/사랑해요!"라고 소리쳐 본다(「씨와 ~씨」). '시래기'와 '쓰레기'는 소리가 비슷하고 글자는 조금 차이가 있는 정도지만, '쓰레기'는 국을 끓여 먹을 수 없으니 '시래기'와는 크게 다르다(「시래기와 쓰레기」). 강화도 '내가면'에 있는 '내가초등학교'의 간판을 보고는 "으하하" 웃음부터 터뜨리고는 "누가 너보고 초등학교가 아니랄까 봐" 하고 놀리기도 한다(「내가초등학교」).

「쏙잡이」에는 동네 할머니들을 따라 갯벌에 가서 갑각류 절지동물인 쏙을 잡는 모습이 손에 잡힐 듯 생생하다. "노란 된장 푼 물/갯벌 구멍에 뿌린 뒤/개털 붓 집어넣어" 쏙을 꾀어내는데, "흥얼흥얼 흥얼대며/개털 붓으로/쏙 머리 살살 간질이면/쏙 올라오는 쏙". 이렇게 쏙을 잡는 일은 아이에게 놀이이다. 생물 이름인 쏙과 의성어 쏙이 만나는 동음이의어의 재미도 있지만, 쏙잡이하며 사는 바닷가의 삶이 무겁지 않게 다가온다.

그런데 시인은 여기서 머물지 않고 더 재미있게 동시와 놀고 싶어 한다. 그래서 동시로 그림을 그린다. 떨어지는 빗방울들을 일곱 줄의 느낌표(!)로 그려 보고(「빗방울들」), 국군의 날을 맞아 군인들이 대열 지어 행진하는 광경을 사람 인(人) 자를 석 줄로 나열해 그려 본다(「국군의 날」). 시인을 따라 우리도 하늘에서 내려오는 빗줄

기를 더 많은 느낌표로 나타내 보자. 느낌표가 싫으면 일(1) 자나
젓가락, 이쑤시개로 나타내도 좋다. 오는 둥 마는 둥 성기게 내리는
부슬비는 이쑤시개로, 세차게 억수로 쏟아지는 장대비는 젓가락이
나 볼펜으로, 교실 유리창에 부딪치는 빗방울은 쉼표(,)로……. 엄
숙하게 공부하듯 동시를 읽을 필요가 없다. 「빗방울들」의 느낌표
옆에 느낌표를 두세 개씩 더 그어 보기도 하고, 「국군의 날」에는 군
인 아저씨〔人〕를 한 스무 명쯤 더 그려 넣어도 보자.

```
ABCDEFGHIJKLMNOPQRSTUI
B天地玄黃天地玄黃天地H
C地              黃G
D玄   감옥에갇힌한글   天F
E黃              黃E
F天   ㄱㄴㄷㄹㅁㅂㅅ  玄D
G地              地C
H黃天黃玄地天黃玄地天B
IUTSRQPONMLKJIHGFEDCBA
```

—「감옥 탈출」 부분

이것은 뭘까? '감옥에 갇힌 한글'이라고 한 걸 보니, 영어 알파벳
과 한자 글자들이 만든 사각형이 감옥이고 그 안에 "ㄱㄴㄷㄹㅁㅂ
ㅅ" 등 한글이 갇힌 것이로구나! 「이런 교도소」에서 영어와 한자로
둘러친 감옥에 갇혀 있는 한글 죄수는 "세 · 종 · 대 · 왕 · 님! (…)
구 · 해 · 주 · 세 · 요!" 하고 외친다. 후속편인 「감옥 탈출」에 와서
는 한글이 한자와 영어가 만든 감옥의 벽을 뻥 무너뜨리고 밖으로

나온다. 벽을 뚫고 나오는 한글 자모들의 움직임이 역동적이고 '와아' 하는 함성도 들리는 듯하다.

감금─탈출의 감옥 놀이는 여러 가지 방식으로 변용될 수 있다. 그런데 동시로서 재미가 있으려면 색다른 상황과 맥락을 보여 줘야 한다. 동물이 우리에 갇힌 게 아닌, 글자가 글자 감옥에 갇힌 것. 색다르다. 한글의 감금─탈출은 놀이이지만, '한글이 영어와 한자 때문에 기를 못 펴고 꼼짝 못하고 있다' '아이들이 한자와 영어를 배우느라 우리말 공부는 제대로 못 한다', 그러니 '한글과 우리말 공부를 열심히 하자' '한자와 영어도 필요하지만 우리말은 더 소중하다' 이런 생각이 떠오르게도 한다. 시인은 글자를 갖고 놀다가, 동시를 갖고 놀다 「감옥 탈출」을 썼으리라. 우리는 그럼 「감옥 탈출」을 갖고 읽으면서/쓰면서 놀아 보자. 글자 감옥 안에 자기 얼굴을 그려도 보고, 한글 글자로 감옥을 만들고 그 안에 한자와 영어를 가두어 보는 것도 재미있겠다.

순한 말, 마음이 편안해지는 시

권오삼 시인의 동시 중 내 기억에 오래 남아 있는 작품이 있다. 30년 전인 1981년에 발표된 「발」이다.

나는 발이지요.

고린내가 풍기는 발이지요.
하루 종일 갑갑한 신발 속에서
무겁게 짓눌리며 일만 하는 발이지요.
때로는 바보처럼
우리끼리 밟고 밟히는 발이지요.

그러나 나는,
삼천리 방방곡곡을 누빈 대동여지도
김정호 선생의 발.
아우내 거리에서 독립 만세를 외쳤던
유관순 누나의 발.
장백산맥을 바람처럼 달렸던
김좌진 장군의 발.
베를린 올림픽에서 금메달을 딴
손기정 선수의 발.

그러나 나는,
모든 영광을 남에게 돌리고
어두컴컴한 뒷자리에서 말없이 사는
그런 발이지요.

─「발」전문

이 시의 화자는 '나'로 의인화된 발이다. "고린내가 풍기는" "무겁게 짓눌리며 일만 하는" 발이 죽은 듯 지내지 않고 당당하게 자기 존재를 말한다. 그런데 이 발은 어떤 한 사람의 구체적인 발이 아니라 김정호, 유관순, 김좌진, 손기정 같은 역사적 인물의 발까지 아우르는, 머릿속에 그려진 발이다. "모든 영광"의 뒤에서 그 영광을 이루는 데 밑받침이 되고도 "어두컴컴한 뒷자리에서 말없이 사는" 그런 발을 시인은 눈여겨보고 애틋해하고 자랑스러워한다.

이번 동시집에도 발에 관한 시가 있어 눈길이 간다.

아침부터 오후 늦게까지
신발 속에서만 지냈던 발
뽀드득 소리가 나도록
깨끗이 닦는다.

발등을 닦고
발뒤꿈치를 닦고
발바닥도 닦는다.

발가락을 닦을 땐
발가락들이 시원하다는 듯
자꾸 꼼지락거린다.

발을 닦고 자리에 누우면

잠도 뽀송뽀송 잘 온다.

—「발 닦기」 전문

「발」에서 발이 스스로 자기 존재를 외쳤다면, 「발 닦기」에서는 발의 주인이 아침부터 저녁까지 고생한 발을 "뽀드득 소리가 나도록/깨끗이 닦는다." 발은 보통 보이지 않는 곳에서 남을 위해 일하는 존재로 인식된다. 두 작품이 이를 주목한 점은 같다. 그런데 발을 이야기하는 시인의 태도는 각기 다르다. 「발」에서 시인은 발로 하여금 '나는 이런 발이오!' 하고 외치게 했다면, 「발 닦기」에서는 발이 시원하고 편안하도록 발의 주인으로 하여금 발등, 발뒤꿈치, 발바닥, 발가락까지 구석구석 꼼꼼히 닦게 하고 있다.

동시 하면 예쁘고 귀여운 것을 소재로 고운 말로 써야 한다고 대부분 생각하던 시절에 권오삼 시인은 '고린내 풍기는'「발」을 들고 나왔다. 곱상한 말, 빗대는 말을 버리고 씩씩한 말, 직접 내세우는 말을 썼다. 그 말은 똑바르게 앉아 정색을 하고 들어야 할 것 같고, 크게 고개를 끄덕여 주지 않으면 안 될 것 같다. 그런데 「발 닦기」에 오면 말이 순해서 가벼운 악기 연주 소리처럼 부드럽게 들려오고, 살랑살랑 부는 봄바람이 살갗을 스치듯 상쾌한 느낌으로 흘러간다. 고개를 끄덕이거나 듣고 있다는 시늉을 해 줄 필요도 없다. 가만히 듣고 있으면 기분이 맑아지고 좋아지며 마음이 편안해진다.

시의 눈이 속삭여 주는 의미들

권오삼 시인은 2년 전에 『똥 찾아가세요』(문학동네 2009)라는 재미있는 제목의 동시집을 냈다. 제목만 재미있는 것이 아니라 실려 있는 동시들도 재미있다. 이번 동시집 『진짜랑 깨』(창비 2011)를 보면 시인은 한층 더 동시를 쓰는 재미를 알아 가는 것 같다. 시인이 재미를 느끼며 써야 동시를 읽는 독자인 아이들도 재미있게 읽을 수 있다.

동시를 재미있게 쓰는 일은 저절로 되지 않는다. 재미있게 쓰고 싶다고 해서 그렇게 써지는 것도 아니다. 동시는 '동(童)'시이니까 아이의 마음으로 써야 한다. 권오삼 시인은 어른이고 조금은 오래된 어른이지만, 점점 더 아이의 마음을 알아 가고 닮아 간다. 그러지 않는다면 동시에 무엇을, 어떻게 쓸까 알기 어렵고, 동시를 쓰는 진짜 재미를 맛보기 어렵다.

예준이 할아버지가 잘 웃지 않는 이유는 노인이라서 무슨 말인지 알아듣지 못하기 때문이기도 하지만 그것보다도 "웃음보가 오래되어/쭈글쭈글해졌기 때문"이라고 한다(「웃기」). 신종 플루에 걸린 동생에게 중학생 형은 학교에 안 갔으면 좋겠다고 "너 기침할 때/내 얼굴에다 대고 한 번만 해 주라" 한다(「우리 형」). 도서관에서 서로 붙어 앉아 책을 읽는 엄마와 아이는 "책 먹는 식당에서 (…) 몸을 딱 붙이고 앉아//커다란 그림책 하나를 가운데 두고/발각발

각 정답게 먹고 있"는 꼬마 책벌레와 엄마 책벌레다(「책 먹는 식당」).
이처럼 시인은 아이의 마음을 잘 읽어 내고 자신의 속에 사는 아이
의 눈으로 세상을 본다. 그러지 않는다면 보아 내기 어려운 장면이
고 얻기 어려운 표현들임에 틀림없다.

　　재래시장에 갔더니
　　고사리 파는 아저씨가
　　판때기에다가 이렇게 써 놓았다.

　　'북한산 고사리도 통일되면 국산'

　　그래, 맞아!
　　통일되면 국산이야.

──「통일되면 국산」 전문

　아이의 눈은 세상 여기저기, 주위의 다양한 사물에 가닿지만 그
눈길에는 어른의 눈이랄까, 시인의 눈이 겹쳐져 있다. '북한산 고
사리도 통일되면 국산'이라는 글귀의 재치 있는 발상, 위트에 가닿
는 눈길은 아이의 눈길이지만 또 더 넓고 큰 눈길이 그것을 감싸고
있다고 할 것이다. "그래, 맞아!" 경탄하는 말에 담긴 깨침에는 '그
렇지, 통일되면 국산이라고 해야 맞아' 하는 겉으로 드러난 의미
외에 '통일이 안 되고 겨레가 둘로 나뉘어 있네' '어서 빨리 통일

이 되어야지' 하는 의미가 함께 들어 있다. 이것은 상식과 합리의 눈이라면 쉽게 발견할 수 있는 의미이고, 아이의 눈을 감싸고 있는 시인의 눈, 시의 눈이 속삭여 주는 의미이다.

「맹수들」에서 빠른 속력으로 달리는 자동차들을 맹수에 비유한 것도 아이의 눈답다. 떠돌이 개가 길을 건너다 그 "맹수들의/밥이 되고 말았"음을 보고 "이 맹수들을/조심하지 않으면/큰일 난다"고 경고한다. 그런데 아이의 눈에 고정되어서일까, 동물들에게 조심하라는 경고를 발하는 것으로 그치는데 이는 동물들이 조심한다고 해서 풀릴 문제가 아니다. 몇몇 작품들에서 아이의 눈이 이처럼 일직선적이어서 시의 흐름도 직선적으로 흘러가는 것이 아쉽다. 아이의 시선에도 돌아보는, 반성적인 생각의 작용이 자연스럽게 일어날 수 있고 꼭 필요한 경우도 없지 않다.

> 우리나라 참깨가 최고랑 깨
> 우리나라 참깨가 최고로 맛있당 깨
> 우리나라 참깨가 최고로 고소하당 깨
> 이 참깨는 진짜 국산이랑 깨
> 거짓부렁이 아니랑 깨, 진짜랑 깨
>
> ─「깨」 전문

이 작품에 이런저런 설명을 달면 사족이 될 것 같다. 속으로 읽어도 재미있지만, "우리나라 참깨가 최고랑 깨" "거짓부렁이 아니랑 깨, 진짜랑 깨" 하고 '깨'에 힘을 주어 소리 내어 읽으면 더 재미있다. '최고랑 깨'는 '최고라니까'의 사투리 표현인데 보통 '최고랑께'로 쓴다. 그런데 띄어 쓰면서 '~ 깨'로 써서 먹는 깨를 연상하도록 하였고, 각 행의 끝을 모두 '~랑 깨' '~당 깨'로 맺어 운을 맞췄다. 마지막 행에서는 "아니랑 깨, 진짜랑 깨"라고 '~랑 깨'가 반복되어서 마치 깨가 한가득 쏟아져 쌓이는 것을 보는 것 같고, 그 깨알들이 시끌벅적 떠들어 대는 소리가 들리는 듯하다.

「깨」는 이처럼 소리―운율을 중심으로 하면서 시각적 효과, 맛(고소함)까지 결합시킨 작품이다. 우리 참깨가 최고로 맛있고 고소하다는 것은 객관적 진리는 아니지만, 대개 공감할 수 있는 말이다. 그런데 "이 참깨는 진짜 국산"이라고 되풀이해서 강조한다. 수입산 참깨가 많으니 가짜 국산도 있고, 그러니 종종 진짜 국산이 맞나 의심이 간다. 단순히 사물의 속성을 재미있게 리듬을 타고 말한 작품인가 했는데, 이런 세태에 대한 감각이 들어 있다. 그러고 보면 우리 것이 최고라는 주장도, 수입산이 판치는 세상에서 그렇게 내세우고 싶고 내세울 필요가 있어서 하는 것이라 볼 수 있다. 아이의 목소리이기도 하고 어떤 이의 목소리이기도 한 이런 두 겹의 목소리는 이 시에서 완전히 하나로 합쳐져 들려온다.

권오삼 시인은 이번 동시집에서 이렇게 아이의 눈, 아이의 마음으로 재미있게 쓴 시를 선보인다. 아니, 동시와 놀다 보니 재미있고 기발한 동시가 나온 것이다. 우리 어린이들도 책상 앞에 딱 앉아서 첫 페이지부터 읽어 나가지 말고, 손 가는 대로 펼쳐서 동시와 놀아 보자. 동시 속에 출연하는 게으름뱅이 아빠도 만나고(「게으름뱅이들」), 매운 고추를 먹고 입에 불이 나서 물을 들이켜는 아이도 만나 보자(「고추 먹기」). 그리고 고흐의 그림을 바라보며 그림 속 사람들처럼 몽실이네 식구들이 삶은 감자 한 바가지로 늦은 저녁을 먹고 있는 모습을 떠올리고 있는 시인도 만나 보자(「빈센트 반 고흐의 그림」).

이번 동시집에는 메시지를 의식하지 않고 씌어져 편안하게 읽히는 시가 많지만, 「도토리 한 알」「외치기」「수목원」「그때 나는 바보였어」 같은 메시지가 뚜렷한 시도 간간이 있다. 「감옥 탈출」이나 「깨」처럼 메시지가 뚜렷하면서도 신 나게 함께 놀기 좋은 시도 여러 편이다. 시인의 강강하고 꼿꼿한 몸피처럼 그의 시에는 대부분 단단한 뼈가 들어 있는데, 이는 그의 시만이 갖고 있는 개성이요 멋이 아닐까. 그 단단한 뼈가 한 가지 뼈대로 박히는 것이 아니라 작품 각각의 호흡에 걸맞은 속살로 녹아들어 가되 여전히 단단한 고갱이로 꼿꼿하게 남아 있기를 바란다.

관찰과 응시, 서로 감응하는 존재들

유강희 동시집 『오리 발에 불났다』

유강희 시인, 동시의 매력에 빠지다

몇 해 전부터 동시를 쓰고 동시집을 내는 시인이 많아졌다. 동시에 눈길도 주지 않는 듯하던 시인이 어린이문학 잡지에 동시를 발표하고, 동시 문단에서 활동하거나 동시를 발표한 경력이 거의 없는 시인들이 잇따라 동시집을 낸다. 동시의 어떤 매력이 이 시인들을 유혹한 걸까?

유강희 시인도 동시의 매력에 빠져들어 동시를 써서 이번에 첫 동시집을 선보인다. 『불태운 시집』(문학동네 1996)과 『오리막』(문학동네 2005) 두 권의 시집을 낸 바 있는 유강희 시인은 "농촌 풍경에 얽힌 슬픔과 죽음의 세계를 (…) 응시하여 그 속에 깃든 새 생명력의

활기를 포착"(오형엽 「검은 눈빛의 서정」, 시집 『오리막』 해설, 128면)해 정
갈한 언어로 풀어내 왔다. 시와 동시가 본래부터 나뉘어 있는 것이
아니고 시를 쓰는 사람과 동시를 쓰는 사람이 따로 정해져 있는 것
이 아니지만, 동시의 맛은 시와는 또 다르다는 것을 『오리 발에 불
났다』(문학동네 2010)를 펴는 순간 곧 알게 된다.

앞에서 먹어도 토마토
뒤에서 먹어도 토마토

—「토마토」 전문

강 위를 날던
새 한 마리
뿌지직,
똥을 누었다

똥이
하늘에서 떨어지는
먹이인 줄 알고

물고기들,
우르르
몰려든다

—「새똥」 전문

어떤가? 이처럼 동시는 복잡하지 않다. 단순하면서 명료하고, 본 것을 본 대로 그려 낸다.

「토마토」는 토마토라는 말이 거꾸로 읽으나 바로 읽으나 똑같다는 데서 출발해, 어느 쪽에서 먹어도 토마토는 토마토라는 것을 발견한다. 이 동시를 읽다 보면 우리 자신이 토마토를 먹고 있는 것 같기도 하고, 토마토라는 글자를 먹고 있는 것 같기도 하다. 재미있지 않은가? 이처럼 「토마토」는 사물과 말이 맺고 있는 관계를 발견하고 거기에 담긴 재미를 잡아내어, 두 행의 아주 짧은 길이에 압축적으로 담았다.

우리는 공원의 연못 같은 데에서 과자를 던지면 물고기가 우르르 몰려드는 것을 본 적이 있다. 그런데 꼭 먹이를 던질 때만 모여드는 것이 아니고, 때로는 풀잎이나 다른 것을 떨어뜨려도 물고기들이 모여든다. 「새똥」은 공중에서 새똥이 떨어질 때 물고기들이 우르르 몰려드는 것을 관찰한 경험을, 본 그대로 간결하게 그린 작품이다. 물고기들이 몰려드는 까닭이 하얗거나 알록달록한 새똥을 먹이로 착각해서라는 것도 누구나 쉽게 짐작할 수 있는 일이다. 이것은 특이한 발견도 아니요, 「새똥」은 이런 발견을 특이한 표현을 써서 말하지도 않았다. 그렇지만 이 작품이 그려 낸, 자연에서 일어나는 이런 '자연스러운' 풍경을 우리는 기억하기가 쉽지 않다. 이 정직하고 간결한 풍경을 마주하는 순간 비로소 우리는 '아하, 그렇지!' 하고 공감할 수 있고, 서로 감응하는 존재들로 이루어진 자연의 본모습을 보게 되는 것이다.

관찰과 경험, 서로 감응하는 자연의 존재들

관찰이라는 낱말은 볼 관(觀) 자와 살필 찰(察) 자로 이루어져 있
다. 글자 그대로 '보고 살피는' 일이 관찰이라고 해도 틀리지 않을
것이다. 유강희 시인의 동시는 대개 이와 같이 '보고 살피는' 관찰
에서 출발하고 있다.

시골의 경운기는
이상한 곤충 같다

앞머리는 삐죽 나온 데다
손잡이는 더듬이처럼 길고
짐칸은 펑퍼짐하니
소리는 또 얼마나 요란한지

—「경운기」부분

관찰하는 눈에는 사물이 새롭게 보인다. 경운기가 이상한 곤충
처럼 보이는 것은 경운기를 눈여겨보고 잘 살폈기 때문이다. 이미
모든 것을 알고 있거나 알고 있다고 생각하는 어른의 눈으로는 잘

보이지 않던 것들이 관찰하는 눈, 아이의 눈으로는 보이기 시작한다. "경운기는 곡식을 가득 싣고/시골길도 잘 달리고/걸어가는 이웃 사람도/그냥 가다 태워 준다". 이상하게 생긴 경운기가 이처럼 "이상하지 않은" 일을 하는 것도 관찰하는 눈에는 더욱 잘 보인다. 아니 관찰로부터 생각이 뻗어 나간 것이기도 하다.

시인은 일차적으로 생활 주변의 사물 또는 일상의 경험을 관찰하고 거기서 일어나는 생각과 상상을 표현한다. 하루 종일 입을 꼭 다물고 있는 빨래집게를 보고는 "답답하겠다"는 생각이 들고 그래서 "하루에 한 번쯤은/아, 하고 크게 입을/벌리고 있었으면"(「빨래집게」) 하고 바라게 된다. 「조기 한 마리」「빨래판」「나물 캐는 칼」「개」「빌딩에 매달린 사람」 등도 생활 주변의 경험을 바탕 삼아 쓴 작품으로, 관찰과 그로부터 뻗어 나간 연상이 중심이 되고 있다. 생활 주변의 소재와 경험에서 비롯된 발상들은 대체로 평범하거나 익숙하게 다가오지만, 빨래판에 나 있는 줄을 보고 '밭이랑'과 '물이랑', '기타 줄'로 상상해 활달하게 시상을 펴 보인 「빨래판」과 같은 작품은 참신하다. 이 시인의 관찰하는 눈이 좀 더 돋보이는 것은 자연을 응시한 작품들에서이다.

물스키 타는
긴 다리 소금쟁이

끼이익 ─────

새파랗게 금이 가는

작은 연못

—「소금쟁이」 전문

물 위를 걷는 소금쟁이는 빠르게 움직이다 멈춘다. 끼이익, 브레이크 거는 소리가 들리는 듯하다. 소금쟁이의 발이 수면에 그은 줄은 유리에 좍 금이 가듯 연못에 새파란 금을 낸 것이다. 움직이는 소금쟁이의 모습을 잡아낸 「소금쟁이」는 이처럼 소리와 형태, 색채를 동시에 담고 있다. 멀티미디어적인 작품이다.

여름밤 황소개구리가
우앙 하고 운다

큰 입이 똑 닮은
엄마 보고 싶다고

바다 건너 두고 온 집
돌아가고 싶다고

물속 파이프오르간처럼
크게 크게 통으로 운다

캄캄한 저수지도

황소개구리 달래 주러

우앙우앙 따라 운다

—「황소개구리」 전문

　이 작품은 황소개구리가 "우앙 하고" 우는 소리가 중심이다. 여름밤 저수지에서 우는 황소개구리는 주위가 어두운 데다 물속에 있어서 사람의 눈에는 잘 보이지 않을 것이다. 그러나 그 큰 소리를 내는 황소개구리의 입은 클 것이고, 외국산인 황소개구리는 바다 건너에 있는 자기처럼 입이 큰 엄마를 보고 싶어 할 것이다. 캄캄한 저수지에서 들려오는 우렁찬 울음을 듣다 보면 마치 저수지가 울고 있는 것 같다. 집에 돌아가고 싶어 하는 황소개구리를 달래 주러 저수지도 따라 울고 있는 듯싶은 것이다. 아마도 황소개구리의 울음은 이런 연상 작용을 일으켰으리라. 여기서 주목할 것은 이 시인이 자연의 존재들을 바라볼 때 이처럼 서로 교감하고 감응하는 존재로서 인식한다는 점이다. 황소개구리라 하면 보통 생태계를 교란하는 박멸할 대상으로 보는데, 이러한 상투적 인식을 벗어나 있다는 것도 눈여겨볼 만하다.

　「밤 개구리」에서 개구리는 별들이 잠들어 "하늘이 아주 깜깜할까 봐" 와글와글 울고, 개구리가 울면 "별들은 초롱초롱 더 크게 눈을 뜬다". 「바람과 억새꽃」에서 억새꽃은 바람이 감기 들까 봐 기침하는 바람의 "꽁꽁 언 볼"을 감싸 준다. 동물과 천체가 감응하고, 식물과 공기(바람)가 감응하는 것이다. 이런 예는 더 많이 찾아볼 수 있다.

잎 진 나뭇가지에
따스한 기운 불어넣는
참새 떼는
힘센 건전지다

—「나무와 건전지」부분

반딧불 아줌마
손전등 들고 어디 가세요?

길 건너 외딴집
혼자 사는 여치 할머니
말동무해 주러 가요

어디 아픈 데 없나 보러 가요

—「반딧불」전문

"겨울나무에/앉은 참새 떼"는 힘센 건전지처럼 겨울나무의 마른 가지에 에너지를 불어넣는다.(「나무와 건전지」) 밤에 반짝이는 반

덧불은 그냥 깜빡이는 게 아니라, 손전등을 들고 "혼자 사는 여치 할머니"를 살피러 가는 것이다.(「반딧불」) 또 시인의 눈에는 죽은 우렁이의 껍질에 물이 들어찬 것이, 둠벙이 외로운 우렁이를 위로하러 들어와 노는 것으로 여겨진다. 그래서 둠벙의 마음을 아는 우렁이의 "슬픈 눈"에는 "따스한 눈물/그렁, 고였"다고 한다.(「우렁이 껍질」) 조금만 이야기의 살을 붙이면 한 편의 고운 동화가 씌어질 것 같은 작품들이다.

이처럼 유강희 시인이 바라보는 자연은 생물이든 무생물이든, 크기가 크든 작든, 거리가 멀든 가깝든 상관없이 서로서로 감응하고 동조(同調)하는 존재들로 이루어져 있다. 자연에서 관찰되는 여러 현상들을 시인은 이런 감응과 동조의 양상으로 이해하고 있다.

길을 건너다 얼룩 고양이가
차에 치여 죽었다
그 위에 봄비가
자장자장 내린다
사람 대신 미안하다고
편히 잠들라고
자장자장 봄비가 내린다

—「봄비」 전문

이 작품의 비극적 상황에는 사람이 만든 문명의 이기가 끼어들고 있다. 문명의 거센 속도와 폭력에 희생된 존재를 적시며 내리는 봄비를 가리켜 시인은 "자장자장 내린다"고 말한다. 절제된 연민을 압축적으로 돋을새김한 김종삼의 「묵화(墨畵)」의 세계와 그 어법을 상기시키는 작품이다. 「봄비」에서도 보듯이, 자연의 존재들을 서로 감응하고 동조하는 것으로 파악하는 시인의 시선에는 때로는 시적 자아의 정서적 반응이 직접적으로 스며들기도 한다.

즐겁게 쓴 동시, 뒹굴면서 읽어 보자

동시는 어렵고 길고 무거울 필요가 없다. 읽는 사람이 즐거워야 하고, 쓰는 사람도 즐거워야 한다. 물론 이것이 동시가 갖춰야 할 기본 조건인 것은 아니지만, 쉽고 가벼우면서 즐겁게 쓰고 재미있게 읽을 수 있다는 점에서는 동시가 제일이라고 본다.

유강희 시인도 대체로 이런 맥락에서 동시를 좋아하고 동시를 쓰는 것 같다. 의욕적으로 다양한 소재를 다루고 있고 기법도 매우 다양하다.

'꼬리'와 '꽁지', '꼬투리'라는 '꼬'로 시작하는 말들을 주목한 「우리말 놀이」와 "잉어의 ㅇ자는/수염 난 잉어의 동그란 입 같"다고 한 「즐거운 글자 놀이」, '풍'이란 후렴을 행마다 반복해서 리듬을 만들어 낸 「풍뎅이」 같은 작품은 말의 재미와 글자의 모양에 착안하고 있다. 강아지 똥에 앉은 나비를 보고 "나비에겐/강아지 똥도/꽃"이라고 한 것(「나비」)과 지구가 도는 것을 "내 발바닥을 딛고" 돈다고 본 것(「지구의 발바닥」)은 발상의 전환을 시도한 것이다.

동시 읽기와 쓰기가 다 같이 재미있으려면 이와 같이 재미있는 착상과 모험이 있어야 한다. 말을 갖고 놀고, 사물을 뒤집어 보거나 발상을 거꾸로 해 보는 것은 놀이의 중요한 요소다. 그런 만큼 이런 요소들은 그동안 여러 시인이 동시 창작에 많이 활용하고 응용해 온 것이기도 하다.

니 똥꼬
염소 똥꼬

만날 까만 콩자반만 좋아해

니 똥꼬
오리 똥꼬

니 학교 갈 때 궁뎅이 띠똥뙤똥

──「말싸움」 전문

이 작품은 말의 재미와도 연관이 있지만, 서로 놀려 먹는 아이들의 말싸움을 육성 그대로 옮겨 오는 방식을 취하고 있다. 그래서 어른이든 아이든 웃음 지으며 읽을 수 있고, 아이들 간의 악의 없는 놀림과 경쟁 심리를 생생하게 느낄 수 있다.

또한 재치와 유머도 이 시인이 추구하는 동시의 주요 요소다. 가령 「봄바람」에서는 봄바람이 버드나무의 머리카락 즉 버드나무의 축 늘어진 가지를 세어 보는데, 강 건너에 기차가 지나가는 소리 때문에 몇까지 세었는지 번번이 까먹고 만다. 그래서 다시 세어 보지만 이번에는 까치 소리 때문에 또다시 숫자를 잊어버린다. 봄바람에 춤추는 연초록 버드나무 가지를 보고, 바람을 호기심이 강한 존재로 상상하고 숫자를 연거푸 까먹는 상황을 연출한 것은 재치와 유머 감각이 없이는 쉽지 않은 일이다.

저수지 얼음판 위로
기우뚱 뛰어내리는 물오리들

엉덩방아 찧는 오리
주둥이로 못을 박는 오리
앞가슴으로 걸레질하는 오리

지이이익 미끄럼 타는
오리들 발바닥에 불났다

불났다, 불났다, 불났다
호떡집이 아니고 저수지 한복판에   ──「오리 발에 불났다」 전문

다소 호들갑스러운 어조로 쓰인 이 작품도 매우 유쾌하고 즐겁기만 하다. 얼어붙은 저수지 얼음판 위로 세 마리나 그 이상 되는 숫자의 오리들이 마치 물 위로 뛰어들듯 풀쩍풀쩍 뛰어든다. 아마 어느 정도 높이가 있는 저수지 둑이나 둔덕에서 뛰어내렸을 것이다. 아뿔싸! 단단한 얼음 위로 떨어진 오리들은 엉덩방아를 찧기도 하고, 앞으로 고꾸라져 마치 주둥이로 못을 박는 모양새로 얼음에 부딪히기도 한다. 가슴팍으로 떨어져 얼음에 미끄러지며 퍼덕이는 모습은 마치 앞가슴으로 걸레질을 해 얼음판을 닦고 있는 것 같다.

얼음판에 미끄러지는 오리들의 발바닥에는 화끈하게 불이 났다. 너무나 화끈해서 '불났다'를 세 번이나 반복한다. 어째서 불이 난 걸까? 급하게 뛰어내려서 세게 미끄러졌으니 불이 난 것으로 보았다고 할 수 있다. 그런데 아는 사람은 알 것이다. 마룻바닥 같은 데에 넘어져 손바닥을 짚거나 발꿈치가 세게 미끄러지면 마찰열로 말미암아 불난 것처럼 매우 뜨겁다는 것을. 겨울철 오리들의 저수지 나들이는 이렇게 화끈한 모습으로 발바닥에 불이 났다. 저수지가 꽁꽁 얼어붙은 추운 겨울, 물오리들의 활달한 움직임을 이 작품은 이렇듯 화면에 가득 담아 싱싱한 동영상으로 제공하면서 '시청자'의 가벼운 웃음까지 자아낸다.

이상으로 유강희 시인의 동시 세계를, 말 타고 달리며 산을 구경하듯이 둘러보았다. 대부분의 작품이 편하게 읽히고, 읽는 동안 마음이 맑아진다. 산뜻한 언어도 맛볼 수 있고 유쾌하고 발랄한 표현에 웃음을 머금게도 된다. 정직한 관찰과 응시를 바탕으로 연상과 상상의 나래를 편 작품들이라서 아이도 어른도 비슷한 느낌으로 감상할 수 있다. 자연의 동식물과 환경이 서로서로 어울리고 교섭하는 모습을 알려 주어 새롭게 눈이 열리기도 한다. 다만 발견의 내용과 설렘을 담을 때는 설명조를 경계하고, 관심사가 확산될 때는 목소리와 가락을 응결시키는 데 유의하면 좋겠다.

　동시를 쓰는 동안 시인 자신도 무척 즐겁고 행복했을 것 같다. 단순하고도 분명한 세계, 그런 세계를 그릴 수 있다는 게 동시의 강점이고 매력이다. 시인이 맑고 깨끗한 마음으로 빚어낸 동시를 발 뻗고 누워 뒹굴면서 마음껏 즐겨 보자.

저마다의 개성이 빚어내는 동화적 세계

김명수 동시집 『상어에게 말했어요』

1

어릴 적을 돌아보면 나는 동시를 별로 읽지 않았다. 내가 다니던 시골 초등학교의 도서실에서 빌려 읽은 책은 대개 국내외 소설이나 모험담 같은 거였다. 닷새마다 서는 장에 가서 어린이 월간지를 사 와 읽기도 했는데, 거기에 매달 한 편 정도 동시가 실렸다. 구색 맞추기로 들어갔는지도 모르지만, 그때는 아이들이 보는 종합 잡지에 대개 동시도 한 편씩은 실리는 대접을 받았다. 길창덕의 만화나 세계의 기이한 이야기, 아문센과 스코트의 남극 탐험—이런 유의 흥밋거리에 비해 동시는 읽어 봐도 무슨 말인지 모르겠고 우선 재미가 없었다. 그래서 그때 내 머릿속엔 '동시는 재미없는 것'이라고 입력되어 굳이 동시를 찾아서 읽는 일은 없었다.

요즘 아이들에게도 동시는 역시 '재미없는 것'이리라. 텔레비전, 인터넷, 핸드폰이 오관을 자극하는 대단한 장난감이 되고 있으니 동시야 따분해지기 십상이다. 그런데도 한동안 주춤하던 동시집 간행이 최근 3, 4년간 다소 활기를 띠는 모습을 보이고 있다. 그렇다고 동시집이 잘 팔리거나 대중적으로 읽히고 있는 것은 아니다. 아마 좋은 동시를 읽고 또 어린이에게 읽혀야 한다는 생각을 가진 사람들이 아직도 우리 사회에 적지 않이 남아 있고, 또 동시와 연애하며 빼어난 동시를 쓰고자 하는 사람들이 끊임없이 이어지기 때문일 것이다.

김명수 시인은 2005년 첫 동시집 『산속 어린 새』(창비)를 출간하고, 이어서 두 번째 동시집 『마지막 전철』(바보새 2008)과 세 번째로 이번 동시집 『상어에게 말했어요』(이가서 2010)를 내놓았으니 그의 동시 사랑은 꾸준하고 깊은 것이 분명하다. 사실 겉으로 드러난 것은 최근이지만, 그가 동시와 연애하기 시작한 것은 어쩌면 아주 오래전부터인지도 모른다. 그가 시인으로 등단한 해가 1977년인데, 어쩌면 그 무렵부터 동시와 연애를 시작했던 것인지도 모르겠다. 그의 첫 시집 『월식(月蝕)』(1980)과 두 번째 시집 『하급반 교과서』(1983)에 드러난 언어의 밀도나 사상의 깊이는 동시의 세계를 훌쩍 넘어선 것이지만, 간결하고 명징한 언어에 대한 집착이나 결벽증 같은 것은 바로 동시의 세계와 상통하는 것이었다. 그가 의식했든 의식하지 않았든 그의 동시와의 연애는 이미 그때부터 시작되고 있었던 것이다.

2

이번 동시집에서 그는 우리를 드넓고 푸른 바다로 안내한다. 그
바다는 무엇보다 바다 생물들이 제각각의 생긴 모습대로 살아가는
생존의 터전이다.

> 날치는 날쌔게 나는 것이 좋아
> 바다 위를 솟구쳐서 날아 보고.
> 주꾸미는 쭈그리고 숨는 것이 좋아
> 빈 소라껍질 속에 쭈그리고 숨고.
> 따개비는 다닥다닥 붙어살기 좋아
> 갯바위에 다닥다닥 붙어살고.
> 넙치는 납작하게 엎드리기 좋아
> 바다 밑 모래 위에 납작하게 엎드리고.
>
> ──「좋아, 좋아」 전문

이 시를 읽으면 바다는 기차 타고 자동차 타고 달려가야 할 먼
곳에서 한순간에 우리 곁으로 다가온다. 그래서 바다와 나의 거리
는 금세 사라지고 날치, 주꾸미, 따개비, 넙치 같은 바다 생물들이

오랜 친구처럼 가깝게 느껴진다. 생선 가게에 잡혀 와 꿰미에 꿰여 있는 주꾸미나 횟집에서 횟감으로 칼질되어 상에 오른 넙치가 아니라, 제 본성대로 날고, 숨고, 붙어 있고, 엎드리는 바다 생물들의 본모습을 그려 준다. 너무도 자연스러운 모습이지만, 인간의 손아귀에 들어온 수산물로서의 모습에만 익숙해진 우리 감각에는 이런 묘사가 처음엔 언뜻 생소하게 느껴질지도 모른다.

> 미역줄기 우거진 바다 밑 바위틈에
> 꼼짝 않고 붙어 있는 아빠 노래미.
> 이따금씩 지느러미 부채질하며
> 누가 올까 작은 눈을 동그랗게 뜨고
> 그린 듯이 망을 보는 아빠 노래미.
>
> 엄마는 알을 낳고 어디로 갔나?
> 엄마는 어디 가고 아빠 혼자서
> 제 새끼가 깨어나길 기다리면서
> 오늘도 하루 종일 배고픔도 잊고
> 꼼짝 않고 망을 보는 아빠 노래미.
>
> ──「노래미」 전문

「노래미」나 「멍게」 「꽃조개」에서 시인의 시선은 개별 생물을 좀 더 찬찬히 살펴본다. 이렇게 근거리로 접근해 카메라 렌즈를 대 보기도 하고, 또 원거리로 물러나 "시시때때 달라지는" 바다 빛깔을 그리거나(「바다 빛깔」), 물고기 떼가 만들어 내는 "파도 타기 카드 섹션"을 발견하기도 한다(「뭉치면 산다」). 바다 생물만이 아니라 돌멩이(「몽돌」), 바다 안개(「해무」), 파도와 너울(「나울 4형제」) 같은 무생물과 자연 현상도 관찰하여 묘사하고, 이름이나 사물의 성질에 연관하여 크고 작은 이야기들을 발명해 낸다.

> 나울이 태워 주는 찰랑그네 타고
> 재미있게 놀던 어린 고기들이
> 나울과 너울이 주고받던 말을 듣고
> 고기들도 상어 같은 큰 고기보다
> 멸치 같은 고기들이 무섭지 않듯
> 파도도 해일이나 쓰나미보다
> 나울 같은 잔파도가 안 무섭다고
> 찰랑그네 태워 줘서 재미있다고
> 서로서로 입을 모아 속삭였어요.
>
> ──「나울 4형제」 끝연

쓰나미부터 나울까지 규모가 다른 네 가지 파도의 종류에서 바다 이야기가 솟아나고, 여기서 또 '찰랑그네'라는 재미있는 신조어가 탄생한다. 이처럼 동화시를 연상시키는 작품도 여럿이거니와, 그의 이번 작품들을 읽으면서는 새로운 어휘를 재미있게 배우고 우리말의 맛깔스러움을 즐기는 재미도 무척 쏠쏠하다.

바다 마을 '늘 푸른 고기 유치원'
어린 고기 동무들 체험 학습 날.

고도리는 꽝다리와 어깨동무하고
설치는 풀치와 서로 손잡고
마래미와 노가리는 재잘거리고
간자미와 껄떼기도 어깨동무하고
엇시리와 모쟁이는 서로 장난치며
노래미 선생님 뒤를 따라서
다시마숲 미역숲 저 건너편
아름다운 바위 위 산호초 마을
산호초 마을로 체험 학습 가요.

—「체험 학습 가요」 앞부분

여러 종류의 어린 고기들이 다시마와 미역이 너울거리는 바닷속을 헤엄쳐 가는 광경을 그려 보인 것일 텐데, 각각의 물고기 이름을 모른다 할지라도 가락을 타고 흥겹게 시를 감상할 수 있다. "고도리는 꽝다리와 어깨동무하고" "마래미와 노가리는 재잘거리고" "엇시리와 모쟁이는 서로 장난치며"와 같은 시행들을 읽으면 저절로 가락이 생겨나지 않는가! '고도리'와 '꽝다리'는 당연히 어깨동무할 듯싶고, '마래미'와 '노가리'는 재잘거려야만 제격이고, '엇시리'와 '모쟁이'는 어쩐지 장난을 잘 칠 것만 같다.

이처럼 그의 바다 동시들은 순정한 바다의 모습을 불러와, 우리로 하여금 그 풍부한 어휘와 아울러 체험 학습할 수 있도록 하고 있다.

3

그의 동시가 바다의 본모습을 담고자 하는 점은 앞에서 살펴본 바 있지만, 동화적인 상상력이나 가벼운 유머를 구사하는 작품도 적지 않다.

하늘에만 너풀너풀 연이 날까?
바다에도 너풀너풀 연이 난다.
전봇대도 없고
나무도 없는
넓고 깊고 아득한 푸른 바다 속
가오리는 연이 되어 날아다닌다.
너풀너풀 연이 되어 날아다닌다.

—「가오리」 전문

하늘에 날리는 연 중에는 방패연도 있고 가오리연도 있거니와, 전봇대도 없고 나무도 없어 걸릴 것이 없는 바닷속을 가오리는 연이 되어 너풀너풀 시원스럽게 날아다닌다. '가오리→가오리연'의 언어적 연상과 '바닷속을 헤엄치는 가오리→하늘에 떠서 나는 연'의 형태적 연상이 동시에 작동하고 있는 시다. 연을 가오리에 비유해 가오리연이 되었던 것을 뒤집어 가오리를 연으로 비유한 것에서 경쾌한 유머 감각이 느껴진다. 이런 유머 감각은 "빵빵하게 내 배를 부풀려" 야구공이 되어 날아가겠다는 복어의 외침이나(「복어」), 밤하늘의 실제 별과 바닷속 별 모양의 불가사리가 서로에 대해 궁금해하는 상황(「궁금하고」)을 잡아내는 시선에도 스며들어 있다.

> 꽃게는 이발사.
> 바다 이발관, 이발사 꽃게
> 문어를 보면 장난치며 말하지요.
> 한 번도 이발관에 오지 않으니
> 염색이라도 한 번 하고 가라고.
> 양손에 가위 들고 말해 주지요.
> 염색약이 없어도 걱정 말라고
> 네 먹물을 조금 꺼내 염색하라고
> 그것도 싫다면 말미잘에게
> 가발을 빌려 쓰고 다녀 보라고.

바다 이발관, 이발사 꽃게.
문어를 보면 말해 주지요.

—「바다 속 이발관」 전문

　꽃게 이발사가 집게발 가위를 들고 문어의 머리를 염색하겠다고
하는 광경은 동화의 한 장면과 다름없다. 그런데 민머리 문어에게
염색하라고 하는 것이나, 문어의 먹물로 염색하겠다는 것, 말미잘
가발을 써 보라는 것은 독자들의 웃음샘을 자극할 수 있는 기발한
유머다. 이런 유머는 「아귀」에서 더욱 두드러진다. 바닷속 성형외
과에 아귀가 찾아와, 먹보라고 놀림받게 하는 큰 입을 조그맣게 줄
여 달라고 뿔고둥 의사에게 요청한다. "간호사인 청줄돔과/노랑줄
무늬나비고기처럼/입모습을 예쁘게/줄여 달라고" 떼를 쓰는데, 뿔
고둥 의사는 "성형수술 안 해도/네 입은 멋있다"고 아귀를 타이르
고 있다.

　생물들이 제각각의 개성으로 살아가는 순정하고 평화로운 바닷
속 세상으로 안내되었던 우리는 그곳이 어느새 이렇게 온화한 유
머가 깃든 동화적 공간으로 변모되어 있음을 알게 된다.

4

　그의 바다 동시를 읽으며 나는 자동차와 텔레비전과 인터넷과

핸드폰이 규정하는 이 세상을 잠시 잊는다. 김명수 시인이 어떤 계기로 바다와 바닷속 생물에 눈길을 주게 되었는지 모르겠지만, 학교와 학원을 맴돌며 미래의 생존에 저당잡힌 아이들의 불행한 오늘에 한줄기 시원한 바람을 보내 주고 싶어서가 아니었을까 생각해 본다.

이제 바다는 그냥 바다가 아니라, 체험 학습이나 체험 여행으로 경험해야 하는 바다가 되었다. 아이들에게는 더욱 바다는 동화나 애니메이션, 체험 학습 등 걸러지고 인공적으로 구성되어 제공되는 존재로만 경험된다. 김명수 동시의 바다는 그런 바다가 아니다. 살아 있는 진짜 바다, 그리고 거기에 펼쳐진 동화적 상상력의 바다다.

그의 바다 동시를 유쾌하게 읽다가 우리는 간간이 조용하면서도 날카로운 성찰의 목소리를 만나게 된다.

바다에는 화장실이 없다.
바다에는 화장실이 없어도
바닷물은 깨끗하다.
수많은 고기들이 모여 살아도
바다에는 화장실이 하나도 없다.
고기들은 바다를 더럽히지 않는다.
고기들은 화장지도 쓰지 않는다.

—「바다 화장실」 전문

이를 문명 비판이라고 하면 너무 거창하다. 그러나 이보다 더 정곡을 찌른 문명 비판이 어디 있을까? 평범하고도 상식적인 진술 속에서 우리는 하나의 화두를 얻는다. "바다에는 화장실이 없어도/바닷물은 깨끗하다"를 읽으며 '도시에는 화장실이 많아도……'를 대구(對句)로 떠올리게 된다. 도시에는, 인간 세상에는 화장실이 여기저기 많아서 도시가, 인간 세상이 깨끗한가? 강물이 더 맑은가? 그렇지 않다. 오염투성이다. "고기들은 화장지도 쓰지 않는다."에서 곧바로 '우리 사람들은?' 하고 묻고 또 생각에 잠기게 된다.

동시는 본래 아이들 것이지만, 아이들은 동시를 잘 읽지 않는다. 우선은 흥미 면에서 다른 문학 장르에 뒤질 뿐 아니라, 아이들 주위에는 훨씬 더 자극적인 놀잇감이 널려 있어 아이들이 동시에 눈길을 주기가 쉽지 않다. 그나마 어떤 계기로 아이들이 동시를 접하게 되더라도 동시 스스로가 아이들을 사로잡을 매력을 갖추지 못하고 있어 아이들을 실망시키고 만다. 이런 상황을 극복하려면, 동시 자체가 아이들에게 다가갈 수 있는 매력을 충분히 발산할 수 있어야 하고, 문자로서만이 아니라 좀 더 다양하게 아이들과 만날 수 있는 방법을 개발해야 하고, 또 아이들에게 동시의 가치를 알고 즐길 수 있도록 하는 참다운 동시 교육이 이루어져야 할 것이다.

김명수 시인의 이번 바다 동시는 명랑하면서도 푸근하고, 말맛이 우러난다. 예전에 비해 좀 풀어진 듯싶으면서 그래선지 넉넉하게 여유롭고, 아이들의 위에서가 아니라 곁에서 조곤조곤 말을 건넨다. 김명수 시인의 동시에 대한 오랜 연애가 빚어낸 청량하고 유쾌한 바다 동시. 구슬이 서 말이라도 꿰어야 보배인데, 아이들의 가슴을 시원하게 씻어 주고 마음을 탁 틔워 줄 이 푸짐한 동시 선물이 우리 아이들에게 제대로 가닿기를 간절히 바란다.

러닝머신에는 정지 버튼이 있다

김미희 시집 『외계인에게 로션을 발라 주다』

세대 교감! 큰 아이랑 작은 어른이랑

청소년문학 하면 여러 장르가 있지만 실제로는 청소년소설 일
색이다. 출판되는 대부분의 작품이 청소년소설이다. 청소년시는
희귀종이다. 청소년시를 묶은 시집으로 박성우의 『난 빨강』(창비
2010), 이장근의 『악어에게 물린 날』(푸른책들 2011)과 『나는 지금 꽃
이다』(푸른책들 2013) 정도가 기억난다. 이 희귀종 청소년시집 대열
에 동시를 쓰는 김미희 시인이 정성스럽게 쓴 시들을 엮어 참여했
다. '큰 아이와 작은 어른이 함께 읽는 청소년 시집'이라는 부제를
달고 나온 『외계인에게 로션을 발라 주다』(휴머니스트 2013)라는 재
미난 제목의 시집이 그것이다.

외계인에게 로션을 발라 주다니, 궁금하다. 반가운 마음으로 시집을 읽어 나가니 1부에 이런 시가 있다.

우리 엄마 아침마다
톡톡 두드려 가며
내 얼굴에 로션을 골고루 발라 주신다

아침마다 새날이고
새날을 맞으며 나를 어루만지고
쓰다듬어 주는 따스한 손

불쑥불쑥
내 안의 외계인이 나타나
성질을 부리니 외계인에게 발라 주는 거란다

엄마가 문득
호호 할머니가 되어 어느 날 문득
엄마 속의 외계인이 나타나
어린애처럼 네게 보채거든
그때 네가 엄마 얼굴에 로션을 발라 드려라
아버지 한 말씀 거드신다

—「외계인을 위하여」 전문

청소년은 외계인이거나 적어도 속에 외계인을 품고 있다. 불쑥불쑥 돌출해서 성질을 부리는 외계인을 어머니는 아침마다 "어루만지고/쓰다듬어 준"다. 다른 행성에서 지구로 날아온 이 외계인은 "토착민이 되는 과정은 호기심을/증발시켜야 하는 과정임을" 깨우친다(「우주선 제작 중」). 「외계인을 위하여」의 화자가 '엄마'인 어른이 아니라 청소년임을 주목하자. 이 아이는 불쑥불쑥 나타나는 제 안의 외계인을 의식하고 '엄마'의 '따스한 손'을 느끼며, '엄마'가 늙었을 때를 말하는 '아버지'의 말도 차분히 듣고 있다. 이는 시인이 말하고 싶은 메시지를 청소년 화자에게 대신 말하게 한 것이겠지만, 화자의 어조와 정서가 생경하거나 어색하지 않고 진정성 있게 다가온다. 이는 시인이 청소년과 교감하는 능력을 갖고 있고 이를 시로서 소화해 냈기 때문일 것이다.

이 시집 앞에는 '가족 소개'가 실려 있는데 "1980년대 사춘기 대표" 박철수와 김영희, "2000년대 사춘기 대표" 고등학생 박가람과 중학생 박여울 이렇게 넷이다. 굳이 '가족 소개'를 넣지 않아도 1부와 2부의 시들을 읽어 보면 부모 세대와 자녀 세대의 사춘기 삶, 청소년 시기의 삶이 잔잔하면서도 진솔하게 묘사되어 있음을 알 수 있다. "할머니가 아버지 밥숟갈에/가시 바른 생선을 얹어 주시"는 것처럼 "엄마는 내 숟가락에 생선을 얹어 주"는 세대 유전의 모습도 아름답게 포착했다(「세상에서 가장 큰 새」). 학교 앞 오락실에서 갤러그와 테트리스에 빠졌던 아버지(「궁금해」), 엄마와 이모가 싸워

할머니가 마루 기둥에 묶어 놓았던 일(「벌」), 시도 때도 없이 자고 먹고 쏘아붙이는 "제대로 꼬인" '나'(「사춘기 존재 이유」), 아침밥 먹기 힘든데 아침 특식이 없었으니 엄마 수행평가는 A가 없다는 투정(「엄마 수행평가」), 이렇게 할아버지 할머니, 외할머니 세대부터 청소년 세대인 가람이와 여울이 세대까지 삼대에 걸친 삶의 이야기가 자연스레 연결되고 있다.

이 시집의 시들이 읽는 이에게 부담스럽게 부딪쳐 오지 않고 슬그머니 스며들어 오는 것은 왜일까? 세대 교감과 세대 공감을 직접 노래한 시가 많지만 그것을 웅변하지 않고 삶의 구체적인 경험을 통해 넌지시 드러냈기 때문이다. 또한 어떤 시편들에서는 갈등과 마찰을 있는 그대로 적나라하게 발설하는 것을 마다하지 않았기 때문이다. 이런 시들을 쓸 수 있었던 것은 시인 자신이 애정 어린 관심을 갖고 청소년과 만나고 자신의 가족의 삶의 경험을 많이 반영했기 때문일 것으로 짐작된다.

러닝머신에는 정지 버튼이 있다

시집의 3, 4부의 시들은 '가족 소개'의 가족들 이야기에 덜 매여 있어서 발화가 좀 더 자유로워 보인다. 사춘기, 청소년기의 소외와 억압에 대한 보고와 저항의 목소리가 많다.

클릭하면 내 마음이 보일 거예요

가끔씩 잭을 연결해 주세요
내 마음을 내려받아 열어 보아 주세요

—「나를 읽어 주세요」부분

미래의 일꾼인 우리는
책상 앞에 앉아
엉덩이가 짓무르는
고통을 참으며

—「노동요」부분

개구리를 묻어 주며 알았어요
개구리에게 숨 쉴 땅을 만들어 줘야 했다는 걸
놀이터 하나 만들어 줬으면 됐을 것을
물만 있으면 되는 줄 알았거든요

—「개구리, 물에 빠져 죽다」부분

　물속에서 자란 올챙이는 개구리가 되어 물에 빠져 죽어 버렸다.
숨 쉴 땅이 없어서이다. 청소년 화자들은 밖으로 끊임없이 신호를
보낸다. 클릭해 보세요, 내 마음이 보일 거예요. 책상 앞에 마냥 앉
아 있어서 엉덩이가 짓무르고 있어요. 개구리에게 숨 쉴 땅을 만들

어 주세요! 놀이터를 하나 만들어 주세요! 이 신호를 청소년 독자
들도 들어야 하겠지만, 어른 독자들이 앞서 들어야 한다. 그런 의미
에서 이 시집은 어른 독자가 먼저 읽고 청소년 독자들과 함께 읽어
야 한다. 다 아는 이야기라고? 알지만 모르는 이야기이다. 다시 알
아야 할 이야기이다. 이 시집을 읽으며 청소년들은 맺혔던 마음이
어느 정도 풀어질 수 있을 것이다.

　시인은 어른들에게 청소년들에게 관심을 갖고 사회가 부여하는
온갖 억압을 풀어 주기 위해 나서라고 말하지 않는다. 청소년 자신
에게 스스로 대답하라고, 스스로 행동하라고 말한다. 아니다. 청소
년이 그렇게 스스로에게 말하고 있는 것을 귀 기울여 듣고 있다.

넌 죽었니 살았니
네모난 햇살이 내게 묻는다

나는
죽었을까?
살았을까?
이제 내가 대답할 차례다
보여 줄 차례다

　　　　　　　　　　　　　　　—「햇살에게 묻다」 부분

달리고 달리고

루저가 되지 않기 위해
달리고 달리고

막힌다 막힌다
숨이 막힌다

아, 그제야 생각났다
러닝머신에 정지 버튼이 있다는 것을
내가 누르면 된다는 것을

—「러닝머신」 부분

청소년의 마음의 온도를 전해 주는 체온계

배창환 · 조재도 엮음 『36.4°C—중 · 고등학생이 직접 쓰고 뽑은 학생시 123』

'36.4°C'라는 이 책의 제목은 무슨 의미일까? 궁금해서 책을 탐색해 보니 1부 '우리들 마음'에 「36.4°C」라는 시가 있다. 표제가 된 이 시는 어떤 내용인지 함께 읽어 보자.

우리는 36.4°C
옆집 아주머니도, 앞집 순희도
우리는 모두 36.4°C

버스 안의 수많은 사람들
아파트 단지의 수많은 사람들도
남들이 0.1°C를 잊어버린 것에

자신 또한 잊어버렸다는 것에
무관심하다.

어느 순간 0.1이라는 작은 숫자에
소름끼치는, 차가운
한 덩어리의 얼음이 된다.

꽁꽁 언 얼음 덩어리는
아무리 뜨거워도 녹지 않는다.
얼음 역시 36.4℃

우리는 0.1℃를 잊고 산다.

—「36.4℃」(전은영, 고2) 전문

　사람의 체온은 36.5℃라는데 나도 타인들도 모두 0.1℃를 잊고
무관심하게 살며, 그 작은 차가움은 꽁꽁 언 얼음 덩어리가 되어
버린다는 것이다. 고등학교 2학년 학생이 세상을 보는 자신의 눈을
재치 있는 비유로 드러낸 시다.
　'중·고등학생이 직접 쓰고 뽑은 학생시 123'이라는 부제가 말하
듯 『36.4℃』(작은숲 2012)는 학생시 123편을 골라 엮은 시집이다. 시
를 고른 과정은 자세히 밝혀져 있지 않지만, 1980년대 중반부터 최
근까지 학생들이 쓴 시 가운데에서 15명 이상의 선생님과 400명 이

상의 학생들이 함께 골랐다고 한다. 따라서 특정 지역이나 학교, 일정한 주제나 감상 위주로 모아지지 않고, 학생들의 삶의 국면이 매우 다양하게 드러난 작품집이 되었다.

차가운 캔커피로 졸음을 쫓는 모습(「커피 캔」)과 학교라는 감옥에서 야간자습을 하고 다시 학원이라는 "또 다른 감옥소"로 이동하는(「'야·자'라는 구속영장」) 학생들의 모습은 예나 지금이나 변함없이 이어지는 익숙한 풍경이다. 우리 아이들은 그런 옥죄이는 일상 속에서도 "떡볶이 한입에 시답잖은 농담 한 번에" 행복해지는 순간이 있다. "즉석 떡볶이 1인분 먹고 남은 국물에 밥 볶아 먹고/서로 더 먹으려고 박박 긁는 소리가 냄비에 구멍이 날 것 같았다/그럼 나는 그 소리만큼이나 행복했었다."(「떡볶이는 맛있다」) 행복했던 기억의 힘은 떡볶이를 먹던 그 장면을 세세한 부분까지 생생하게 되살려 낸다.

매일매일 대부분의 시간을 학교에서 보내는 중고등학생들이지만 이 시집에 실린 시들을 보면 학교와 공부에 갇히지 않고, 가족과 이웃, 마을, 사회에서 보고 듣고 느낀 일들을 절절하게 표현한 작품들이 꽤 많다. 또한 친구와의 우정, 교감을 드러낸 시도 짠하게 가슴에 와 닿는다.

늙으신 몸을 이끌고
어린 자식들을 위해
하루 종일 경운기와 싸우시는 아빠

(…)

주무시는 아빠 곁에 슬쩍 가 앉으면

그 어느 꽃내음보다 다정한

슬픈 아빠의 냄새

— 「상처」(김선애, 고1) 부분

여기저기 내 옆엔 날품팔이 아주머니들,

고기를 나르는 아저씨들,

모두모두 모여서

어떤 이는 마치 손에 박힌 꾸등살을

아주 멋진 옷처럼 자랑하듯 하는 것도 보였다.

(…)

옆에서 큰 소리로 웃는 어느 한 아저씨의 웃음이

높은 지위, 많은 돈을 가진 이들보다도

더더욱 당당한 웃음이었다.

— 「보리밥」(민병헌, 중3) 부분

손님을 맞는 아줌마의 낯선 말.

"주문 나시게쓰니까?"

어설픈 우리말을 조심스레 던지고

다음 말을 기다리는 아줌마.

(…)

주문을 받고 식탁을 치우는
아줌마의 뒷모습에
화살 같은 시선들이
슬픈 그림자 되어 향한다.

—「냉면집 아줌마」(백설희, 중2) 부분

　어느 작품을 막론하고 이 시집의 작품들에서는 글쓴이의 따뜻
한 마음, 간절한 마음, 억눌린 마음, 쓸쓸한 마음, 그리고 어른들의
글에서는 닳아 없어져 찾아보기 힘든 티 없는 마음이 손에 잡혀 온
다. 마치 학생들의 몸에 꽂힌 체온계의 눈금을 보듯, 그 마음의 온
도가 선명하게 다가온다. 수많은 작품 중에서 고른 작품들이라선
지 천방지축 활달한 아이들다운 거침없음이나 발랄함은 좀 약해
보이지만, 차분히 읽을수록 36.4°C가 아닌, 36.6°C의 온기가 느껴
진다.
　배창환, 조재도 두 엮은이는 여러 권의 시집을 낸 시인이며, 30년
넘게 학생들에게 국어와 문학을 가르치고 글쓰기를 함께 해 온 교
사들이다. 이들은 머리말(「학생 시선집을 펴내며」)에서 "청소년들에게
필요한 시는 삶을 가꾸는 시, 자신의 존재와 가치를 높여 주는 시,

자신을 발견하고 표현하는 시"라고 말한다. "자신과 동시대를 호흡하는 친구들의 눈에 비친 세상과, 기쁨이나 아픔, 고뇌가 잘 표현되어 있는 시"를 만날 때 공감으로 이어질 가능성이 커질 것이라고 한다. 그렇지만 출판물의 홍수 속에도 청소년이 쓴 시나 청소년을 위한 시를 엮은 책은 가뭄에 콩 나듯 찾아보기 어려운 실정이다. 치열한 입시 경쟁과 출세 경쟁에 내몰려 교실에서는 시를 읽고 쓰는 활동을 제대로 못하고, 학생들도 자기 관심사에 따라 여유롭게 책을 읽고 글을 쓰지 못한다. 이러한 환경에서 학생들의 자유와 행복은 유예되고, 저당잡히고, 정신의 성숙은 제 궤도를 밟지 못해 어떤 학생들은 극한적 상황과 극단적 선택으로 내몰리기도 한다.

아이들이 공감할 수 있는 『36.4°C』의 시 가운데 다만 열 편만이라도 교실에서 차분히 읽고 함께 이야기하고, 스스로 한 편의 시를 써서 친구들과 교감을 나눌 수 있다면 아이들의 "까만 하늘"에도 다시 별이 뜰 수 있으리라.

그러나 언제부터인가
작은 별 하나가
숨이 막힐 듯한 어둠을 물리치고
세상에 얼굴을 내밀었다.

어둠을 몰아낸 그 용감한 별처럼
내 마음에도 별이 뜨겠지.

크지도 밝지도 않지만

지친 마음을 밝혀 줄 수 있는

그런 아름다운 별 하나가.

—「별」(이수연, 고2) 부분

제1부

동시와 유머 감각 —권정생 「방물장수 할머니」(원제: 권정생 동시와 유머 감각—
　　「방물장수 할머니」를 읽고)『동시마중』제2호, 2010년 7·8월호.

'동시 독자' 어린이를 기다리는 시—김륭 「파란 대문 신발 가게」(원제: '동시 독자'
　　어린이를 기다리는 시—「파란 대문 신발 가게」의 신선한 충격)『동시마중』
　　제3호, 2010년 9·10월호.

아이디어를 버려야 동시가 산다—김미희 「통일」(원제: 아이디어를 버려야 동시가
　　산다)『동시마중』제5호, 2011년 1·2월호.

반복할까, 말까—윤석중 「꽃밭」(원제: 반복할까, 말까)『동시마중』제6호, 2011년
　　3·4월호.

불편한 소재, 불편한 진실 1—김응 「빨간 꽃」(원제: 빨간 꽃)『동시마중』제8호,
　　2011년 7·8월호.

불편한 소재, 불편한 진실 2—곽해룡 「맨발」(원제: 숙자 이야기—곽해룡 동시 「맨
　　발」을 중심으로)『동시마중』제9호, 2011년 9·10월호.

정부 없는 나라 아이들아—이원수 「첫눈」(원제: 정부 없는 나라 아이들아—이원수
　　의 「첫눈」을 읽으며)『동시마중』제11호, 2012년 1·2월호.

닭살 돋는 동시를— 주미경 「놀이터에서」(원제: 닭살 돋는 동시를—주미경 「놀이터
　　에서」를 읽으며)『동시마중』제12호, 2012년 3·4월호.

동시, 짧아야 하나—김바다 「눈물의 씨앗」(원제: 동시, 짧아야 하나?—김바다 「눈

물의 씨앗」을 읽으며)『동시마중』제14호, 2012년 7·8월호.

『어린이시』회보와 어린이의 글쓰기—어린이시「정빈이가 용감해졌다」(원제: "정빈이가 용감해졌다"—『어린이시』회보와 어린이의 글쓰기)『동시마중』제17호, 2013년 1·2월호.

심상하게, 심상하게—어린이시「벽에 붙어 있는 거미」(원제: 심상하게, 심상하게—어린이시「벽에 붙어 있는 거미」를 읽으며)『동시마중』제18호, 2013년 3·4월호.

시 읽기, 동시 읽기—김규동「어머니는 다 용서하신다」(원제: 우둔한 형제여!—김규동 시「어머니는 다 용서하신다」를 읽으며)『동시마중』제19호, 2013년 5·6월호.

'할머니'는 동시 상투어인가—김용택「할머니의 힘」(원제: '할머니'는 동시 상투어인가—신춘문예 심사평과 김용택「할머니의 힘」)『동시마중』제25호, 2014년 5·6월호.

제2부

동시의 생태계, 동시의 희망『창비어린이』44호, 2014년 봄호.

＊이 글을 중심으로 한 주제발표와 토론: 김이구, 이안, 정유경, 최종득「'어린이와 문학' 동시 세미나: 우리 시대 동시의 희망을 찾아서」,『어린이와 문학』2014년 6월호.

오늘의 동시, 어디까지 왔나『창비어린이』38호, 2012년 가을호.

동시의 화자 문제와 동시의 미학—이지호「어린이 화자 동시 비판」을 읽고 한국아동청소년문학학회 겨울 학술대회, 2012. 1. 27~28., 대구교육대학교 제1강의동 107호. 1월 28일 '주제: 한국 아동문학의 현안 살피기' 중 이지호 교수 발표 논문에 대한 토론문.

동시의 상투성, 바로보기와 넘어서기—『창비어린이』창간 8주년 기념 세미나를 말한다『창비어린이』34호, 2011년 가을호.

무서워하는 기차는 바보인가—동시의 시선과 인간중심주의의 문제『어린이와 문학』2011년 4월호.

장르 용어 사용, 과감하고 풍부하게—김제곤의 아동문학 '운문 장르' 용어 연구를
읽고(원제: 장르 용어 사용, 과감하고 풍부하게) 한국아동청소년문학학회
2009년 여름 학술대회 '아동문학의 장르와 용어의 재검토 (2)—해방 이
후', 2009. 8. 29., 국립어린이청소년도서관 강당. 김제곤 발표 논문 「해방
후 아동문학 '운문 장르' 용어에 대한 사적 고찰」에 대한 토론문.

해묵은 동시를 던져 버리자—동시를 살리는 길 1(원제: 해묵은 동시를 던져버리
자—동시를 살리는 길)『창비어린이』17호, 2007년 여름호.

* 이 글을 주제발표로 삼은 토론: 이안의 토론문 「우리 동시의 갱신을 기대하
며」와 종합토론, 『창비어린이』17호, 2007년 여름호.

껍데기를 벗고 벌판으로 가자—동시를 살리는 길 2『어린이와 문학』2007년 11
월호.

* 이 글을 주제발표로 삼은 토론: 김은영 외 「금요월례토론회 토론문: 동시를
살리는 길」, 『어린이와 문학』2007년 12월호.

삶의 동시와 상상력의 동시『2006년 문예연감』, 한국문화예술위원회, 2006. 7.
15., 「2005년의 아동문학」 중 'II. 동시' 부분임.

제3부

오병식과 함께 달에 가는 시인 김륭 동시집『별에 다녀오겠습니다』(창비 2014)
해설.

세상을 보는 눈이 깊어진 동시 정유경 동시집『까만 밤』(창비 2013) 해설.

동시와 놀며 쓴 동시 권오삼 동시집『진짜랑 깨』(창비 2011) 해설.

관찰과 응시, 서로 감응하는 존재들(원제: 오리 발에 불났다고?) 유강희 동시집
『오리 발에 불났다』(문학동네 2010) 해설.

저마다의 개성이 빚어내는 동화적 세계 김명수 동시집『상어에게 말했어요』(이
가서 2010) 해설.

러닝머신에는 정지 버튼이 있다 김미희 청소년시집『외계인에게 로션을 발라

주다』(휴머니스트 2013) 서평, 『도서관 이야기』 2013년 7·8월호.

청소년의 마음의 온도를 전해 주는 체온계 배창환·조재도 엮음 『36.4°C ─ 중·고
등학생이 직접 쓰고 뽑은 학생시 123』(작은숲 2012) 서평, 『도서관 이야
기』 2012년 7·8월호.

인명 찾아보기

작품명 찾아보기

해묵은 동시를 던져 버리자

초판 1쇄 발행 / 2014년 8월 5일
초판 2쇄 발행 / 2016년 12월 28일

지은이 / 김이구
펴낸이 / 강일우
책임편집 / 정편집실
펴낸곳 / (주)창비
등록 / 1986년 8월 5일 제85호
주소 / 10881 경기도 파주시 회동길 184
전화 / 031-955-3333
팩시밀리 / 영업 031-955-3399 편집 031-955-3400
홈페이지 / www.changbikids.com
전자우편 / enfant@changbi.com